태풍은 어디쯤 오고 있을까요

태풍은 어디쯤 오고 있을까요

초판 1쇄 발행 • 2011년 8월 16일

지은이 • 이성아
펴낸이 • 김영숙
편집 • 노윤영 엄기수 박지연 김수현

펴낸곳 • 도서출판 삶이보이는창
출판등록 • 2010년 11월 30일 제2010-000168호
주소 • (150-901) 서울시 영등포구 영등포2가 94-141, 동아빌딩 402호
전화 • (02) 848-3097 팩스 • (02) 848-3094
홈페이지 • www.samchang.or.kr

ⓒ 이성아, 2011
ISBN 978-89-90492-98-2 03810

태풍은
어디쯤
오고
있을까요

삶이보이는창

첫 소설집 『절정』이 나올 무렵 서울을 떠났다. 40년 가까이 살던 서울이었는데, 미련 한 점 없다는 것에 놀랐다. 이후로 유목민 같은 삶이 펼쳐졌다. 기차를 배를 버스를, 원도 한도 없이 탔다. 차창에는 사람의 집들에서 흘러나오는 불빛들이 명멸했으며, 나는 불 꺼진 집을 찾아 들어갔다. 나는 자주 길 위에서 서성거렸고, 삶은 뗏목처럼 흘러갔다.

너무 멀리 와버린 건 아닐까…….

햇빛만 소금처럼 튀어 오르는 텅 빈 거리에 홀로 서 있으면, 블랙홀로 빨려 들어가는 듯 아득했다. 무수한 물음표가 아지랑이처럼 피어올랐다.

왜 이렇게 멀리 와버린 걸까?

그러나……, 어디로부터?

그 어디가, 내가 돌아갈 곳인가?

나는 떠나온 곳도 없이 떠나왔고, 돌아갈 곳도 없이 떠났다는 걸, 그러나 이미 까마득한 그 옛날부터 그러했다는 것을, 오랜 시간이 흘러서야 알았다.

거기, 사람이 있었다. 까마득한 옛날부터 이미 거기 있었던 그들······. 나의 먼 전생이면서 미래인 그들과의 조우가 나의 닻이 되어주었다. 소설이 되고 내 존재의 증명이 되어주었다. 혹시 내가 조금이라도 깊어졌다면 그들 덕분일 것이다. 뒤통수를 치거나 발목을 걸고 넘어지던 삶과도 조금은 친해진 기분이다.

그러나 이후에 나는 또 어디에 서 있을 것인지······. 모르겠다. 모르겠다는 것만이 확실한 삶이라니. 다만 아침에 눈을 뜰 때 한 줄기 설렘만 있어준다면, 고맙겠다. 그리고 민들레 홀씨처럼 바람을 타고 흐르며, 소설을 살리라.

2011년 여름 구례,

장맛비에 푹 젖어

이성아

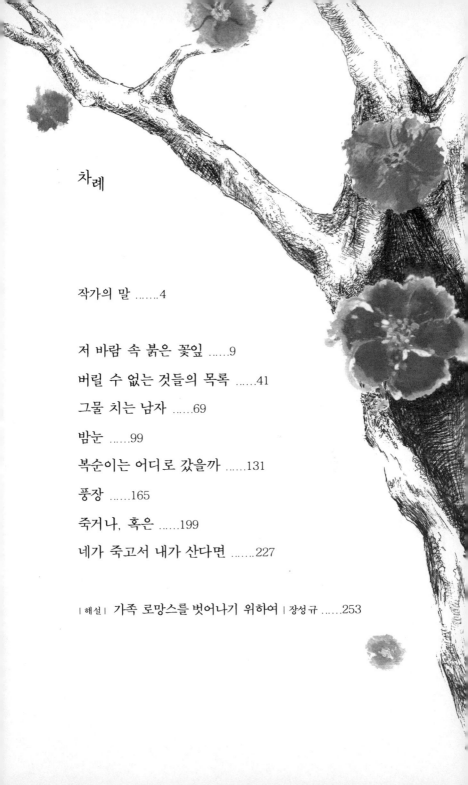

차례

저 바람 속 붉은 꽃잎

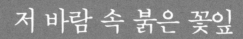

행복한 사랑은 없다

그러나 이것이 우리 둘의 사랑이다

― 루이 아라공(1897~1982)

　바람이 부네요. 비가 올 것 같아요. 어떻게 아느냐고요? 아이참, 내가 그걸 모르겠어요? 예전에 산에 살 땐 산등성이 숲 우듬지가 흔들리는 것만 보고도 비가 올 걸 알았죠. 비가 오려고 하면 어느새 물기를 머금어 한결 부드러워지거든요. 살랑거리는 게 바닷속 해초가 물살에 흔들리는 것처럼 보이지요.

　그러나 무엇보다도 내 몸이 그걸 먼저 알아차렸어요. 몸속 깊은 곳에서부터 습기가 올라오면 대책 없이 담벼락에 기대앉아 작은 빗방울 하나가 이마에 떨어지는 순간까지 기다렸으니까요. 누가 몰래 귀띔이라도 해준 것처럼 말이지요. 자고 있을 때도 그래요. 한두 방울 빗방울이 듣기만 해도 잠이 깨죠. 누워서 귀를 기울이다가 그예 일어나서 밖으로 나가 확인을 하지 않으면 잠을 이루지 못하지요. 확인을 해도 못 자는 건 마찬가지지만요.

　끝내 하늘이 으등그러지기 시작하네요. 하늘이란 게 머리에 뭘 이고 있을 리도 없는데 요 며칠 내내 무겁게 내려앉으려고만 하고, 뭘 잘못 먹은 것처럼 마른장마를 쳐대더니 마침내 해산이라도 하듯이 음산한 기운이 퍼지고 있어요. 수평선이 지워지고 있네요.

세상 만물 중에 가장 슬픈 것이 하늘과 바다 아닐까요? 천지가 개벽을 해도 만날 수 없는 것이 하늘과 바다일 텐데, 천지 만물 중에 가장 닮아 있는 것이 하늘과 바다잖아요. 손끝 하나 닿을 수도 없는데 얼굴 돌려 외면할 수도 없으니, 그것처럼 애달픈 것이 있을까요. 저렇게 구름안개 피워 올리며 자기들을 가로막고 있는 수평선을 지운다는 건, 슬픈 그것들이 만나고 있음이겠지요. 안타까움이 극에 달한 것이겠지요.

이 바람은 하늘과 바다의 애절하고 숨 가쁜 호흡이고 숨결일 거예요. 이질적인 것이 저렇듯 스며들어 무언가를 만들어내는 걸 보면, 사람이나 자연이나 다르지 않다는 생각이 들어요. 하긴 사람도 자연이로군요.

어쩌면 오늘 태풍이 올지도 모르겠어요. 그건 또 어떻게 아느냐고요? 그런 예지력도 생겼느냐고요? 후, 그랬다면 기상대에서 저를 모셔갔겠죠. 사실 뉴스에서 들었어요. 오전에 마을에 내려갔다 왔어요. 그저께 맞춰놓은 시루떡이 오전 배로 도착하기로 되어 있었거든요. 오는 길에 슈퍼에도 들렀지요. 술이랑 과일, 명태포랑 양초, 그리고 당신 좋아하는 약과도 샀어요.

거기에서 뉴스를 봤어요. 슈퍼에 오래된 텔레비전이 걸려 있잖아요. 손잡이를 잡고 돌리는 로터리식 텔레비전 말이에요. 언젠가 당신이 스포츠 중계를 보려고 그걸 돌리다가 쑥 빠졌던 거 기억하지요? 당신은 당황하고 미안해서 어쩔 줄 몰라 하는데 할머니는 별일도 아니란 듯이 무표정하게 다시 쑥 집어넣었잖아요. 뉴스 말미에 일기예보를 하더군요. 필리핀 해역에서 만들어진 거라는데 중심기압이 900이 넘는 중형급이라고 했어요. 태풍 예보는 어제부터 있었나 봐요. 라디오가 고장 나는 바람에 제가 모르고 있었던 거지요. 오후에는 주의보도 내릴 것 같아요. 떡을 하루만 늦게 맞췄어도 낭패를 볼 뻔했지 뭐예요.

지금쯤 태풍은 진로를 결정했을까요? 그때만 해도 진로가 불확실하다고 했거든요. 하긴 태풍의 목적지는 언제나 북쪽이지요. 문제는 어떤 길을 거쳐 어떻게 갈 것이냐겠지요. 육지에 상륙해서 한바탕 휘저어놓을 것인지, 아니면 해협으로 얌전히 빠져나갈 것인지, 오는지 가는지도 모르게 슬그머니 사라질 것인지. 그렇게 소멸을 향해 달려가는 게 우리 인생하고 너무나 닮았어요.

돌아오자마자 바빴어요. 지붕에 매어놓은 줄부터 단단히 단속하고, 마당에 늘어놓은 잡동사니들도 창고에 집어넣었지요. 바다로 향하고 있는 창호문은 아예 다 열고 붙잡아 매두었고요. 고춧대도 뽑아서 눕히고 검은 비닐을 덮어서 대나무로 박았어요. 바람한테는 엎드리고 숙이는 것밖에 방법이 없으니까요. 그래도 안 되면, 그땐 어쩔 수 없는 일이지만요. 하지만 섬으로 돌아온 첫해에 태풍을 맞이하게 될지는 몰랐어요.

나물을 무치고 탕국까지 끓이고 마루에 나와 앉으니, 건들바람이 불고 있더군요. 탄탄하게 다져진 마당에서는 흙먼지가 분가루처럼 날리고 잔가지에 매달린 이파리들도 가늘게 떨고 있었지요. 하늘은 매지구름을 잔뜩 머금고 낮게 내려와 있고, 바다는 흰 파도를 갈기처럼 휘날리며 줄지어 몰려오고 있었어요.

이런 바다, 내가 가장 좋아하는 바다예요. 온몸을 뒤치며 꿈틀거리고 포효할 때면 길들지 않는 야생의 숨결이 느껴지거든요. 바다가 온몸으로 제 존재감을 드러내 보이는 것 같잖아요.

이곳에서 제사를 지내는 게 얼마 만인가요. 10년이 되었나요? 동하가 다섯 살 때 이곳을 떠났으니까, 그래요 꼭 10년 만이에요. 내 손을 잡고 아장아장 걸어 이곳을 떠난 동하가 벌써 고등학생이 되었어요. 동하는 이곳에서 지낸 어린 시절을 몹시도 그리워했지요. 그런데도 내가 이곳으로 돌아가는 건 무척이나 말렸어요. 공부를 잘해서 반 강제로 뽑혀가지 않았다면 아마 절대로 기숙사가 있는 학교에 가지 않았을 거예요.

집은, 집이라고 말할 수도 없을 정도였어요. 10년이나 돌보지 않았으니, 당연하지요. 외형이나마 유지하고 있는 게 오히려 신기한 일이지요. 도착하자마자 바로 걷어붙이고 일을 시작했어요. 잠잘 곳이 없어서도 아니고, 밥을 끓여 먹지 못해서도 아니었어요. 집수리에 마음이 조급한 것도 아니었고요. 목적은 오직 하나, 자꾸만 떠오르는 잡념

들을 물리치기 위해서였지요. 오전 오후 두 시간씩 참선과 염불 외에
는 집수리에 매달렸어요. 그러고도 남는 시간에는 밭일이든 바느질이
든 잠시도 손을 쉬지 않았지요.

　그때뿐이더군요. 뿌리가 뽑히지 않은 상념은 잠깐 방심해도 어느새
수북이 자라나 내 다리를 휘감고 올라왔지요. 아마도 고개만 들면 보
이는 바다, 방에 누워서도 부엌에서도, 심지어는 화장실에 앉아서도
저 먼 바다까지 보이기 때문이었을까요?

　당신, 대답해줄 수 있어요? 물어볼 수만 있다면 당신을 붙잡고 물어
보고 싶군요. 어쩌자고 이런 곳에 집을 지었는지. 삶과 죽음 사이에
거미줄처럼 걸쳐 있는 이 집에서 당신은 무엇을 보고 싶었던 건지요.
당신의 오만이었던가요, 아니면 그것을 비우기 위해서였던가요.

　더욱 불가사의한 것은, 나는 왜 여기로 돌아왔을까요. 무엇이 나를
이리로 불러들인 것일까요. 이 집을 처음 보았을 때도 똑같았지요.

　멀리서 보면 영락없이 새 둥지였어요. 깎아지른 벼랑, 바위너설이
날카로운 그곳은 갈매기나 가마우지처럼 날개 달린 것들이 살아야 하
는 곳이 아니겠는지요. 까마득하게 내려다보이는 직벽 아래로는 하얗
게 소용돌이치는 파도가 잠시도 쉬지 않고 바위를 후려치고 있었지
요. 그런 곳에 당신은 집을 지어놓았더군요. 어쩌자고 그렇게 험한 곳
에 둥지를 틀고 마치 자신을 제물로 걸어놓은 것처럼 위태롭게 살아
야 하는지, 알 수 없었지요.

그렇지만 당신은 새처럼 자유로워 보였어요. 장작을 패고 땅을 갈고 밭을 매는 모습이 전과 비교할 수도 없이 단단하고 건강해 보였어요. 옷이 흠뻑 젖도록 땀을 흘리고 있어도 전혀 힘들어 보이지 않더군요. 구름 위를 걷는 것처럼 가벼웠지요.

그런 당신 뒤로 바다가 펼쳐져 있었어요. 그늘 아래 앉아 책을 읽을 때도, 평상에서 밥을 먹고 누워 쉴 때도, 곡괭이나 호미를 들고 밭일을 할 때도 바다는 당신의 배경이 되어주었지요. 눈이 시리도록 아찔하던 풍경이, 거기 당신이 들어가 움직이자 단박에 아름다운 배경으로 탈바꿈하는 것이었어요. 웃음소리는 해조음처럼 싱그럽고 몸놀림은 물고기처럼 매끄럽고 탄력적이었지요. 어찌나 생생하고 선명하던지 내가 빨려들 것만 같았지요.

어쩌면 그때 이미, 당신은 지상에 발붙인 사람이 아니었던 건 아닐까요? 그때 내 눈에 비친 당신은 그랬어요. 금방이라도 땅을 박차면 하늘을 날 것 같고, 바다로 뛰어들어 물고기처럼 유영을 할 것 같았지요.

그런 당신이 고맙고, 그리고 야속했습니다.

우리가 연애를 하던 시절에도 그런 모습은 보지 못했던 거 같아요. 우리는 서로 너무 바빴지요. 대학을 졸업하기도 전에 대기업에서 스카우트 경쟁이 붙을 정도였던 당신은 신입사원이면서도 간부급과 동행하는 해외 출장이 잦았고, 나는 나대로 학위 논문을 준비하느라 도서관에서 살다시피 했잖아요. 연애다운 연애 한 번 못 해본 건 대학 시절에도 마찬가지였지요. 늘 무슨 일인가를 벌이는 당신 성격 때문에 당신 주위에는 언제나 선후배들이 진을 치고 있었지요. 특별한 무엇을 기대하거나 바라지도 않았고 그럴 여유도 없었지요. 그런 와중에도 우리는 오누이처럼 함께였고 물처럼 자연스러웠어요. 밤늦은 도서관에서 곁에 앉아 느꼈던 당신의 숨결, 엎드려 자는 나를 위해 당신이 뽑아준 커피 한 잔, 집으로 돌아가는 버스에서 손을 꼭 잡고 차창으로 흘러가는 불빛을 함께 바라보던 시간들, 아직도 기억에 남아 있는 그 시간들이 데이트다운 데이트 하나 없던 저에게는 애틋한 순간순간들이지요.

그래서였지요. 논문을 제출해놓고 맥이 풀려 있는 내게 당신이 산행을 제의했을 때, 너무 느닷없고 뜬금없어 그게 무슨 의미인지조차 몰라 시큰둥하게 듣고 말았지요. 우리는 변변한 등산복 하나 없었잖아요. 나는 동해나 한번 다녀오자고 했지요. 그때 우리에게는 그것도 엄청난 여행이었잖아요. 바쁜 당신에 대한 배려도 있었지요. 당신은 한동안 침묵하다가 말했지요. 아무도 없는 곳, 우리 둘만의 시간과 공간을 갖고 싶다고. 당신은 회사에 특별휴가까지 냈어요.

모자부터 신발까지 새것으로 일습을 갖춰 입은 우리는 마주보며 키득거렸지요. 손때 하나 묻지 않은 배낭 속에는 아직 레테르도 떼지 않은 버너와 코펠, 그리고 쌀과 부식거리가 들어 있었어요. 그때 우리 어설픈 간첩처럼 우스꽝스러웠던 거 기억나요? 그러나 주도면밀한 당신이 산행 코스가 나와 있는 10만분의 1 지도에서부터 소요 시간, 산장 위치까지 완벽하게 조사해두었기 때문에 초행길이었어도 아무 문제가 없었지요.

이렇게 말하면 당신, 실망할까요? 솔직히 고백하면, 그곳에서 처음으로 알게 되었어요. 당신이 내게 어떤 존재인지, 당신과 함께했던 시간이 내게 얼마나 충만한 것이었는지 그리고 내가 당신을 얼마나 사랑하는지. 봄이 와서 꽃이 피고 가을이 와서 열매를 맺는 줄만 알았던 우리의 시간이 실은 물을 빨아올리는 나무처럼, 나무뿌리를 향해 스며드는 물처럼 소리도 없이 서로에게 스며들던 시간이었다는 걸, 그제야 깨달았던 거예요.

당신이 둘만의 시간을 갖고 싶다고 했던 것, 그리고 등산을 가자고 했던 이유를 알 것 같았어요. 내 몸의 일부처럼 예사롭던 당신의 모든 것이 눈이 시리도록 밝혀왔지요. 밥을 먹을 때 콧등에 맺히던 땀방울, 자고 일어나면 조금씩 거뭇해지던 턱수염, 아틀라스처럼 단단하게 봉우리를 딛고 서 있던 당신의 다리, 꿀꺽거리며 물을 넘기던 목울대, 가뭇없이 사라지던 담배 연기와 헉헉거리던 당신의 숨소리조차 눈을 떼지 못하게 만들었지요. 당신의 팔을 베고 잠들었을 때조차 잠결에도 나를 꼭 끌어당기는 당신을 느낄 수 있었어요. 희미하게 풍기는 당신의 땀 냄새가 좋아서 당신 가슴에 코를 부볐지요.

거기에 무엇이 있었을까요. 무엇이 끼어들었던 걸까요. 다른 사람들에게는 다 보이는데 우리만 보지 못한 무엇이 있었을까요?

돌아보고 또 돌아봐도, 그것은 삶의 정수 같은 것이었어요. 한평생을 살고 나서 죽을 무렵, 가장 아름답고 행복한 순간의 에센스를 모아 보면 그렇지 않을까요. 살면서 그런 순간이 몇 번이나 올까요? 무엇보다 제 마음속에 한 점 티끌도 없었던 그런 순간 말이에요. 잡티 한 점 없이 순수하고 깨끗하던 그 순간을 다시 한 번 만날 수 있을까요?

만약 그런 순간을 다시 만난다면 내가 가장 하고 싶은 게 뭔지 당신은 아세요? 어린아이처럼 맑고 순수한 그 순간, 그런 순간을 다시 한 번 맞을 수만 있다면, 그럴 수만 있다면 업장 소멸, 죽음에 들게 해달라는 것, 내가 서원하고 또 서원하는 것이 있다면 오직 그것이랍니다. 그러니 알겠더군요.

그때 우리 머리 위에 드리우고 있던 그림자가 무엇이었는지, 그것이 어느 경계에 걸쳐 있었는지 말입니다.

당신은 나한테 꼼짝 말고 앉아서 기다리라고 했지요. 땀을 뻘뻘 흘리며 쌀을 씻어오고 찌개 끓일 준비를 하는 당신을 바라보는데 가슴이 뻐근했지요. 뜨겁고 뭉클한 덩어리가 목울대를 압박했어요. 전 생애의 이유가 거기 있는 것 같았지요. 그것은 벌꿀처럼 달콤하면서도 목젖이 아리도록 통증이 느껴지는 그런 것이었어요.

나도 모르게 당신 이름을 불렀어요. 버너에 불을 붙이려고 준비하던 당신이 고개를 돌려 나를 쳐다보았어요.

말주변도 없고 덤덤하던 나는 당신에게 사랑한다는 말 한 번 제대로 한 적이 없었지요. 당신 어깨에 기대고 있는 내 귀에 당신이 사랑해, 하며 숨결을 불어넣으면 나는 진저리를 치며 당신 가슴을 때리고,

당신은 어처구니없는 표정으로 웃기만 했잖아요. 별스럽게 사랑한다는 말이 필요 없다고 생각했던 것 같아요. 그런데 그 순간, 생각보다는 말이, 맺히고 고여 있던 것들이 풀려나오듯이 흘러나왔지요.

마음 깊이 당신을 사랑해.

당신은 하얗게 웃었어요. 마치 그럴 줄 알고 있었다는 듯이. 당신 등 뒤로 노을이 붉었지요. 제 얼굴도 붉게 달아올랐을 거예요.

가끔, 아주 가끔 그런 공상을 해봐요. 그날의 사고만 아니었다면, 우리는 어떤 모습으로 살고 있을까요? 당신은 대기업의 중역쯤이 되어 쌀 한 가마가 얼마인지, 버스비가 얼마인지, 조기 떼가 알을 슬러 올라오는지, 바람은 왜 자꾸만 불어대는지, 백일홍이 피는지 지는지는 모르지만 달러 환율 변동 추이나 나스닥 지수가 급락하는 이유, 알래스카산 랍스터를 공수하는 식당과 VIP 회원들만을 위한 룸살롱에 대해서는 잘 알고 있을 거예요. 자꾸만 나오는 배와 콜레스테롤 수치 때문에 정기검진을 받지만 운동할 시간은 없고, 공부를 제대로 마쳤다면 대학 강단에 서 있을 나나 커가는 아이들과 대화할 시간도 늘 부족하다고 여기겠지요. 나나 당신이나 불평을 늘어놓거나 서로를 긁는 성격이 아니니까 사랑이 권태로, 권태가 무관심으로 변해도 모르고 살았을 거예요.

하지만 또 모를 일이긴 해요. 여자들에게 인기가 많은 당신이었으니 중후한 중년의 매력을 풍기는 당신에게 젊고 예쁜 아가씨가 나타나고, 모질지 못한 당신은 자기도 모르게 삶을 뿌리째 흔드는 불륜에 빠졌을지도. 나요? 나처럼 덤덤한 사람이 늦바람이 나면 더 무섭다는 거 모르죠? 당신은 내게 무릎 꿇고 용서를 빌지 모르지만 나는 남편이고 자식이고 다 버리고 야반도주를 할지도 몰라요.

우스운가요? 하지만 이만큼 살다 보니 세상에 일어나지 못할 일은 아무것도 없다는 생각이 드는 걸요. 후후, 갑자기 웃음이 터지네요. 어이없는 생각이 떠올랐거든요. 한 번도 해본 적 없는 생각이었는데, 갑자기 왜 이런 생각이 떠오른 걸까요? 뭐냐고요? 말하려니 부끄럽네요. 중년을 넘긴 나이에 새삼 부끄러울 게 뭔가 싶기도 하지만, 다 버리고 비웠다고 생각했는데, 아직도 이런 미련이 남아 있다는 게 부끄럽네요. 하지만 이미 떠오른 생각, 말하지 못할 것도 없지요. 그래요, 이불 아래서 살갗이 닿기만 해도 파르르 떨 정도로 미워하고 죽일 듯이 증오하는 그런 삶일지라도 당신과 제대로 부부의 연을 한번 맺어봤더라면……. 그런 생각이 드는 거예요. 그토록 모진 삶을 살고도 이런 생각이 끼어들다니, 어쩔 수 없이 나도 아녀자인가 봐요.

사고라고 그랬어요. 한순간의 사고로 삶이 통째로 뒤흔들리는 걸, 젊은 나는 한 번도 상상해보지 않았지요. 평범하게만 살아온 내게 그런 순간이 기다리고 있으리라고는 상상도 못할 나이였으니까요. 사람들은 쉽고 간단하게 말했어요. 불의의 사고였다고. 한눈을 팔다가 전봇대에 이마를 찧는 것 같은, 돌부리에 치어 넘어지거나 계단에서 미끄러지는 것 같은, 버스가 전복하고 달리던 기차가 탈선하고 비행기가 추락하고 여객선이 침몰하는 것 같은 그런 사고라고 말이지요. 흔한 일이지요. 너무 흔해서 감정에 굳은살이 박혀버릴 정도지요.

그러나 왜?

알아요. 숱한 사람들이 그래서 고통 받고 있다는 걸요. 어리석은 질문으로 자학하느니 그런 자신을 인정하고 받아들이고 거기에서 다시 시작해야 한다는 것도, 알고 있어요. 하지만 말이에요, 머리로는 백번도 더 인정하고 받아들여도 몸이 따라주지 않을 때는 어떡해야 하나요? 머리를 따라야 하나요? 가슴을 따라야 하나요? 호미자락에 중동이 싹둑 잘린 지렁이가 죽어가는 꼬리를 매달고도 삶을 향해 고개를 치켜들고, 사지 말단이 동상에 걸려 괴사하고 있으면서도 가슴은 욕정으로 활활 타오를 때, 뜨거움을 향하는 것이 본능이겠지요. 뜨겁고 밝은 그것이 생명줄이니까요.

꼬리에 꼬리를 무는 의문부호, 그때 나에게는 그것이 무엇보다 뜨거웠던 거예요. 생의 비밀을 푸는 열쇠였던 거지요.

그런데 당신이 사라져버렸어요. 집채만큼 쌓여 있는 조각들을 함께 맞춰야 할 당신이, 실마리를 쥐고 사라진 거예요.

얼마나 그렇게 서 있었을까요? 그날의 사고 이후 우리는 비로소 서로를 마주 보고 있었던 겁니다. 온몸과 얼굴에 붕대를 감고 혼수상태에 빠진 모습이 당신에 대한 마지막 기억이었지요. 의식이 돌아온 당신이 나와의 면회를 거부하더니 끝내 사라져버렸으니까요. 아, 당신,

내가 알고 있던 사람이 정녕 당신입니까? 자꾸만 곁눈질로 훔쳐보게 만들던 서늘한 콧날과 대리석 같이 반듯하던 이마, 제 귓불을 잘근잘근 씹고 혀를 탐하던 당신입니까? 내가 쓰다듬고 어루만지던 당신은 어디로 갔는지요?

눈썹은 흔적도 없고 눈과 코와 입이 녹아내려 완전히 달라진 얼굴 앞에서 내가 흔들리지 않을 수 있었던 건 눈동자 때문이었지요. 알아볼 수도 없이 변해버린 당신 얼굴에서 나는 탐욕스럽게 예전의 흔적을 찾았고 마침내 찾아냈는데, 그것이 눈동자였어요.

참혹하게 일그러진 얼굴과 달리 두 눈은 그윽하게 빛나고 있었지요. 전보다 훨씬 맑고 깊어진 두 눈은 말하고 있었어요. 당신은 불행하지 않다고.

그 눈에서 눈물이 주르륵 흘러내렸습니다. 그제야 나는 두 손을 모아 합장하고 고개를 숙였지요. 석고처럼 굳어 있던 당신은 그런 나를 와락 끌어안았어요. 그리고 오열하기 시작했지요. 그 눈물의 의미는 무엇이었을까요. 머리를 깎고 승복을 입고 나타난 나에 대한 동정이었던가요? 지난 세월에 대한 통한이었나요.

당신 집을 둘러보면서 조금 섬뜩했습니다. 10년 세월을 떨어져 있는 동안 나는 비구니가 되고, 당신은 어느 종파에 속한 것도 계를 받은 것도 아니지만 부처님을 모신 작은 도량을 꾸미고 있었다니 말이지요.

그러니 우리가 부처님이 내려다보는 법당에서 몸을 섞은 것을 부처님은 나무라지 않으셨을 겁니다. 법당을 둘러보다가 우리는 누가 먼

저랄 것도 없이 무릎을 꿇었지요. 삼배를 하고 참선에 들었습니다. 눈을 떴을 때는 문창호지가 발그레하게 물들어 있었지요. 옆에서 나를 물끄러미 바라보고 있던 당신은 내 방석을 돌려 마주 앉았지요. 그리고 떨리는 손으로 조심스럽게 가사의 고름을 풀었습니다. 그렇게 알몸이 된 우리는 오랫동안 마주 보고 있었어요. 눈이 부신 듯 당신이 눈을 감았지요. 그런 당신에게 내가 다가갔습니다. 가슴이며 배 허벅지까지, 그날의 흔적이 고스란히 남아 있는 그곳을 나는 부처님을 모시듯 정성을 다해 애무했습니다. 당신은 다시 눈물을 흘렸지요.

그날의 섹스를 뭐라고 말할 수 있을까요. 머리를 깎아도 그 어떤 법문이나 경전으로도, 두엄 더미를 뒹구는 고행으로도 싸늘하기만 하던 몸이었습니다. 온몸을 태워버리고 싶을 만큼 활활 타오르면서도 불길은 없고, 채워도 채워도 채워지지 않던 빈 욕망의 항아리 같던 날들이었지요. 지리산 정상에서 끊어졌던 기억이 다시 이어지는 듯했습니다. 그 순간에 고착되어 있던 삶의 수레바퀴가 꾸룽, 하며 다시 굴러가는 듯, 퍼즐의 잃어버린 조각 하나를 다시 찾은 듯, 싸늘하게 얼어 있던 몸에 다시 피돌기가 시작되는 듯했지요. 10년 동안 봉인되어 있던 몸이 그렇게 달뜰 줄 몰랐습니다. 내 몸이 그토록 쾌락에 겨워할 줄은 몰랐습니다. 당신 혀가 스치는 곳, 손가락이 스치는 곳이 모두 마치 성수를 부은 것처럼 뜨거웠지요.

토굴에는 당신보다 연배가 조금 높은 스님 한 분이 계셨지요. 후두

암에 걸린 후, 자신의 절마저 도반에게 넘겨주고 당신 거처로 들어오신 분이었지요. 수술을 하지 않으면 1년을 넘기지 못할 거라고 했다는데 당신과 함께 산 지 3년째라고 했어요.

어린아이 같은 분이었어요. 죽음을 앞두고 있어서 그럴 수 있었던 걸까요? 오늘이든 내일이든 훌쩍 이승을 떠날 수 있다는 마음가짐이 그렇게 천진하게 만들어준 걸까요?

그동안 이런저런 화두를 붙잡고 정진해봤지만, 그거 다 소용없습디다. 제일 좋은 화두가 뭔지 아요? 죽음이여. 그것도 자기의 죽음. 목에다가 시퍼런 칼을 겨누고 따라다니는 그놈. 그놈을 친구 삼아 정진을 하니까 눈앞이 환해. 히히. 그러니까 그대들 너무 서둘지 마소. 도를 닦겠다고 고행을 하고 금욕을 하고 그러들 말라고. 그냥 해피하게 살어요. 그러다가 죽을 때 되든 그때 가서 죽음하고 한바탕 뒹굴라고. 그라면 된당게. 히히.

스님을 보고 있으면 그냥 자연이구나 싶었지요. 바람이 불면 흔들리고 비가 오면 젖고 그러다가 누가 짓밟으면 그냥 밟히는 풀이나 나무, 꽃, 그런 게 떠올랐어요. 자유자재하고 유연한 모습이 그냥 그런 생각이 들게 만드는 분이었어요.

장난꾸러기 같은 면도 많았지요. 어색하게 걸어가는 우리 사이에 끼어들어 팔짱을 끼게 만들고 갑자기 당신에게 저를 업으라고 하고, 어느 날은 우리가 누워 자는 사이로 끼어들기까지 했잖아요.

나는 귀신이다. 귀신. 내가 사람으로 보여요? 나는 귀신이랑게. 그런데 나쁜 귀신은 아니고 두 사람을 지켜주는 좋은 귀신이란 말이요. 그렇게 나만 따돌리지 말아. 흐흐.

돌이켜 보면, 내가 바로 떠나지 못한 건 스님 때문이었던 것 같아요.

세 사람이 함께 지낸 나날은 피안의 시간 같았지요. 우리는 함께 일하고 공양을 하고 참선을 하고 예불을 드렸습니다. 밤에는 당신 품에 안겨 잠이 들었지요. 눈에 보이는 색계의 허무함에 대해서는 경전이 아니라 몸으로 이미 알고 있었지만, 그래도 달콤한 건 부정할 수 없었어요. 행복이란 말은 차마 마음속으로도 꺼낼 수 없었지요. 세월의 바람 앞에 온전한 건 아무것도 없다는 것도 이미 알고 있었으니까요.

내일에 대해서도 말하지 않았지요. 예전에 우리가 누구였는지도 중요하지 않았고요. 이 순간도 지나고 흘러서 과거 속에 묻힐 것이고, 그렇게 모든 것은 흘러갈 테니까요. 어쩌면 그래서 더욱 잡고 싶었던 걸까요? 언젠가는 과거 속으로 묻혀 화석이 될지언정, 아무것도 놓치고 싶지 않았어요. 태양이 빛나는 한순간 한순간과 달빛에 흔들리는 모든 것들을 놓치고 싶지 않았던 거지요. 그것이 한 필의 아름다운 명주가 될지 거친 베옷이 될지 몰라도, 내 기억 속에 영원히 간직하고 싶었지요. 그러면서 나는 떠날 시점을 찾고 있었습니다.

그런데 주의보가 떨어진 거예요. 몰래 선착장까지 내려갔던 나는 하는 수 없이 다시 돌아왔지요. 마치 아무 일도 없었다는 듯이 슈퍼에 들러 달걀과 과일을 사 들고서 말이지요. 그때도 슈퍼에는 화면이 고르지 않은 그 텔레비전이 걸려 있었어요. 계산을 하는데 태풍 소식을 전하더군요. 화면에 구름 사진이 나왔어요. 동지나해 파란 바다에 하얀 구름이 소용돌이치고 있는데, 가운데가 동그랗게 뚫려 있더군요. 태풍의 눈이었어요. 한동안 그 화면에서 눈을 뗄 수 없었지요. 태풍이 눈을 부릅뜨고 저를 노려보고 있는 것 같았거든요.

바람이 불기 시작했지요. 저녁 무렵부터 불기 시작한 바람은 밤이 깊어갈수록 더욱 거세졌어요. 그런 바람은 처음이었습니다. 정체도 알 수 없는 소리가 밤새도록 들렸지요. 정체불명의 소리는 어둠을 먹고 히드라처럼 자라났지요. 형체를 알 수 없는 괴물들이 날뛰는 것 같았어요. 우지끈 뚝딱, 나뭇가지 부러지는 소리는 차라리 정겨웠지요.

내가 잠을 이루지 못하고 뒤척이는 바람에 당신도 눈을 떴지요. 라디오를 켜자 다급한 목소리로 기상 특보를 전하고 있었어요.

태풍은 오늘 밤 일본 남쪽 해상까지 올라올 것으로 예상됩니다. 발생 당시에는 소형급이었지만 해수면 온도가 높아 점점 세력이 강해지고 있습니다. 진로는 아직도 매우 유동적입니다. 대한해협을 빠져나갈 경우 피해가 덜하겠지만 우리나라 남해상으로 올라올 경우 최악의 피해가 예상됩니다. 이 시각 현재 먼바다부터 물결이 점차 높아지고 있으며 전 해상에는 풍랑주의보가 내려진 상태입니다.

우리가 밖으로 나가니 스님이 벌써 나와 있었지요.
큰 손님이 오실라는가 봐.

그러게 말이에요.

지금 어디쯤 오셨다든가.

일본 근처까지 왔답니다.

저런, 곧 당도하시겠군.

비바람이 몰아치는 중에도 당신과 스님은 지붕 위에까지 올라갔지요. 평소에도 바람을 많이 타는 곳이라 무거운 돌로 지붕을 눌러놓았지만, 그날은 밧줄을 얼기설기 엮어 그물추처럼 돌멩이를 매달아 놓았지요.

다시 방으로 들어와 방문을 닫았지만 잠금 고리가 없는 방문은 금방 왈칵 열리면서 벽에 세차게 부딪쳤지요. 문고리를 붙잡고 있으면 누군가 밖에서 잡아당기는 것 같았어요. 손잡이의 굽진 곳을 지렛대 삼아 숟가락을 꽂아보았지만 그것도 얼마 버티지 못했지요. 나중에 보니 숟가락이 기역 자로 휘어 있었지요. 여러 겹의 나일론 줄로 문고리와 옷장 손잡이를 서로 묶어봤지만 나일론 줄마저 늘어나더군요. 결국 굵은 대못을 쳐버렸지요.

그날 밤, 나는 당신 품에 안겨서도 한잠도 자지 못했어요. 당신은 가늘게 코를 골더군요. 모든 두려움은 무지에서 오나니, 이 공포는 단지 보이지 않는다는 것, 어둠 때문에 생긴 것이라고 염불을 외며 저를 달랬지만 다음 날 새벽, 눈에 보이는 풍경은 그것조차 저의 분별심일 뿐이라고 조롱하는 것 같았지요. 마치 대대 병력의 말발굽이 휩쓸고 간 것처럼 처참한 풍경에 차라리 눈을 감고 싶었습니다.

수평선은 비바람에 지워져 어디가 하늘이고 어디가 바다인지 알 수 없었어요. 그것은 그냥 거대한 괴물이었어요. 라디오에서는 시시각각 다가오고 있는 괴물에 대해 숨 가쁘게 전하고 있었지요.

현재 태풍은 강한 세력을 유지한 채 북상하고 있는데요, 이대로라면 오전에 제주도를 지나 오후에는 남해안에 상륙한 뒤 내륙을 관통할 것으로 예상됩니다. 파고는 최고 7미터로 높겠습니다.

천지가 요동을 치는 순간, 그것이 세상의 전부였어요. 더 이상 할 수 있는 일은 없었지요. 우리는 늦은 아침을 먹고 마루에 앉아 있었어요.
보건소 소장님과 애인도 있었지요. 그 여자분, 저처럼 전날 떠날 예정이었다죠. 섬에 오고 싶어도 보건소 식구들 눈치가 보여 자주 오지도 못하는데 소장님은 그녀를 하루라도 빨리 돌려보내려고 한다며 서운해했죠.
그런데 주 씨가 제 발목을 잡는기라예. 얼마나 고마운지.
그게 누구지? 하는 얼굴로 일제히 아가씨를 쳐다보니까 아가씨가 웃으며 말했지요.
주의보 씨 말이에요. 풍랑주의보.
자기 감정에 솔직하고 발랄한 그녀가 참 예뻐 보였어요.
그런데 그놈의 주 씨가 맨날 고마운 거는 아이라예. 제가 육지에 있을 때는 고마 콱 직이뿌리고 싶은 기라예.

그래도 요번 참에는 주 씨 덕 톡톡히 보네. 태풍 구경하고 싶다고 그래 노래를 불러쌓더니 말이다.

소장님은 애인의 투정이 싫지 않은 듯 싱글거리며 말했어요.

그런데 이 집 직이네예. 마루에 앉아가 저래 먼 바다가 다 보이고, 멀미가 다 날라 카네예.

멀미약 하나 묵을래?

소장님은 스님에게 줄 약과 함께 동동주와 파전까지 싸 가지고 왔지요.

곡차나 한잔 하입시다. 어차피 오늘 같은 날은 보건소도 공치는 날이라예. 오다 보이까 걸어 다니는 거는 우리뿐이데예.

거 좋지. 당신네들이 오니까 잔칫집 같네.

마당에는 배롱나무가 한 그루 있었지요. 절집에 살면서 좋아하게 된 나무가 배롱나무였지요. 전에는 자잘한 꽃잎을 수없이 매달고 있는 것도 붉은 빛깔도 어쩐지 천하게 보여 싫어했었지요. 그런데 어느 순간 활활 타오르는 불꽃처럼 피고 지고, 지고 또 피는 그 끈질긴 붉은 구애에 마음을 허락하지 않을 수가 없었지요. 알몸처럼 보여 민망하기만 하던 수피도 건장한 남정네의 근육처럼 달리 보이더군요.

당신을 찾아갔던 그때 배롱나무는 절정을 맞은 듯 꽃이 한창이었지요. 짙푸른 바다를 배경으로 꽃은 더욱 붉게 타오르고 있었고요. 당신이 심고 가꾼 것이란 말에 내 마음도 붉게 물들었어요. 무엇보다 내가 좋아한 게 뭔지 아시나요? 새벽같이 일어난 당신이 꽃잎을 쓸어내던 비질 소리였어요. 절에서는 내가 하던 일이었지요. 그 소리가 그렇게 아름다운지 몰랐어요. 잠결을 파고드는 비질 소리와 붉은 꽃잎이 휩쓸리는 영상이 어우러져 마치 내가 한 점 붉은 꽃잎이 되어 개울물을 타고 흘러가는 듯했지요. 당신의 부드러운 손길을 따라서요.

그런데 밤새 그 많던 꽃잎이 하나도 남지 않고 다 떨어져버렸더군요. 마당에 파인 고랑을 따라 모여 있는 붉은 꽃잎이 마지막 유언처럼 보였지요.

동동주 한 병을 비울 즈음, 일기예보는 태풍이 제주도를 관통하고 있다고 전했지요.

지금 제주도에는 순간 최대 풍속 초속 52미터의 강풍이 불고 있습니다. 강풍과 폭우 때문에 전기와 교통이 끊겨 고립된 곳이 속출하고 있습니다. 섬이 완전히 물에 잠겼습니다.

기자는 물에 빠져 구조 요청이라도 하는 사람처럼 다급한 목소리로 말했어요. 그리고 그게 무슨 신호탄 같았지요. 그때부터 바람은 잠깐 숨 돌릴 틈도 주지 않았어요. 바람은 비닐봉지나 신문지, 나뭇잎이나 풀, 머리카락이나 치맛자락 같이 다른 무엇을 통해 제 존재를 증명한다고 생각했었지요. 그런데 그때 내 눈앞에 보이던 것은 바람, 그 자체의 형상이었어요.

그것은 분명한 형상을 가진 생명체였어요. 적당한 수분과 온도만 있으면 쌀독에서 쌀벌레가 생기고 묵은 책에서는 책벌레가 생기고 바람에 날리는 꽃가루가 암술을 만나 열매를 맺고 정자와 난자가 만나 사람이 되듯, 물 알갱이들로 이루어진 구름이 모이고 모여서 하나의 기압을 이루고 전선을 만들고 거기에서 태풍이 태어나는 거지요. 아기가 자라듯이 뜨거운 수증기를 먹고 점점 자라나 거대한 괴물이 되는 것이지요. 외눈박이 괴물 말입니다. 텔레비전에서 본 태풍의 눈이 시시각각 다가오고 있는 게 보이는 것 같았어요.

배롱나무가 통째로 뽑힐 듯 휘어지기 시작했지요. 뿌리내린 것들의 숙명이 그런 것이더군요. 단 한 발짝도 움직이지 못하고 고스란히 그것을 견뎌내야 하는, 그것이 뿌리내린 것들의 숙명이더군요. 억센 손아귀에 머리채를 휘어잡힌 채 뿌리째 뽑혀나갈 것 같았지요. 마치 상모돌리기를 하는 것처럼 몇 바퀴나 휘돌림을 당하던 배롱나무는 마침내 자지러지는 듯한 비명 소리를 냈습니다. 그중 긴 가지 하나가 무참히 꺾였는데 그건 꺾인 게 아니라 찢어진 것이었지요. 나무줄기 중에서도 질기기로 빠지지 않는 배롱나무입니다. 그것이 마치 명태포처럼 목질의 결을 낱낱이 드러내며 찢어진 것입니다. 그 바람은 마치 우리 마당의 배롱나무와 빚 갚음할 것이라도 있는 듯, 굵은 가지 세 개를 모두 처참하게 찢어버렸습니다. 깊은 그늘이 확 벗겨져버린 것 같았지요.

모두 말을 잃었어요. 소장님 애인은 소장님 품에 안긴 채 숨을 죽이고 있었고요, 스님은 동동주 잔을 내려놓고 염주를 집어 들었지요.

이제 댕겨가신 겨?

시작이 있으면 끝이 있고, 태어나면 죽는 것은 자연도 다르지 않은 가 봅니다. 오후 느지막이 바람이 자기 시작했지요. 마당은 벌레 먹은 나뭇잎처럼 굵은 엽맥 같은 고랑이 패어 있었어요. 굵은 핏발이 서 있 는 듯했습니다. 얼마나 시달렸는지 나무 이파리며 풀은 마치 불에 그 을린 듯 시들시들 말라비틀어져 있었지요.

지붕이 날아가지 않은 게 다행이었지요. 솔직히 저는 집이 날아갈 줄 알았습니다. 당신 혼자 힘으로 지어놓은 흙집이 버티지 못할 줄 알 았어요. 천만다행 집은 무사했고 나머지는 당장 뭘 어쩔 수 있는 것이 아니었지요.

무슨 일이 있었느냐는 듯 하늘이 개기 시작하더군요. 바다도 조금 씩 푸른색을 회복하고 있었고요.

그분, 참 징하네. 곱게 좀 댕겨가시제.

그러게 말입니다. 완전히 초토화를 시켜놓고 시치미를 뚝 떼네요.

히히, 시치미를 뗄라면 요렇게 해야 써. 그람은 엇다가 따질 것이여.

참나. 그리고 보니까 당한 사람이 미안해질라고 그러네요.

그나저나 당신이 애지중지 가꾼 배롱나무가 요 꼴이 되야부러서 으 짠디야.

뿌리가 남아 있잖아요.

히히, 그렇네. 지가 아무리 용을 써도 땅속 깊이 묻힌 뿌리는 어쩌지를 못 하겠제. 그나저나 아가씨, 구경 잘했소?

예.

무섭지요?

예.

흐흐, 또 구경하겠다는 말은 안 나오겠군.

비설거지를 대충 마친 후 우리는 바닷가로 내려가기로 했지요. 집에 앉아서도 눈 돌리는 곳 어디나 바다였지만, 그 여자분, 소장님 애인이 좀 더 가까이서 바다를 보고 싶어했기 때문이었지요.

점심을 건너뛴 터라 제가 밥을 지어놓고 내려가기로 했지요. 당신이 저를 도와주겠다고 했지만, 제가 얼른 하고 뒤따라갈 테니 같이 가라고 했지요.

밥을 안쳐놓고 찌개는 끓이기만 하면 되게 준비를 해놓고 부엌을 나오니 수평선이 다시 뿌예지고 있었지요. 이내 같은 물 알갱이가 피어오르는 것 같았어요. 건너편 벼랑 바위너설이나 옹두라지도 조금씩 흐려지고 가려지더니 제 이마에 빗방울 하나가 떨어졌지요. 시달릴 대로 시달려 축 처진 나무 이파리들도 가볍게 일렁이기 시작했지요.

토굴 아래 자드락밭을 끼고 해변으로 내려가는 길은 가팔랐어요. 바위에 붙어 자라는 덤불숲을 끼고 돌아 내려가니 몽돌 해변 너럭바위에 당신들이 서 있는 게 보였지요. 소장님 커플은 서로 허리를 꼭 끌어 앉은 채 바다를 바라보고 있었고 당신과 스님은 그 옆에 나란히 앉아 있었지요. 태풍의 여파 때문인지 파도가 만만치 않았어요. 대여섯 번에 한 번쯤은 그동안의 기를 끌어모은 것처럼 당신들이 서 있는 너럭바위를 치며 하늘로 솟구쳤지요. 그때마다 소장님 커플은 까르르 웃으며 뒤로 물러섰고 당신과 스님은 그 파도를 고스란히 뒤집어쓰고 있었지요.

위에서 봐서 그랬을까요? 내려다보니 아찔했어요. 좀 뒤로 물러서지, 생각하며 다시 내려갔죠. 비에 젖은 바윗길은 미끄러웠어요. 주저앉듯이 엉덩이를 바닥에 대고 한 발 한 발 조심해서 내려가고 있었지요. 그런데 어느 순간 누군가 제 뺨을 세차게 후려쳤지요.

순식간이었어요. 빗방울은 우박처럼 굵어졌고 돌풍이 불어대기 시작했어요. 우박처럼 굵은 빗방울이 죽비처럼 제 얼굴이며 등짝을 후려쳤지요. 바람은 바위에 달라붙어 있는 저를 떼어내 저 바다로 패대기를 쳐버릴 것 같았고요. 깜짝 놀라 바위를 꼭 붙잡고 눈을 질끈 감았어요. 손가락을 바위틈에 넣고 있는 힘껏 몸을 바위에 밀착시켰어요. 멀찌감치서 구경꾼이 되어 바라보던 벼랑의 나무가 바로 저였던 거예요.

그런데 이 바람은 또 뭐란 말인가. 태풍이 지나간 게 아니었던가. 나중에 생각해보니 그게 태풍의 눈이었던 거예요. 태풍의 눈이 우리 머리 위를 지나간 거였지요. 숨 막히는 정적으로 우리를 내려다보고 있었던 거예요. 그걸 모르고 우리는 태풍이 지나갔다고 생각한 거였지요.

아래 있는 당신들이 걱정이 돼서 견딜 수가 없었어요. 고개를 돌릴 수도, 눈을 뜰 수도 없었지요. 겨우 눈을 가늘게 뜨고 내려다보았더니 당신들 모습이 굵은 빗줄기 사이로 희미하게 보였어요. 황급히 바다를 등지고 벼랑 쪽으로 피신하는 것 같았지요. 안도의 한숨을 내쉬며 자세를 가다듬고 다시 내려다보다가, 갯바위를 기어오르는 당신들 뒤에서 전속력으로 달려오는 그것을 나는 보고 말았던 거예요.

아, 그걸 어떻게 표현할 수 있을까요. 악마의 갈퀴가 그럴까요? 죽음의 그림자가 덮칠 때 그럴까요? 천군만마가 갈기를 휘날리는 것 같이 하얗게 부서지며 달려오던 파도가 당신들이 서 있던 너럭바위를 가볍게 넘어오더니 그 기세로 도망가는 당신들의 덜미를 낚아챘지요. 당신들은 아무것도 몰랐을 거예요. 바다가 뒤집어지는지 죽음의 그림자가 망나니처럼 칼을 휘두르고, 그 순간 네 사람이 같은 운명의 배를 타게 될 거라는 것도, 까맣게 몰랐겠지요. 청천벽력처럼 부서지는 파도 소리에 당신들 귀는 멀었을 테고, 위험하다는 걸 깨달았을 땐 이미 하얗게 부서지는 포말 속에서 혼이 쑥 빠진 채 가련한 한 잎 낙엽처럼 뒹굴고 있었을 테니 말이지요. 바람에 솟구치는 낙엽처럼 가벼웠지요.

그걸 나는 보고 말았던 거지요. 보고만 있었던 거지요.

어두워지네요. 이제 제를 올려야겠군요. 비바람이 제법 거칠어졌나 봐요. 촛불이 꺼졌네요. 하지만 내 마음속은 저 붉은 백일홍 꽃처럼 후끈 달아오르네요. 참, 배롱나무 말이에요. 이번에 돌아오니 꽤 자라 있더군요. 꽃도 예전처럼 피었고요. 제삿날 비바람이 불기는 처음인 거 같아요. 어쩐지 외롭지가 않네요. 마치 15년 전, 그날 같아요. 어쩌면 나도 이미 죽어 혼령이 되어 있는 건 아닌가 모르겠어요. 그때 물거품 속으로 나뭇잎처럼 가볍게 솟구치는 당신들과 함께 내 생명의 고갱이도 쏙 빠져나가고 빈껍데기만 남아 있는 건지도 모를 일이에요.

자, 술 한 잔씩 받으시지요. 당신들, 지금도 함께 있나요? 부럽군요. 나는 언제쯤 끼워줄 건가요. 한날한시에 운명을 달리한 당신들은 무슨 인연일까요? 그걸 고스란히 지켜봐야 했던 나의 업은 도대체 어떤 것일까요. 당신과 나는 어떤 인연이었을까요.

저 남쪽, 바다 건너 한 점 섬에 온몸에 화상을 입은 처사가 깎아지른 벼랑에 새 둥지 같은 토굴을 지어놓고 있다는 말을 해준 길손은 누구였을까요? 저를 떠보려고 관음보살님이 현신했던 걸까요? 초탈한 것처럼 착각하고 있던 나의 오만을 일깨우려던 것이었을까요? 내가 당신을 찾지 않았다면, 아니, 먼 발치에서 당신 사는 모습 한 번 보고 그대로 돌아가겠노라고 스스로에게 했던 다짐만이라도 지켰다면, 그랬다면 당신은 어쩌고 있을까요.

수색 작업은 나흘 동안 계속되었지요. 스님은 끝내 찾을 수가 없었어요. 아마 제대로 도를 닦으셨던가 봐요. 삶에 대한 미련을 깨끗하게 비웠던가 봐요. 몽돌 해변에서 스님이 쓰고 다니던 벙거지 모자를 찾은 건 아마 이듬해 봄이었던 거 같아요. 소장님과 애인은 꼭 끌어안은 채 물 위로 떠올랐지요. 소장님이 애인의 머리를 온몸으로 감싸듯이

안고 있었지요. 사람들이 믿을 수 없는 일이라고 하더군요. 그런 파도
밭이라면 사지육신이 떨어져나가 산산이 부서지는 게 오히려 정상이
라고 하더군요. 당신은 수색 마지막 날, 갯바위 틈에서 발견되었어요.
엎드린 자세가 막 잠수를 마치고 걸어 나오려는 것처럼 보였지요.

후, 음복이라도 해야겠네요.

그땐 아무렇지도 않았는데…… 15년이나 지난 지금에 와서 왜 이렇
게 가슴이 미어지고 손까지 떨리나 모르겠네요. 하긴, 그때 나는 살아
도 산 게 아니었지요. 죽으려고 환장한 년, 죽지 못해 미친년, 그게 나
였거든요.

당신을 따라갈 생각밖에 없었지요. 낙엽처럼 가볍게, 훌쩍 몸을 날
리는 그것만 생각하고 있었어요. 그 장면만 떠올리면 황홀했어요. 그
러니 서두를 것도 없었지요.

사십구재를 지내기 위해 절로 돌아갔지요. 그러자 당신들의 영가천
도를 비는 것이 내가 마지막까지 남은 이유인 것 같았어요. 첫 번째
기제사는 내 손으로 차려주고 싶었어요.

그런데 얼마 후, 내가 남겨진 진짜 이유를 알게 되었지요. 내 몸속
에 당신의 씨가 자라고 있었던 겁니다. 비구니의 몸으로 절에서 부풀
어 오르는 배를 감추며 지낼 수는 없었지요. 결국 내가 돌아갈 곳은
당신 토굴밖에 없었던 겁니다.

아이 얼굴을 처음 보았을 때, 나는 온몸이 얼어붙어 버렸습니다. 아

이 이마에 가늘게 붉은 줄이 있었던 겁니다. 당신의 시신을 찾았을 때 사람들은 보지 말라고 말렸지요. 하지만 그게 될 일인가요. 급류에 휩쓸릴 때 바위에 부딪쳤는지 당신의 두개골이 열려 있었기 때문이었지요. 얼마나 끔찍한지 눈을 돌리고 싶었지만, 그러지 않았어요. 그럴 수 없었지요. 당신의 모습이 험악하다고 눈을 돌리다니요. 나는 어금니를 깨물고 두 눈을 부릅뜨고 더 똑바로 당신의 마지막 모습을 각인시켰지요. 내가 당신을 위해 해줄 수 있는 것이 고작 그것뿐이었으니까요. 아이 이마에 나 있는 붉은 줄, 그것은 바로 당신의 두개골이 날아가 버린 그 부분이었답니다. 그게 무슨 표지일까요.

내 정성이 모자랐나요? 아니면 당신의 애착이 더 컸던 걸까요. 당신, 내가 잊히지 않아 돌아온 것이었나요? 내가 훌쩍 몸을 날려버릴까봐 나를 붙잡으려고 돌아온 것인가요?

동하가 자라는 것을 지켜보는 것, 그것은 고행 중에 고행이었습니다. 어린것이 오히려 제 어미를 더 챙기고 걱정하는 것도, 지나치게 속이 깊고 어른스러운 것도, 정이 많고 눈물이 많은 것도, 살갑게 내 품을 파고드는 것도, 커갈수록 바다를 좋아하는 것도 모두 두려웠지요. 학교를 핑계로 뭍으로 나갔을 때 동하는 아무 이유도 없이 열이 펄펄 끓어올랐지요. 또래 아이들처럼 평범하게 키우는 것, 그게 내 목표였답니다.

썩 잘된 것 같지는 않아요. 그래도 내가 이곳으로 돌아올 준비를 하던 무렵 동하 이마에 있던 붉은 줄이 희미해지더니 마침내 사라지더군요. 마치 나를 놓아줄 때가 되었다는 듯이 말이지요.

이제는 너무 힘이 드네요.

태풍은 어디쯤 오고 있을까요.

스님 말을 자주 떠올렸어요. 죽음을 화두로 뒹굴었다는 그 말. 당신 떠나고 지금까지, 죽음을 화두로 뒹굴었던 세월이었던 것 같아요.

그런데 이제 생각해보면 내가 어리석었나 봐요. 스님은 사는 날까지는 해피하게 살라고 했는데……. 죽음이란 화두, 그건 너무 오래 잡고 있을 건 못 되는 것 같아요. 내 몸의 진이 다 빠져버린 것 같아요. 내일은 떠나야지, 모레는 떠나야지, 그렇게 여행 가방을 싸놓고 10년 세월을 보내버린 거지요.

꽃은 웃어도 소리가 없고 새는 울어도 눈물이 없다더니, 지금까지 내가 살아온 게 그랬어요.

이제 할 만큼 하지 않았나요? 나도 이제는 가벼워지고 싶은데……. 이제는 나도 당신 곁으로 가고 싶어요. 그 생각밖에 없어요.

당신, 거기 있나요?

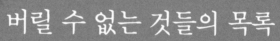

버릴 수 없는 것들의 목록

1

이삿짐은 슬프다. 집 안 어디선가 자기 구실을 하고 있을 땐 모르지만 이사를 하려고 끄집어 내놓는 순간 생활의 윤기는 사라지고 마는 것이다. 조금 전까지 내 몸에 걸치고 있던 속옷도 버리려는 순간, 남루한 걸레가 되어버리는 것처럼. 또는 방금 숟가락을 넣고 떠먹던 찌개를 버리려고 하는 순간 음식 쓰레기가 되어버리는 것처럼 말이다. 찌개, 이건 너무 적나라해서 마음까지 짜르르해진다. 몇 번 데워 먹던 찌개에 숟가락을 박으면서, 이번 한 번만 더 먹고 그만 버려야지 생각하게 되는 때 말이다. 그런 생각을, 먹고 있을 때 하면 너무 비참해진다. 음식물 쓰레기통으로 들어갈 것이 내 입 속으로 들어가고 있는 느낌이 들기 때문이다.

어딘가 놓여야 할 자리에 놓이지 못한 모든 것들은 그래서, 슬프다.

저 거대한 덩치의 침대도 나를 슬프게 한다. 그냥 침대도 아니고 돌침대다. 열 평이 채 안 되는 원룸의 절반을 차지하고 있는 돌침대는, 사물이 아닌 것 같다. 설악산의 울산바위처럼 떡 버티고 있는 것이 마치 이 작은 영토의 주인이라도 되는 것처럼 당당하다.

그렇다. 내가 정말 슬픈 이유는, 저것을 버려야 된다는 것 때문이다. 저렇게 훌륭하고 좋은 것을 버려야 된다는 게 슬픈 게 아니다. 오랫동안 몸 부비며 정이 들어서 마음이 아프단 것도 아니다. 버리고 싶은데, 나는 저걸 들여놓을 곳도 없고, 옮겨 갈 도리도 없고, 필요도 없고, 제아무리 값비싸고 좋은 것이라 해도 쓸모가 없는데 버릴 수가 없다는 것이다. 마치 천년바위처럼, 고목처럼 육중하게 뿌리내린 저것을 빼낼 도리가 없기 때문이다. 아무리 흔들어도 꿈쩍도 하지 않는다는 흔들바위처럼 말이다.

이삿짐을 싸기 시작할 때만 해도 저것은 나에게 작은 위안을 주기도 했다. 모르긴 해도 돈 백은 넘게 나가는 물건이 틀림없으므로 저것을 판다면, 중고니까 절반으로 딱 자른다고 해도 50만 원, 뭐 더 깎자고 할 때에 대비해서 40만 원, 임자 제대로 만났을 때에 대비해서 최대한 기대치를 낮추어 10만 원은 더 양보할 수 있다고 생각했다.

그런데 반응이 이상했다.

불친절한 거야 이해할 수 있었다. 아무리 재활용센터라도 팔려는 사람보다는 사려는 사람이 더 반가울 테니까. 나는 세간을 내다 파는 가장처럼 부끄러워졌고 최대한 공손히 물었다.

"저, 혹시 돌침대 사나요?"

"돌침대요? 안 삽니다."

벌써 세 번째였다. 나는 궁지에 몰린 쥐처럼 화가 났다. 그건 단순히 상거래에 대한 예의 차원의 문제가 아닌 것 같았다. 온 세상이 내게 불친절하고 무례하게 구는 기분이었다.

나는 혹시 같은 곳에 전화를 걸었나 미심쩍어 번호를 다시 확인했다. 같은 곳은 아니었다. 처음에는 그 업소가 돌침대를 취급하지 않는 곳인 줄 알았다. 그런데 세 번이나 똑같은 말을 듣자, 돌침대라는 품목 자체가 재활용센터에서 취급하지 않는 품목인가, 싶어지는 거였다.

버스를 타고 가다가 어느 정류장 부근에서 본 재활용센터가 떠오른다. 유리문 너머 창고처럼 보이는 그곳의 스산한 풍경이 내 시선을 붙들었다. 어두컴컴한 실내에는 냉장고며 싱크대, 옷장, 책상, 가스레인지 같은 것이 어지럽게 쌓여 있었다. 몇 번을 굴렀는지 어딘가 찌그러지고 어긋나고 더러웠다. 그러나 저것들도 처음은 있었으리라. 반짝이는 새것의 시절. 누군가의 환호 속에 가장 빛나는 자리를 차지했던 날들.

공부를 열심히 하리라 다짐하며 매일 걸레질을 하던 학생의 책상도 있었을 것이고, 신접살림 나던 새댁의 혼수품도 있었으리라. 그러나 세월은 흐르고, 첫 다짐과 맹세는 차츰 빛을 잃어간다. 그리고 어느 날 더 좋은 새것에 밀려서, 혹은 풍비박산 난 집안에서 이리저리 치이다가 마침내 버림받았을 것이다.

그러나 쓸데없는 감상에 빠져 있을 시간이 없다.

빚쟁이들이 몰려오기 전에 버릴 것들은 버리고 정리해서 방을 빼야된다.

지역 정보지에 나와 있는 재활용센터는 이제 하나밖에 남지 않았다. 포기해버릴까 하다가 마지막 기운을 짜내 전화를 건다.

"네, ○○재활용센터입니다."

느낌이 좋다. 지금까지 어느 곳도 이렇게 친절하고 밝은 목소리로 응대한 곳은 없었다. 재활용 물품들이 활발하게 들어오고 나가는 느낌이 확, 든다. 마치 정전이 되어 있던 수족관에 반짝 전기가 들어오고 산소 모터가 돌기 시작하는 것 같다.

역시 처음부터 될 만한 곳을 노렸어야 했다. 공연히 주눅이 들어서 제일 밑에 있는 전화번호부터 돌린 게 잘못이었다.

"저, 혹시 돌침대도 사시나요?"

"돌침대요?"

"네, 돌침대."

"싱글입니까?"

"네, 싱글이에요."

내가 원하는 게 바로 이거다. 진작 여기로 전화할 걸. 그런데 다음 말은 절망적인 것이었다.

"그거 사는 데 없을 겁니다."

"왜요?"

나는 미치도록 그 이유가 궁금했다.

"그거 가져가려면 특수차가 있어야 돼요. 분리하는 것도 쉽지 않고. 가격도 만만치 않아서 잘 팔리지도 않고 그래서 재활용센터는 취급하는 데가 없을 겁니다."

속이 후련했다. 이미 팔고 못 팔고는 중요하지 않았다. 이유를 알았다는 것만으로도 충분했다. 그리고 자상하게 설명해준 알지도 못하는 그 사내가 너무 고마웠다. 찔끔, 눈물이라도 날 것 같았다.

2

무슨 짐이 이렇게 많은가. 원룸 한쪽 벽면을 차지하고 있는 2단짜리 행거에 옷이 빼곡하다. 옷뿐이 아니다. 방구석마다 쌓여 있는 박스에는 용도를 가늠할 수 없는 물건들이 가득하고, 벽장도 빈틈이 없다. 상자 하나 가방 하나를 열 때마다 옷가지며 신발, 각종 서류, 정체를 알 수 없는 전자 기기와 전기 제품 그리고 똬리처럼 돌돌 말아놓은 전기선들이 나왔다. 이걸 다 알아서 처리하란다.

아니, 다 버리란다.

버리라면 버리지 뭐. 그래, 이참에 확, 다 정리해버리는 거야. 그동안 내 인생에 돌침대처럼 짱박혀 있던 그를 정리할 절호의 기회다. 딸 자취방에 얹혀살러 들어온 사람이 돌침대가 가당키나 한가. 이건 마치 남의 집 곁방살이하는 주제에 이태리제 대리석 식탁을 들여놓고 사는 꼴 아닌가. 그래 놓고 막상 그 식탁 위에서 된장찌개 냄새나 풀풀 풍기는 것과 무엇이 다른가 말이다. 사업은 망하고 신용불량에 파산선고까지 한 마당에 이 짐이 다 뭐란 말인가.

나는 이를 갈며 두 팔을 걷어붙였다. 1층 편의점에서 50리터짜리 쓰레기봉투 열 장을 사 왔다. 버리자, 버려. 버리는 거야. 나는 나에게 주술이라도 걸 듯이 중얼거렸다. 숱하게 이사를 다니면서 얻은 교훈이 있다면, 한번 버리려고 마음먹은 것은 결국 버리더라는 것이었다. 그리고 나란 인간이 지독히도 뭘 못 버리는 사람이란 것도 알게 되었다.

땀이 줄줄 흐른다. 머릿속까지 송글송글 맺힌 땀방울은 목덜미를 타고 등허리로 가슴골을 타고 흐른다. 티셔츠 자락이 척척 감긴다. 창문을 열어봐도 바람 한 점 없다.

방 안은 끄집어 내놓은 짐들로 빼곡하다. 내 한 몸 움직일 공간조차 없다. 치워도 치워도 끊임없이 나오는 자질구레한 짐에 신물이 다 올라올 것 같다.

할 수 없다. 현관문을 연다. 지나가던 사람들이 보더라도 어쩔 수 없다. 하긴 누구도 주의 깊게 볼 리 없다는 것을 알고 있다. 이런 곳에서 짐을 싸고 푸는 광경은 말쑥하게 양복을 차려입은 사내가 쓰레기봉투를 들고 가는 것처럼이나 심상한 풍경일 것이다.

그런데, 정작 나는 그렇지가 못하다.

개새끼!

결국 나는 욕설을 내뱉으며 주저앉아버렸다.

"아무래도 잠적해야 될 거 같아."

"뭐? 어디로?"

"아직 모르겠어."

"얼마나 걸리는데?"

"글쎄, 그것도 모르겠어."

"지금 가는 거야?"

"응."

"그럼 이제 연락 안 되는 거야?"

"당분간은 통화 정지를 시키든지, 그럴 거야."

다급했다. 돌이켜보면 내가 왜 그렇게 다급했는지 잘 모르겠지만, 하여간 그때는 그랬다.

그런데 더 이상 할 말이 떠오르지 않았다. 빚쟁이를 피해서 잠수를 타겠다는 사람에게 무슨 말을 더 하겠는가. 연대보증 때문에 그의 형은 집이 넘어가고 직장에서는 해고당했으니 이제 그의 주변에는 더 이상 기댈 곳이 없을 것이다.

무슨 말이든 해야 할 것 같은데, 아무 말도 떠오르지 않았다. 죽지 마, 라고 해야 되나?

그러고 있는데 전화가 끊어졌다.

참! 친절하게도 빚쟁이가 찾아올지 모르니 하루 빨리 방을 빼는 게 좋을 거란 말을 잊지 않고 덧붙였다.

언젠가 이런 날이 올 거라 예감했지만, 이렇게 빠를 줄은 몰랐다. 그리고 그 뒤처리를 내가 하게 될 줄은 더더욱 몰랐다. 그와 나는 함께 살았던 세월보다 헤어진 세월이 더 긴 사이였다. 헤어질 때 일곱 살이던 딸이 대학생이 되었다. 그러니 남이었다. 아니, 남보다도 못했다. 이렇게 질긴 악연으로 얽히는 걸 보면, 남보다 못한 게 확실했다.

그리고 이 방은 딸의 자취방이었다. 어느 날, 그가 이 방으로 기어들었다. 아니, 숨어들었다는 표현이 더 맞겠다. 사업체는 넘어갔고, 신용불량에 파산선고까지 한 상태에 친척과 친구들에게 사채 빚까지 잔뜩 진 상태였다.

나는 끝내 탐탁지 않았다. 아무리 부녀간이라도 좁디좁은 방에 둘이 있다는 게 상상만으로도 싫었다. 끝내 입 밖으로 내어 말하지 못했지만, 불결했다. 그러나 딸에게는 아버지였다.

"아빠가 불쌍해."

"아빠가 돈 못 벌어도 좋은데, 빚쟁이들한테 전화만 안 왔으면 좋겠어."

그나마 이 방이라도 없었다면 딱 노숙자 신세였다.

초기에는 그런대로 회사가 굴러갔다. 가족이라고는 형 하나가 전부인 그에게 든든한 배경 따위는 없었다. 그러나 그에게는 그게 빽이었다. 누구 하나 믿을 데가 없다는 것. 오직 자신밖에 믿을 게 없다는 것. 그래서 어디를 가도 인간관계에만은 공을 들였다. 그게 그의 자산이 되어주었다. 사업이 어느 정도 자리를 잡자 그가 가장 먼저 한 것이 아파트 전세 보증금과 맞먹는 외제 차를 사들인 것이었다.

사업을 하는 사람은 외형이 받쳐줘야 한다는 게 그의 지론이었다. 은행은 자기 금고처럼 생각했다. 빌리는 것도 능력이고, 빚도 능력이 있어야 지는 것이라고 했다. 그리고 이왕 빌리는 것 크게 빌려야 한다고 했다. 은행 VIP는 바로 큰 빚쟁이더란 것이었다. 사람 한두 명 죽이면 살인자지만 떼로 죽이면 영웅이 되는 것과 마찬가지라는 말도 했다. 집 장만 같은 건 말도 못 꺼냈다. 사업하는 사람이 돈을 깔고 앉아 있으면 돈이 안 도니까.

돈은 돌아야 된다고 했다. 돌기는 했다. 그런데 어느 순간 돌고 있는 돈이 점점 은행 돈이 되어가고 있었다. 이자는 이자를 불렀다. 그래도 돈은 돌았다. 돌고 돌고 또 돌아 눈덩이처럼 불어나고 점점 탄성을 받더니 나중에는 산더미처럼 불어났다. 그의 소원은 한탕 크게 해서 놀고먹는 거였다.

그의 아버지가 돌아가실 때 그에게 남긴 유언은 딱 하나였다.

"절대로 도박만은 하지 말아라."

어머니 때문이었다. 남편 몰래 내기 화투를 치기 시작한 것이 나중에는 도박이 되었고 결국 도박 빚 때문에 감옥까지 간 적이 있었다. 집은 남의 손에 넘어가고 가족들은 뿔뿔이 흩어졌다.

그걸 뻔히 보고 자라도, 그 일로 학업마저 중단해야 됐음에도 그는 뻔히 알고 있는 그 길로 걸어 들어가고 있었다.

그 싹은 초등학교 때부터 보였다. 친구들과 공을 차거나 딱지치기를 할 나이에 그는 뒷골목에서 화투패를 돌렸다. 화투를 쳐서 딴 돈으로 동시영화 상영관을 드나들었다. 그리고 세월이 흘러 영화를 좋아하던 소년은 홍보 영화 제작자가 되었고 화투는 사업 수단이 되어주었다. 간접적으로 로비를 하거나 뇌물을 주는 데 도박만큼 좋은 방법이 없었다. 판을 만들고 자연스럽게 잃어주면 되는 것이다. 주는 사람도 받는 사람도 개운한 방법이었다. 흠이 있다면 도박의 긴장감과 재미를 느낄 수 없다는 것. 그러나 다시 세월이 흘러 짜릿한 흥분 속에서 진짜 도박을 할 기회가 찾아왔다. 사업이 망한 것이다. 이제 그에게 도박은 삶에 대한 마지막 배팅이고 숨구멍이었다.

도박에 관한 한 누구보다 잘 안다고 그는 생각했다.

돈을 따기도 하지만 잃기도 한다는 것도, 따기보다는 잃기가 쉽다는 것도 잘 알고 있었다. 그에게는 도박꾼의 피가 흐르고 있었으니까.

도박장을 찾는 횟수가 늘어나면서 그의 핏속에 잠자고 있던 유전자가 서서히 눈을 뜨고 가동되기 시작했다.

잃은 돈이 아까웠고 딱 한 번만 더 하면 잃은 것을 되찾을 것 같았다. 되찾고 나면, 딱 한 번만 더 해서 역전도 할 수 있을 것 같았다. 마지막 한탕의 꿈이 슬며시 고개를 들기도 했다. 돈을 따는 때도 없지 않았다. 하지만 딱 숨이 붙어 있을 만큼이었다. 카지노는 그가 대박을 터뜨리는 것도 원치 않지만 그렇다고 알거지가 되어 폐인이 되는 것도 바라는 게 아니었다. 왕복운동을 하는 진자처럼 딱 그만큼의 거리를 유지하는 것, 그리하여 착실한 고객으로 남는 게 카지노가 바라는 것이었다. 그러나 진자 운동의 거리는 점점 가까워지고 있었다. 진자가 멈출 시간이 된 것이다.

이제 그의 머릿속에는 오직 한 가지 생각으로 꽉 차 있다. 딱 한 번! 인생 마지막 역전의 기회가 바로 지금인 것 같다는 생각을 멈출 수가 없었다. 너무나 절실하게. 왜? 수중에 돈의 씨가 말라버렸으니까.

그의 눈에는 전당포밖에 보이지 않는다. 세상 모든 간판이 전당포라고 써 있는 것처럼 보인다. 여기도 전당포, 저기도 전당포, 그러나 그에겐 남은 게 아무것도 없다.

회사는 남의 수중으로 넘어갔고 그는 자기 회사에서 일당을 받으며 아르바이트를 하고 있었다. 출장 때문에 끌고 온 자동차 생각이 났다. 물론 그의 차가 아니다. 하지만 잠깐 맡기는 것뿐이다.

잃을 수도 있다는 건, 그때 그의 머릿속에 들어 있는 경우의 수에 포함되어 있지 않다. 그의 머릿속에 있는 경우의 수는 오직 하나뿐이다. 판돈만 있으면 딴다.

서류 더미 속에서 전당포 딱지가 나왔다. 네 장이나 됐다. 방송용 카메라 120만 원, 편집기 70만 원, 가방 20만 원, 모니터 10만 원. 주소지는 강원도 정선도 있고 목동도 있다. 목동이라면 서울인가. 거기에 전당포가 있었나? 요즘도 전당포라는 게 있구나. 다 날짜가 지난 것들이고, 다 남의 물건들일 것이다. 이건 절도가 아닌가.

법무사에서 작성한 약속어음도 두 장이나 나왔다. 어렴풋이 기억나는 이름이다. 오랜 직장 동료일 것이다. 약속어음까지 작성했다면 이미 친구고 뭐고 다 파탄이 났을 것이다. 그리고 숱한 대출 통장들, 용도나 이유를 알 수 없는 다른 사람 명의의 통장들, 회사를 넘길 때 작성한 서류들. 이젠 휴지 조각이 되어버린 것들.

잠적할 거라며 걸려 온 마지막 전화 목소리는 금방이라도 누가 뒷덜미를 낚아챌 것처럼 다급했다. 그는 뭘 챙겨들고 나갔을까?

이혼 직전, 그가 교통사고를 당한 적이 있었다. 의료보험증이며 자동차보험 서류를 찾는다고 사무실 서랍을 뒤지다가 편지며 일기장이 발견됐다. 일기장에는 집과 애인의 집을 오가며 완벽하게 이중생활을 한 것들이 마치 보란 듯이 낱낱이 적혀 있었다. 애인은, 그런 그에게 깨끗한 와이셔츠를 보면 아내의 손길이 느껴지고 아이 때문에 집에 간다고 하지만, 그때마다 마음이 무너진다고 편지에 쓰고 있었다. 우리의 결혼 생활이 허방을 짚는 것 같던 이유가 그제야 환해졌다.

그는 아이와 집을 내게 주고 몸만 빠져나갔다. 마치 도마뱀이 꼬리를 자르고 도망가듯이.

그때는 그게 당연한 것 같았다. 그는 신성한 가정을 모독했고 아이와 나를 무시했으니 빈털터리로 쫓겨나도 할 말이 없다고 생각했다. 그래도 마음 한편에는 내가 너무 냉혹하게 군 게 아닌가 싶어 죄책감마저 들었다.

그런데 이제야 그를 조금쯤 알 것 같은 기분이 든다.

그는 삶 자체에 그다지 애착이 없는 것이다.

3

탈진해서 누워 있는데, 냉장고 위, 벽에 손잡이 같은 게 눈에 띈다. 저건 또 뭔가? 손이 닿지 않게 높은 데다 도배지 색깔이 똑같아 벽인 줄 알았는데, 벽장이다.

이 원룸은 마치 신기루 장수 조끼에 주렁주렁 달린 주머니처럼 구석구석에 작은 벽장이 숨어 있다. 박스가 하나 있다.

열어 보니, 교복이었다. 딸이 중·고등학교 때 입던 것들. 춘추복과 하복 블라우스까지 있었다. 이사가 잦다 보니 전학을 하게 되고 그 때문에 교복도 여럿이었다. 그걸 이렇게 다 모아두었나? 작은 종이 박스에는 영화표에 놀이공원 입장표까지 모아놓았다. 심지어는 수업 시간에 친구들끼리 돌리던 쪽지까지 있다.

맥이 탁 풀렸다.

버리지 못하는 건 날 닮았구나.

이사를 숱하게 다녔다. 이사를 한다는 것은 돈이 필요하다는 것이었고 그때마다 집 평수가 줄어들었다. 때문에 체에 걸러내듯 뭔가를 버려야 했다. 덩치가 큰 것들은 그래도 결심하기가 쉬웠다. 때마침 시집에서 분가하는 후배가 있었다. 세 짝짜리 장롱 중 두 짝을 떼어주었다. 화장대 따위 없어도 된다. 거울만 있으면 되고 정 안되면 세면대 거울도 있다. 좋아라 하며 한걸음에 달려온 후배는 두려운 듯 주춤거렸다.

"언니…… 왜 그래? 이제 안 살 사람처럼."

가재도구 몇 개 얻으러 온 후배는 1톤 트럭 가득 짐을 싣고 돌아갔다.

이사를 할 때마다 들여다보고 또 들여다본다. 버려야 하나 말아야 하나.

새 식탁은 미련 없이 주면서 중학교 때부터 쓰던 책상은 아직도 끌고 다닌다. 어머니가 쓰다가 물려준 미싱. 나는 다루지도 못하면서 버리지 못한다. 대학 때부터 들고 다니던 찢어진 가방, 고장 난 캠코더, 낡고 구식이 된 물건들. 뭐 별로 자리를 차지하는 것도 아니니까, 조금만 손보면 쓸 수 있을 거야, 그래도 버리기엔 아깝잖아, 버리고 나면 꼭 쓸 일이 생기거든, 이건 어린 시절의 추억이 깃들어 있으니까……. 버리지 못하는 것들은 이름표처럼 나름대로 하나씩의 변명을 달고 있다.

정작 버려야 할 것들은 그런 것들이 아니었을까.

버릴 것과 버리지 말 것, 거기에 무슨 기준이 있었나. 돌이켜보면 이사할 때의 심리 상태에 따라 달라졌던 것 같다. 그 전에 꽤 소중하게 걸림망에 걸려졌던 것도 그다음 이사 때는 턱없이 헐거워진 걸림망 구멍 때문에 가차 없이 쓰레기통 신세가 되기도 한다. 그것조차 일관성이 있었던 것 같지 않다. 짐 싸기 막바지에 다다르면 누적된 피로감이 돌발 변수가 되기도 한다. 깊은 고민이나 생각 없이 이삿짐에 포함되기도 하고 버림받기도 하는 것이다.

그러다가 어느 순간, 버려진 어떤 것이 그리워질 때도 있다. 그런가 하면 버린 줄도 모른 채 잊히는 것도 있을 것이다. 또 어떨 때는 버린 줄도 모르고 찾기도 했을 것이다.

나에게 왔다가 사라져간, 그리고 잊혀간 것들.

결국은 마음 상태다. 여유와 피로, 그 사이의 어느 지점.

지금 나는 피로하다. 판단력 마비 상태다.

다시 상기하자. 이번 이사의 중요한 원칙 한 가지.

버리자, 버려야 한다.

나는 잠시 잊고 있던 주문을 외며 쓰레기봉투를 벌린다. 그러나 교복을 끄집어내려는 내 손을 뭔가가 잡아챈다. 목이 멘다. 이건 뭐지? 한동안 얼어붙은 듯 서 있다가 휴대폰을 찾는다.

아빠는 괜찮은 거야? 아빠가 당분간 어딜 좀 갔다 올 거란 말에, 딸은 눈물을 글썽거렸다. 나는 그의 짐을 내다 버리는 걸 딸에게 보여주고 싶지 않았다. 별일 아니니까, 걱정 마. 넌, 수업 끝나면 이모 집으로 가. 엄마가 방 정리해서 이모랑 같이 짐 옮겨놓을 거니까. 딸은 더 이상 묻지 않았다. 듣고 싶지 않은 대답이 있을 땐 물어보지 말아야 한다는 것쯤 딸도 알고 있었다.

"엄마!"

주변이 소란하다. 친구들과 있는 모양이다. 딸의 목소리가 상그럽다. 그러나 교복을 버리겠단 말에 금방 목소리에 날이 선다.

"왜?"

당연히 그런 반응이 나올 줄 알고 있었다. 그러나 나는 그것을 헤아려줄 여유가 없다.

나는 냉정하게 말한다.

"짐이 너무 많아."

"그렇다고 왜 내 걸 버린단 거야?"

"이런 거, 몇 번을 끌고 다니다가 결국은 버리게 돼 있어."

"싫단 말이야."

"이젠 그만 버려."

"버려도 내가 버릴 거야."

"니가 못 버리니까 엄마가 버려주려는 거야."

나는 지쳐 있었다. 이건 그냥 이사가 아니다. 그동안의 이사는 얼마나 간편했던가. 돈만 주면 아무리 너저분한 것도 그대로 옮겨주었다. 거기에서 거기인 아파트 이사는 마치 대형 마트에서 물건을 사듯이 평수와 가격만 맞으면 감정적인 소모는 끼어들 여지도 없었다. 그러나 아빠는 잠적해버리고 딸은 이모 집에서 하숙을 해야 되는 원룸의 이사는 대로에서 내장이 파열된 채 죽어 있는 짐승의 주검처럼 처참하고 참담한 것이었다.

그런 걸 알고 이해하기에 딸은 아직 어리다. 방을 빼야 된다는 말에 갑작스레 닥친 불운에 우울해했지만 친구를 만나면 금방 공처럼 튀어오르는 나이인 것이다. 속 깊은 듯하다가도 불똥이 자기에게 튀면 짜증부터 내는 나이이기도 한 것이다.

일방적으로 전화를 끊고 나서도 나는 망연히 서 있기만 했다. 아직은 버릴 때가 아닌가? 횟수를 채워야 하는 것인가.

전화벨이 울린다.

동생이었다.

"아직 안 끝났어?"

나는 깊은 한숨을 내쉬며 이불 보따리에 기대앉았다.

"밥은 먹었어?"

그러고 보니 벌써 어둑어둑해지고 있었다. 그때까지 먹은 게 아무 것도 없었다.

"지금 출발할까?"

"아무래도 오늘 안으로 끝내기 힘들 거 같아."

"코딱지만 한 방 하나 정리하는 데 뭐 그렇게 오래 걸려?"

"생각보다 오래 걸리네."

"그럼 몇 시쯤 갈까? 아님 내가 가서 좀 도와줄까?"

"아니, 도와줄 것까진 없고, 내일 옮기자."

"내일? 아이고 심란하게 질질 끌지 말고 오늘 안으로 해치워버려."

"밤중에 짐 옮길 생각하면 더 심란해. 야반도주하는 것도 아닌데."

"야반도주한 사람은 따로 있잖아."

"그러게 말이다. 내가 왜 이러고 있는가 모르겠다."

"그럼 거기서 자겠단 거야?"

"그래야지."

"그 먼지 구더기 속에서?"

"그건 그렇고 뭐 하나 물어보자."

"뭐?"

"교복 말이다."

"교복?"

"너희 애들도 교복을 안 버리고 모아두니?"

"우리 애들도 그러긴 하지. 결국은 버리지만, 그런데 왜?"

"그래도 너희 애들은 3년씩 착실하게 입은 것들이지? 유나 거는 3년을 채우지도 못한 것들이야. 중학교 교복은 2년 입은 거고, 고등학교 교복은 겨우 1년 입었어."

"그래서 더 애착이 가는지도 모르지. 미련이 남은 거겠지."

미련, 그래 미련이구나. 미련이었구나.

"낭패로구나. 난 니가 한마디만 맞장구를 쳐주면 그것에 힘입어서 버릴 수 있을 줄 알았는데."

4

자장면을 시켰다. 그리고, 아무래도 술이 있어야겠다. 무거운 몸을 일으켜 편의점에 내려갔다 온다. 이불 보따리와 박스가 잔뜩 쌓여 있는 원룸, 싱크대에 기대앉아 자장면을 안주 삼아 술을 마시고 있으려니 마치 내가 세상으로부터 잠적한 것만 같다.

그는 어떤 사람인가. 살 섞고 살 때도 잘 몰랐던 사람을, 어째서 10년도 더 지난 지금 그를 생각하는가. 나는 딸 교복 하나 버리는 것도 지구를 버리는 것만큼 힘이 드는데 그는 어쩌면 이렇게도 애착이 없는가. 그러고 보니 도박이 그런 것 같다. 일확천금을 꿈꾸지만 그 본질은 버리는 것이 아닐까? 빈털터리가 될지도 모른다는 것, 그것을 전제로 하지 않고 도박은 성립되지 않는다. 궁극에는 모든 애착마저 끊어버려야 한다는 걸 그 속에 감추고 있는 게 아닐까. 그러니까 그는 버림으로써 자기 존재를 확인하는 사람이란 말인가?

그랬다. 언젠가는 자기 목숨조차 버리려고 했다. 부도가 났다는 소식을 들은 지 두세 달쯤 후 갑작스럽게 문자 한 통이 들어왔다.

미안하다. 유나를 부탁한다.

여기저기 수소문한 끝에 간신히 그의 형과 통화가 됐다.

차마 자살이란 말이 선뜻 나오지 않았다. 순간, 내가 문자의 의미를 잘못 이해한 건 아닌가 싶은 생각마저 들었다. 그냥 잠시 어딜 다녀오려고 한 말은 아니었을까.

그의 형은 처음부터 믿지 않는 눈치였다. 그럴 애가 아니니까 걱정하지 말아요. 이미 그의 친구들도 비슷한 문자를 받았다고 했다. 목소리가 너무 태연했다. 그러다 무슨 일이라도 생기면 어쩌려고 그래요? 그러나 가만히 생각해보니 나는 그렇게 따질 만한 처지가 아닌 듯했다.

내가 할 수 있는 건 덜덜 떨면서 이미 전원이 꺼져버린 전화번호를 누르고 또 누르는 것뿐이었다. 어느 여인숙 골방에서 시체가 되어 나

뒹굴고 있는 그의 형상이 머리에서 떠나지 않았다.

깜빡 잠이 들었다 깨니 방 안이 캄캄했다. 한밤중이었다. 손바닥에는 휴대폰이 그대로 놓여 있었다. 통화 버튼을 눌렀다. 기대 같은 건 없었다. 잠깐 풀밭에 앉은 사이 하얀 치마에 들어버린 풀물 같은, 무의식적인 습관 같은 거였다. 몇 시나 됐지? 오줌이 마려워. 배도 고프고. 밥통에 밥이 남았던가? 이런 생각을 하며 전등 스위치를 눌렀다. 그런데 놀랍게도 신호음이 들리는 게 아닌가. 깜짝 놀라서 숨을 죽였다. 잠시 후, 그의 목소리가 들렸다.

그때의 기분을 뭐라고 해야 할까? 안도의 한숨도 잠깐, 묘한 배신감이 몰아쳤다. 그때 만약 그가 옆에 있으면 내 손으로 죽여버리고 싶었다.

주위 사람들은 그가 쇼를 했다며 비아냥거렸다. 쇼였다고 해도 좋다.

어쨌든 그만큼 절박했고, 심정적으로는 죽음의 문턱까지 갔다 왔을 것이다. 그랬던 사람이 다시 도박에 손을 댄 것이다.

딸에게 손을 벌렸단 소리도 들었다.

딸은 마트 샴푸 코너에서 아르바이트를 했다. 이거 한번 써보세요. 새로 나온 거예요. 비듬과 가려움증에 효과가 좋아요. 열에 한 명은 돌아봐 줄까? 그렇게 해서 시급 4000원을 받는다. 그 돈을 빌려갔단다. 갑자기 전화가 와서 돈 좀 부쳐달란 적도 있다고 했다. 없다고 하자 친구들에게 부탁 좀 해보면 안 되겠느냐고 했단다.

도박 중독자의 말로는 그러했다. 인간으로서 마지막 한 점 자존심

마저 개똥처럼 던져버리는 것.

휴대폰에 문자 메시지가 들어왔다는 멜로디가 울린다. 뭘까? 손가락 하나 까딱할 힘이 없다. 당장 열어 보고 싶지도 않다. 아직 꺼지지 않은 불씨가 남아 있는 걸까? 사실 그게 두렵다. 이만하면 됐다. 이제 그만하자. 다시는 꿈에서도 만나지 말자.

휴대폰을 열어 본 건, 이불에 기대 깜빡 선잠을 잔 후였다.

밥도 못 먹고 있다. 10만 원만 보낼 수 있는지.

온몸에서 피가 빠져나가는 것 같았다. 다리가 풀려서 그 자리에 주저앉아 버렸다. 울화인지 연민인지 슬픔인지 아픔인지 갈피를 잡을 수 없는 감정의 소용돌이에 현기증이 일었다.

결국 나는 돈을 보낼 것이다. 그러나 당장은 싫다. 오죽하면 나한테 이런 말을 할까 싶다가도, 이 악순환의 고리는 죽어야 끝날 것 같다는 생각에 이가 갈린다.

잠적하겠다고 마지막 전화를 했을 때도 돈 이야기를 꺼냈다. 그동안 아르바이트를 해서 이자를 갚고 있었는데 더 이상 못 보내자 누군가 고소하겠다고 나섰다는 것이다. 그러면 지명수배가 떨어진다고 했다. 도대체 얼마나 되는데? 라고 묻는 게 아니었다. 100만 원이라고 했다. 나는 최소한 1000만 원은 되는 줄 알았다. 100만 원 때문에 고소를 한다는 건가. 마지막이라고 생각했다. 100만 원을 보내면서 50만 원을 더 보냈다. 그게 잘못이었나? 보름 만에 그걸 다 썼단 말인가.

굶지나 말라고 보낸 것을, 설마 잠적한 주제에 모텔 생활을 하는 건 아니겠지? 도대체 지금 어떤 꼴을 하고 있는 걸까. 허름한 여인숙에 처박혀 쫄쫄 굶으면서 죽을 생각을 하고 있는 그가 그려졌다. 벼랑에 몰리면 정말이지 험한 꼴을 볼지 모른다. 그건 한순간이다.

그러면 10만 원 안 보내준 걸 얼마나 후회하게 될까. 내가 두려운 건 그것이었다. 어느 날 갑자기 낯선 누군가의 전화를 받게 되는 것. 혹시 아무개 씨 아시나요? 휴대폰에 번호가 저장돼 있어서요, 뭐 이런.

5

한여름의 거리는 푹푹 찌고 있었다. 간간이 지나다니는 사람들은 잔뜩 이마를 찡그리거나 소나기를 피하듯 종종걸음을 쳤다. 버스 정류장에 선 사람들은 비를 긋듯이 가게 처마 밑의 한 뼘 그늘을 찾아들었다. 그렇게 한숨 돌리고 난 사람들의 시선은 나의 행색으로 모아지고 있었다.

나라도 그랬을 것이다. 뙤약볕 아래, 그것도 번잡한 시내 한가운데에서, 캠핑 복장도 아닌 청바지에 티셔츠를 입은 차림새로 커다란 낚시 가방을 멘 여자가 있다면 나부터 쳐다봤을 것이다. 이해한다. 보고 싶으면 보라. 비웃어도 좋다. 사실은 나부터 나를 비웃고 싶은 심정이었다. 이 뙤약볕에 이걸 메고 나올 생각을 하다니, 갑자기 대단한 인도주의자라도 된 것 같지 않은가 말이다.

　이제는 정말 끝났다고 생각했다. 짐을 한쪽으로 몰아놓고 샤워를 하고 배달되어 온 자장면 한 젓가락을 막 입에 넣을 때였다. 신발장 옆 틈새로 뭔가 보였다.

　낚시 가방이었다. 묵직한 낚시 가방과 접이식 의자 두 개, 족대, 살림망까지 있었다.

　유일하게 내 눈에 익은 것이었다.

　결혼 전이었다. 그는 낡은 봉고차를 몰고 나타났다. 차가 서울을 빠져나와 포장도 되지 않은 강원도 골짜기로 접어들 때는 해가 져서 캄캄했다. 시커먼 산 그림자에 갇힌 어둠을 헤드라이트가 굴을 뚫는 것처럼 헤쳐 나갔다. 그렇게 어두운 밤은 처음이었다. 마치 콜타르 속을 뚫고 나가는 것 같았다. 그러나 그는 비포장 자갈길을 마치 자기 집 가는 길처럼 잘도 달렸다.

　마침내 차가 멈췄다. 수풀이 잔뜩 우거진 길도 아닌 길을 달려 모래 사장이 조금 펼쳐진 강변에 도착했다.

　그는 헤드라이트 불빛에 의지해 능숙한 솜씨로 텐트를 치고 낚싯대를 펼치기 시작했다. 내게도 낚싯대를 하나 건네주었다.

　"저기 찌 보이죠?"

　야광찌는 검은 수면에서 꼬리를 흔들고 있었다.

　"저 찌가 물속으로 쏙 들어가면 물었다는 거예요. 그 순간을 놓치지 말고 확 잡아채야 돼요. 알겠어요?"

그렇게 말하며 낚싯대를 건네줄 때는 금방이라도 찌가 쑥 들어가고 거대한 물고기가 뛰쳐나오기라도 할 것 같았다. 두 눈을 부릅뜨고 찌를 노려보았다. 낚싯대를 잡은 손과 어깨가 나도 모르게 잔뜩 긴장됐다.

그러나 찌는 움직이지 않았다.

얼마나 시간이 흘렀을까.

다리에 쥐가 내릴 것 같았다. 어깨도 아팠다. 그제야 나는 낚싯대를 놓고 주변을 돌아보았다. 무엇 때문에 몇 시간씩 차를 달려 여기까지 왔던가, 슬며시 그런 생각이 들었다. 몸이 뒤틀리기 시작했다. 검은 강에서 별빛처럼 조용히 흘러가는 야광찌도 이젠 별로 아름답지 않았다. 지루했다.

그런데 그는 미동도 하지 않았다.

마치 저 깊고 어두운 강 속의 무언가와 가느다란 낚싯줄로 교신이라도 하고 있는 것 같았다. 그것은 깊은 밤까지 계속되었다. 내가 텐트에 들어가서 자고 있을 때도 그는 그렇게 앉아 있었다. 새벽에 잠깐 눈을 떠서 내다봤을 때도 그는 그러고 있었다. 그늘 한 점 없이 숨이 턱턱 막히는 한낮에도 그러고 있었다.

아침녘에 살짝 쪽잠을 잔 게 다였다. 밥도 먹는 둥 마는 둥이었다.

도대체 저 몰입은 무엇을 향한 것일까?

그는 찌를 바라보고 나는 찌를 바라보는 그의 등을 바라보았다.

언젠가 바닷속에서 하늘을 올려다본 적이 있었다. 물안경을 쓰고 본 머리 위 풍경은 한 겹 수면을 거쳤달 뿐 하늘 풍경이 고스란히 들어와 박혔다. 거기 물고기 한 마리가 유영하며 지나갔다. 그때 그것은 한 마리 새였다.

그러나 그건 나의 환상이 빚어낸 착각일 뿐이었다.

나의 결혼도 그러했을 것이다.

그리고 이제야 알겠다. 그가 바라보는 것이 여기가 아닌 다른 곳이었다는 것을. 그와 나 사이에는 그렇게 얇은 막이 하나 있었다는 것을. 그러니 나는 죽어도 그를 이해할 수 없다.

다만 한 가지, 지금 그에게 필요한 것은 돈도 가족도 아니었다. 정녕 그가 세상의 벼랑 끝에 섰다면, 그의 생에 가장 멋진 낚시를 할 수 있는 기회가 바로 지금이었다. 그 낚시 맛은 얼마나 죽일 것인가.

그의 형은 회사에 없었다. 택시 기사가 되었다는 말을 듣고 찾아간 회사였다.

사내들의 끈끈한 시선이 나를 아래위로 훑어 내렸다. 거리에서라면 익명의 택시 기사일 뿐인 그들이 그들의 영토에서는 굶주린 수컷들로 보였다. 그들 역시 나를 수상하게 바라보았다.

그는 병원에 있다고 했다.

"그럼 이것 좀 맡길 수 있을까요?"

"이게 뭡니까?"

"낚시 가방이에요."

"낚시 가방? 좀 곤란한데요."

"......"

"혈압으로 쓰러졌는데, 다시 택시를 몰 수 있을지 모르겠거든요. 차라리 직접 통화를 해보세요."

얼굴 본 지가 10년도 넘었고, 자살 소동 때 통화한 게 다였다. 낚시 가방만 맡기고 올 계획이었지만 어쩔 수 없었다.

그의 목소리는 풀기가 하나도 없었다. 그러나 유나 엄마예요, 라는 말을 듣자마자 순간 핏발이 확 서는 목소리로, 왜요? 무슨 일이에요? 하고 소리쳤다.

나는 민망해져서 기어들어가는 목소리가 되었다.

"유나 아빠 짐 정리를 하다가 낚싯대가 있기에 혹시 몰라서 여기에 맡겨두려고 왔어요."

"낚싯대요?"

그의 목소리는 더욱 격앙되었다.

"그놈 어디 있는지 모르고요, 알고 싶지도 않고요, 미안하지만 그런 거 맡아줄 기분도 아닙니다. 뭐 제수씨도, 참 제수씨도 아니지. 어쨌든 시시콜콜 설명 안 해도, 내가 왜 이러는지는 대충 알 겁니다. 나도 그 자식 때문에 심장병까지 걸렸어요. 또 혈압이 오르네요. 그만 끊을 게요."

나는 가만히 있었다.

"참, 그놈이 아직도 도박을 하나 봅디다. 여기저기 끈 닿는 데마다 밥도 못 먹고 있다고 문자를 넣고 있대요. 그런 줄이나 알고 있으란 소립니다. 그럼."

나는 낚시 가방을 들고 천천히 걸어 나왔다.

어디선가 살랑 바람이 불어왔다. 바람 속에서 물비린내가 살짝 나는 것 같다.

갑자기 웃음이 터진다.

왜 이렇게 통쾌한지 모르겠다. 갑자기 누가 나를 한 대 세차게 때려 준 것처럼 속이 다 후련했다.

갑자기 그가 너무도 위대해 보였다.

나는 도로변 플라타너스 나무에 낚시 가방을 기대 놓았다.

그리고 손을 흔들며 돌아섰다.

"그동안 몰라줘서, 미안!"

그물 치는 남자

혹자는, 그를 일러 그물을 치고 사는 사람이라고 했다.

또 다른 혹자는 음풍농월의 시인이라고 했고 혹자는 머리만 안 깎았지 중보다 더 중 같은 이라고 했고 혹자는 곧은 낚시 드리우고 세월을 낚는 이라고 했으나, 더러는 이도 저도 실패하고 낙향한 민박집 주인일 뿐이라고 하는 이도 있었다.

수다한 혹자들이 말한 것들 중에서 단연 나의 관심을 끈 것은, 그물을 치고 산다는 것이었다. 그물을 치고 산다……. 그러면 그가 어부인가, 하면 그건 아니다. 그렇다고 낚시꾼도 아니다. 그는 섬에 살면서 민장대 낚싯대 하나 없었다. 낚시를 좋아하지 않았다. 그렇다고 생선조차 싫어하는 건 아니었다. 좋아했다. 먹는 걸 좋아하는 게 아니라, 먹이는 걸 좋아했다.

생선 요리 하나는 일품이었다. 특히, 한밤중에 갑작스레 술자리가 펼쳐질 때 말도 없이 슬그머니 사라졌다가 들고 나타나는 얼큰한 매운탕이나 달큼한 생선조림은, 환호성을 자아내기에 충분했다. 특히 여자들은 그 대목에서 큰 파도 뒤집어쓰고 왈칵 짠물 들이켠 것처럼 깜빡 숨이 넘어갔다.

그물을 치고 사는 사내에게, 그것이 미끼였을까. 귀밑머리 희끗거리기 시작하는 사내가 투박한 손으로 고추장 된장 풀고 고춧가루 뿌려 마련하는 훗훗한 하룻밤의 안주, 철새처럼 오가는 길손에게 그것이 미끼였을까? 글쎄……, 바다 건너 외딴 섬. 구름도 비껴가고 세월도 비껴가는 듯 허름한 오두막, 세상 풍파에서 한 발짝 비껴 무엇 하나 걸릴 것 없는 바람처럼 홀로 고독한, 그 존재 자체가 미끼는 아니었을까? 마치 피안의 소도 같은, 그것은 아니었을까.

어쨌거나 풍문으로만 듣던 그물의 진실을 나는 직접 목격하게 되었다. 겨울이었고 밤이었고, 바다 한가운데였다.

우당탕탕 새벽녘 어장 나갔다 돌아오는 배들을 거슬러, 우리는 바다로 나갔다. 시나브로 어둠이 깔리는 바다에 배를 띄운 것이다. 낚시도 하고, 갓 잡아 올린 생선으로 회를 떠서 술도 한잔 마시고 달도 보고 놀 계획이었다. 말 그대로 뱃놀이를 떠난 것인데, 그것도 밤 뱃놀이였다. 게다가 보름달까지 뜬다지 않는가. 풍류도 그만하면, 이태백도 울고 갈 풍류였다.

배는 한참을 달렸다. 얼굴을 때리는 바닷바람이 상쾌함을 지나 칼처럼 날을 세우고 달려드는 것도 한참 지나 얼얼하게 마비되려고 하는데도, 배는 달리고 있었다. 그래도 수평선과의 거리는 그대로였는데, 돌아보니 섬이 가물가물 작아지고 있었다.

그러니까 어부 친구는 이왕지사 나온 것, 달이 섬 그림자에 걸리지 않도록 선심을 쓴 것이었고, 그건 로즈마리 여사를 마음에 둔 배려였다. 느닷없이 뱃놀이를 하게 된 건 순전히 로즈마리 여사 덕분이긴 했다.

그녀는 나보다 일주일쯤 늦게 섬에 들어왔다. 여행 작가 겸 수필가라는 그녀는 이미 오래전에 민박집 홈페이지에 가입해서 이제나 저제나 한 번 오기를 소원했다는데, 로즈마리는 그녀의 닉네임이었다. 유부녀냐고 박에게 슬쩍 물어보니, '글쎄? 궁금하면 직접 물어봐요' 했다. 뭐 그딴 게 궁금하냐는 표정이었다. 하긴……. 한순간에 나를 유치한 좀생이 서생처럼 느껴지게 만드는 대답이었다.

그녀가 오자 소리 없는 거미만 분주하던 홀아비 집에 갑자기 생기가 넘치기 시작했다.

그리고 그날 밤, 바람이 불기 시작했다. 바람은 섬이고 집이고 다 날려버릴 것처럼 모지락스럽게 불어댔다. 어둠 속에서 정체를 알 수 없는 소리가 꼬리에 꼬리를 물었다. 거기에다 그놈의 풍경까지 미친 듯이 춤을 추는 바람에 밤새 엎치락뒤치락하다가 겨우 잠이 들었다.

들창으로 비치는 돋을볕에 눈을 떴는데 바깥이 조용했다. 바람이 자는 것 같지는 않고, 누군가 새벽녘에 풍경을 떼어놓은 것 같았다. 진작 좀 그러지. 나는 밤새 호되게 얻어맞은 사람처럼 얼얼한 채 이부자리에 누워 있었는데, 그러고 있자니 온갖 정체를 알 수 없는 소리들 사이에 섞여 있던 이질적인 소리가 떠올랐다. 그것은 대숲이 부대끼거나 나뭇가지가 뒤틀리거나 지붕이 들썩거리고 문이 덜컹거리는 것과는 달리 습기와 온기를 머금고 있었다. 섬 고양이가 새삼 두려움에 떨 리도 없을 것이고, 하필 광풍 몰아치는 밤에 발정이 날 리도 없어서 나의 생각은 여인네의 교성이라는 쪽으로 자꾸만 가지를 치고 있었다.

사실 나는 그날 섬을 떠날 예정이었다. 풀리지 않는 원고 때문에 골머리를 앓다가 선배가 다리를 놓아줘서 들어온 것인데, 물때를 잘못 만났는지 그물에 고기 한 마리 들지 않고, 처음에는 가슴이 탁 트이고 시원하던 바다도 어쩐지 감옥처럼 답답하게 여겨져 글도 잘 풀리지 않았다.

마침내 그물에 고기가 들었는데 떠나려니 아쉽고 미련이 남았지만, 이미 던져둔 말이 있는 터라 주워 담기도 민망하던 차에 고맙게도 주의보가 떨어졌다.

나갈 수도 들어올 수도 없는 이틀 동안 민박집은 섬 속의 섬이었다. 허연 이빨을 드러낸 바다는 계곡을 타고 흐르는 급류처럼 요동쳤다. 마치 상어 떼가 몰려다니는 것 같았다. 낮에는 여자가 몰고 들어온 레저용 자가용으로 섬을 누비고 다니다가, 밤이면 다실에 모여 음악을 틀고 술을 마셨고 기타를 뜯으며 노래를 부르다가 또 마셨다.

여행 작가답게 여자는 아는 것도 많았다. 프라하의 와인과 눈 덮인 러시아의 자작나무 숲과 인도에 있는 낙타 사파리의 냄새나던 담요에서부터 사막에 떨어지던 해와 만년설 물에 발 담그던 기억, 빠리장과의 키스에서 풍기던 낙엽 냄새까지, 아름답고 슬프고 뼈가 아리고 영

혼이 시린 추억과 사랑과 시를 떠올렸고 그때마다 흔들리며 젖어갔다. 박은 흔들거리면서도 분위기에 맞춰 음악을 바꾸고, 잊지 않고 밑밥 뿌리듯 맛깔스런 안주를 내왔다.

술자리에 한 명이 더 늘었다. 박의 불알친구로 섬에서 태어나 지금껏 어부로 살고 있는 이라고 했다. 그 역시 바람이 막아서는 바다만 바라보다 주머니에 전복 몇 개 집어넣고 밤마실을 온 것이었다. 슬그머니 서로에게 지겨워질 무렵 새로운 인물이 등장한 것이다. 매끈한 도시 남자들만 보던 여자에게 야성미 물씬 풍기는 그는 단박에 관심의 대상이 되었다.

그럼 다른 데서는 한 번도 안 살아본 거예요?

안 가본 데 없는 로즈 여사는 그가 신기한 것 같았다.

그러니까, 태어난 그 자리에 닻을 내려버린 거네요.

뭔 생각이 있어서 그랬간디요. 살다본 게 그리된 거제.

직업도 딱 어부, 그거 하나?

할 줄 아는 게 그거밖에 없는데, 으짜겠소.

아니, 그게 그렇지 않아요. 대단하신 거예요. 세상이 어떻게 변하든 묵묵하게 자기 일을 하는 거. 일본에는 그런 사람들이 많잖아요. 그런데 우리나라 사람들은 자기 것에 대해 자긍심이 너무 모자라요. 자꾸만 남의 것을 기웃거리고 내 건 하찮게 생각하고. 그런 점에서 자부심을 가지셔도 된다는 거죠.

황은 로즈 여사가 하는 말이 정확히 무슨 뜻인지는 몰라도 물 흘러

가는 대로 살아온 삶에 나름대로 의미 부여를 해주는 것이 나쁘지 않은 것 같았다. 머쓱해서 머리를 긁적이다가 연거푸 술을 들이켜더니 금방 얼굴이 붉어졌다.

뱃놀이는 로즈 여사의 아이디어였다. 안 가본 데 없고 못 먹어본 거 없고 모르는 거 없는 여사는 요트도 타봤고 크루즈도 타봤지만, 땀내 비린내 물큰 풍기는 우리네 어선은 못 타봤다는 것이다. 황이 자신의 근육질 팔뚝에 찰싹 달라붙어 있는 그녀의 어깨를 덥석 끌어안으며, 그게 일이다요, 하자 여사는 어부 친구의 얼굴을 두 손으로 꼭 잡고 입을 맞췄다.

그런데 다음 날, 황이 약속 시간에 맞춰왔을 때 그녀는 전날 마신 술 때문에 일어나지도 못하고 있었다. 거기에는 황의 잘못도 있었다. 로즈 여사의 입맞춤에 기분이 좋아진 황이 슬그머니 사라지더니 허벅지만큼 굵은 활어를 들고 나타난 것이다. 살아 꿈틀거리던 것이 금방 한 접시 회로 변신하자 황의 야성미에 반한 로즈 여사의 감탄사는 더욱 깊어갔고 술이 따르지 않을 수 없었다.

그나마 박은 그런 약속이 있는지도 모르고 있었다. 전날 그는 서울에서 걸려온 전화에 시달리고 있었던 것이다. 휴대폰이 없어서 전화벨이 울릴 때마다 시선이 집중됐고, 이유는 알 수 없지만 어르고 구슬리고 달래는 걸 생방송으로 들을 수밖에 없었다. 끊고 나면 10분도 안 돼서 또 벨이 울렸다. 그래도 박의 목소리는 시종 조곤조곤 부드러웠다. 그물을 치고 사는 일은, 그러니까 아무나 할 수 있는 일은 아닌 듯했다.

듣고 있던 여사가 짜증을 냈다.

누군데 그래요?

여자.

어떤 여자?

애인.

정말?

여기 오는 사람들은 다 내 애인이지.

박은 짓궂은 표정으로 빙글거렸고 여사는 비아냥거리며 눈을 흘겼다.

코드 빼버려요. 뭘 일일이 다 설명하고 중계하고 그래요? 그러니까 만만하게 보고 그러지.

그럼 정말 질투가 나서 미쳐버릴걸. 안 그래도 여사님하고 술 마시는 거 알고 지금 돌아버리려고 하는데.

미친년.

로즈 여사는 매몰찬 욕설로 박의 말문을 막아버렸다.

뭐? 배를 탄다고? 니 배 말이냐? 언제 그런 이야기를 했냐?

박은 싱크대에 서서 수돗물 한 사발 들이켜고 아예 얼굴까지 씻고 나서는 차 끓일 준비를 해서 툇마루로 나왔다.

그런데 여사님 속이 말이 아니라는데. 저래 갖고 배 타겠냐? 앉아라. 차 한잔 하자.

황의 얼굴은 점점 굳어갔는데, 한 가닥 미련이 엉덩이에 붙어 있는 듯했다.

어이, 친구, 차 한잔 하랑께.

내가 언제 차 마시는 거 봤냐?

그제야 박은 친구의 심기가 몹시 언짢다는 걸 깨달은 것 같았다. 딱딱하게 굳은 친구의 옆모습을 바라보더니 여사의 방을 향해,

어이, 여사님. 빨리 결정해요. 배 타러 갈 거야, 말거야? 내 친구, 아무나 배 태워주는 사람 아니야.

소리쳤다. 그러더니 친구 어깨를 툭 치면서 속삭였다.

여자들, 낮과 밤이 저렇게 달라. 산해진미 좋은 안주 갖다 바쳐봐야 다 소용없고, 오빠오빠 하고 앵겨올 때 확 올라타야 된다니까.

그러나 박의 농담은 먹히지 않는 듯했다. 황은 불쾌한 표정을 감추지 않고 벌떡 일어섰다. 그때 로즈 여사의 잠 덜 깨고 술 덜 깬 목소리가 밖으로 새어나왔다.

지금은 도저히 못 일어나겠어요. 그런데 생각해보니까, 오늘이 보름이네. 그러니까 우리 한 몇 시간만 더 누웠다가 저녁에 나가면 안 될까? 밤바다에서 달구경도 하고 말이지요.

그렇게 된 거였다. 보름달만 아니었어도, 아니 술을 덜 마셨다면 그래서 조금 일찍 바다에 나갔다면. 아니, 풍랑만 아니었어도 그 자리는 만들어지지 않았을지도 모를 일이기도 한데……. 거기에 전혀 생각지도 못한 여자가 등장한 것이다. 우리의 술자리에 전화로 동참했던 문

제의 질투녀였다. 그녀는 우리가 막 나서려고 할 때 마치 문밖에서 기다리고 있었던 것처럼 민박집 마당으로 들어섰다.

박은 흡사 물귀신이라도 본 사람처럼 깜짝 놀랐다.

어? 어떻게 왔어?

뭘 그렇게 놀라고 그래요? 쑥스럽게.

일제히 쏟아지는 시선 때문이었는지, 여자는 얼굴을 붉히며 배시시 웃었다. 그 시간에 도착하기 위해서 여자는 눈을 뜨자마자 새벽같이 집을 나섰을 것이다. 눈을 붙이기나 했을까?

어디 가나 봐요.

일부러 맞추려고 해도 그렇게 절묘할 수 있을까.

우리 뱃놀이 가던 참인데, 귀신같이 시간 맞춰 왔네.

박은 어느새 무색무취의 민박집 주인 얼굴이 되어 여자에게, 같이 가자고 했다. 하긴 그물을 치고 사는 사람에게 걸릴 것이 무엇이 있겠는가. 여자는 로즈 여사와 나를 얼른 아래위로 훑어보더니, 차혜숙이라고 불러주세요, 하며 박의 팔짱을 끼었다.

한 가지 사건이 일어나기까지, 거기에 얼마나 숱한 우연과 선택이 겹치고 크고 작고 또는 무겁고 가벼운 인연들이 얽히고설키는지, 그 카오스 속을 몇 마디 말로 어찌 정리할 수 있겠는가. 거기에다 바다와 달, 그리고 여자가 만난 것이다. 오묘한 자연의 섭리로 치자면, 여자도 결코 빼놓을 수는 없을 터. 그리고 이 세 가지의 공통점은 당최 그

속을 알 수 없다는 것.

　어쨌거나 배는 달렸다. 한 치 앞의 운명을 알 수 없다는 건 배나 사람이나 마찬가지인 듯했다. 뱃놀이를 하러 가는 건지 다른 섬으로 팔려 가는 건지 미심쩍어지려고 할 즈음이 되어서야 배가 멈췄다.

　엔진이 꺼졌다. 소음이 걷히자 시커먼 적막이 몰려들었다. 조명등마저 꺼졌다.

　"야, 이거 떨리네. 무슨 일이라도 벌어질 거 같은데?"

　덤덤하기만 하던 박이 살짝 흥분된 목소리로 소곤거렸다.

　"그것 봐. 내가 죽일 거라고 했잖아. 나한테 고맙다고 해야 돼."

　로즈 여사가 공치사를 했다. 그러면서 옆에 앉은 박을 꼬집기라도 했는지, 갑자기 박이 비명을 질렀다.

　"무슨 여자가 손이 이렇게 매워?"

　"어머, 미안해요. 살짝 꼬집었는데……."

　"그리고 이게 어째서 여사님 덕이오? 다 내 친구 덕이지."

　황은 건너편 뱃전에 다리 하나를 올리고 어둡게 서 있었다.

　"하나만 알지 둘은 모르시네. 구슬이 아무리 많아도 꿰어야 보배라는 말 몰라요?"

　"아이구, 네. 저기 여사님이 주문한 달 등장하십니다요."

　그제야 박에게 반쯤 기울어져 있던 로즈 여사가 몸을 바로하고 가부좌를 틀었다.

배에 탈 때부터 두 여자는 은근히 신경전을 벌이고 있었다. 박이 친구를 도와 술이며 짐을 싣고 닻줄을 걷는 동안, 문제의 질투녀는 피곤한지 뱃전에 걸터앉아 있었다. 마침내 배가 출발하고 박이 차혜숙의 맞은편 뱃전에 등을 기대고 앉자 여기저기 배 구경을 하며 서성거리던 로즈 여사가 얼른 그 옆으로 가서 앉았다. 여사는 궁금한 게 뭐가 그리 많은지 어딘가를 손가락으로 가리키며 뭘 물어보고 박의 어깨를 치면서 웃음을 터뜨렸다.

파카 모자를 푹 뒤집어쓴 차의 얼굴은 줄곧 두 사람을 향해 있었다.

그들을 보고 있자니, 고등학교 때 국어 선생님이 해준 이야기가 떠올랐다.

남자는 말이다, 두 가지 부류로 나눌 수 있다. 하나는 낚시형, 하나는 사냥형. 뭐 길게 설명 안 해도 뭔 말인지 알겠지?

한창 사춘기이던 그때, 나는 선생님과는 조금 다른 분류로 인해 혼란스러워하고 있었다. 수십 억이 넘는 인구가 오직 남자와 여자로 나뉘다니……. 성에 눈뜨면서 개개인의 인격이나 사람 자체보다 성기가 먼저 의식되기 시작하면서 생긴 증세였다. 여자 선생님을 봐도 얼굴보다는 옷 속의 성기가 보이는 것 같았고, 학원에서 여학생들과 섞여 있다 보면 남성의 성기와 여성의 성기가 어울려 있는 그림이 그려졌다. 심지어는 집에서 식탁에 앉아 밥을 먹고 있을 때도 어머니, 아버지, 누나가 아닌 여자와 남자의 성기가 마주 보며 밥을 먹고 있다는 생각이 떠올랐다.

국어 선생님 말에 우리는 킬킬거리면서 각자 속으로 자기가 어느 유형인지 가늠하느라 잠시 조용했었다. 음심만 가득할 뿐 여자에게 말도 못 거는 소심한 나는 결코 사냥형은 될 수 없을 거라며 조금 의기소침했던 것 같다. 낚시형보다는 사냥형이 저돌적이고 적극적이고 사내답게 느껴졌던 것이다. 그런데 이제 생각해보니 그런 것만도 아닌 것 같았다. 가만히 있어도 고기가 찾아오는 낚시형이 훨씬 단수가 높은 것 아니겠는가. 그렇다면 그물형은 도대체 얼마나 고수란 말인가.

박은 역시나 고수다웠다. 칼날처럼 신경을 곤두세운 두 여자가 한 배에 타고 있는데도 태평스러웠다. 알고 그러는지 모르고 그러는지 그 속이 궁금했다.

검은 바다에서 달은 매끈하게 떠올랐다. 둥실 떠오른 달은, 우주와의 교신이라도 기다리는 듯 경건하게 자기를 우러르는 무리를 발견하고 좀 놀라지나 않았을지 모를 일이었다. 하늘이 땀 한 방울 흘린 듯 번해지기 시작하더니 바다에 은빛 다리 하나가 걸렸다. 배는 소금밭처럼 은은하게 물들었다. 여자들 얼굴이 달맞이꽃처럼 피어났다.

"아 씨발, 한잔 하자."

적막을 깨뜨린 건 박이었다.

빨려들 것처럼 달을 우러르던 로즈 여사는 툭, 닻줄 끊어진 조각배처럼 출렁거렸다.

"아, 미치겠다. 비단길 같아. 걷고 싶어."

"그러면 죽어."

"죽어도 좋아."

"미쳤군, 미쳤어. 이 아줌마 완전히 맛이 갔군."

"빨리 술이나 줘."

로즈 여사는 술을 마시기도 전에 달에 취해버린 것 같았다.

어부지리로 배를 얻어 타게 된 내가 얼른 일어나서 술자리를 만드는데, 황이 회 접시를 들고 나타났다.

"이게 웬 겁니까? 벌써 낚시를 했나요?"

"물칸에 있던 겁니다."

"뭐? 그걸 잡아도 되냐? 우리가 잡기로 했잖아."

"잡는 건 좀 있다가 해도 되고, 우선은 한잔 해야 되지 않겠어?"

씨발, 한잔 하자, 고 한 사람이 누군데? 이제 슬슬 밤낚시를 하겠구나 싶어 은근히 기대하던 나는 좀 맥이 풀렸다. 그나저나 황은 말보다 행동이 빠른 사내였다. 우리가 잠깐 달을 보고 있던 그 사이에 이물 쪽에서 회를 떠버린 것이다. 술은 물론이고 상추며 풋고추까지 황의 준비는 완벽했다. 새벽까지 마시고도 집으로 돌아간 건 이 자리를 준비하기 위해서였을 것이다.

"이거 마시고 나서 좀 추워지면 매운탕 끓여줄게."

"이런 호사를 다 누리다니. 여자들이 오니까 확 달라지네."

박이 황홀한 표정으로 친구를 올려다보았다.

"니가 언제 이런 자리를 만들기나 했냐?"

황은 박의 어깨를 툭 치며 자리에 앉았다.

그런데 어찌된 일인지 로즈 여사의 태도가 어제 같지 않았다. 이 모든 배려와 헌신에 로즈 여사를 향한 마음이 담겨 있는 걸 누구나 느낄 수 있었는데, 여사만 모르는 것 같았다. 황에게는 눈길조차 주지 않고 박을 건들고 까르륵거리며 장난을 치더니, 옆에 앉고 싶어서 멈칫거리는 그를 모른 체 자리도 내주지 않았다. 하긴 상대를 유혹하는 가장 강렬한 무기가 무관심이라고는 하지만. 하룻밤 사이에 너무 벌어진 간극 탓일까. 그건 누가 봐도 무관심보다는 냉담 혹은 무시 쪽에 가까웠다.

때로 육감은 말보다 정확하다. 황홀한 이 밤을 마련해준 친구를 위해서 건배, 심술부리지 않고 순하게 길을 만들어준 바다에게 건배, 세세연년 어디 한군데 깎이지도 않고 어김없이 떠오르는 보름달을 위해서도 건배, 아름다운 이 순간을 위해서도 건배, 또 건배, 그리고 건배, 다시 건배……, 나중에는 이름 모를 물고기와 한 점의 회까지 들먹이며 건배를 하며 흥이 올랐고 되지도 않은 말들이 이어졌고 그래서 또 마시고 깔깔거리며 분위기는 한껏 고조되고 있었는데, 황은 점점 말수가 줄어들고 있었다. 침묵의 이유는 분명했다. 느끼고 있는 것이었다.

그것뿐이었다면, 그 지경까지 이르지는 않았을지도 모르겠다. 요는 불청객이 끼었다는 것. 처음에는 차도 뜻밖의 뱃놀이를 즐거워하는 것 같았다. 질투는 의심을 먹고 자라는 괴물이다. 그 먼 거리를 단숨에 달려오게 한 힘도 그것이었을 테지만, 어쨌든 상대를 눈으로 확인하는 것만으로도 일차 진정은 되는 것이다. 길 위에서 흔들리며 내려오는 동안 가라앉기도 했을 것이다. 그 빈자리에 멀리 달아났던 이성이 다시 찾아왔다면, 조금쯤 부끄럽고 후회도 했으려나?

그런데 질투의 또 다른 속성 중 하나는 그 씨앗이 어느 누구도 뿌린 적이 없다는 점이다. 자신이 뿌렸음에도 자신조차 통제할 수 없는 그것을 다른 사람은 더더구나 알 리 없었다. 느닷없이 나타난 그녀가 달가울 리도 없었다. 로즈 여사는 하던 대로 떠들고 웃었고 박은 그물치고 사는 사람답게 공평하게 보조를 맞추었던 것뿐인지 모른다.

달은 중천을 향해 가고 있었다. 달만 바라보고 있으면 꼼짝 않고 거기 박혀 있는 것 같은데, 한 잔 마시고 돌아보면 성큼 한 발짝 옮겨가 있었다. 무궁화 꽃이 피었습니다. 무궁화 꽃이 피었습니다. 달맞이꽃이 피었습니다. 며칠 동안 몸살을 앓던 바다는 거짓말처럼 잔잔했다.

자잘하게 부서지는 물결에서 달빛은 마치 수천수만의 유리 조각을 뿌린 것처럼 반짝거려 눈이 부실 지경이었다. 술은 마셔도 취하지 않는 것 같은데 달빛에 취하고 향기에 취했다. 여기서 낚시를 한번 던져봐야 되는데, 하는 생각도 어디론가 쑥 들어가버린 듯 아무 생각도 들지 않았다. 그럴수록 거기 섞이지 못하는 두 남녀의 존재는 점점 더 도드라지고 있었다.

"뭐해? 고독만 씹지 말고 회도 먹어봐."

자꾸만 뒤로 밀려나 깡술만 마시고 있는 차를 박이 툭 쳤다. 타이밍을 놓친 것일까. 박이 조금만 일찍 그녀를 챙겼다면 달랐을까. 대수롭지 않았던 첫 대면의 어색함은 남아 있던 질투의 뿌리로 인해 스스로의 소외감을 키웠고, 자신이 그걸 의식하는 순간 스스로를 왕따로 규정하고 타인들을 향해 두터운 적의의 가시 외투를 걸치게 만들었다. 타인들은 그걸 의식하게 되는 순간, 자기도 모르게 가해자가 된 것에 분노하게 된다. 손끝 하나 건들지 않고 만들어지는 감정의 골은, 실마리를 찾을 수 없기 때문에 모두를 피해자라고 여기게 만들었다.

"어이, 선장님, 여기 숙녀분 술 한 잔 좀 따러봐라."

박은 침묵하는 두 남녀를 동시에 끌어들이고자 했을 것이다. 그럴 때는 엉너리를 치는 게 가장 좋은 방법이기는 했다. 울고 싶어하는 사람에게는 울지 마, 라는 말이 오히려 울라는 신호처럼 들리기 때문이다. 그러나 차는 오히려 비윗장이 상한 듯, 급하게 자작을 하더니 단숨에 들이켰다.

머쓱해진 박이 다시 친구를 향해, "야, 너 신경 좀 써라" 하며 긴장감을 누그러뜨려보려고 했는데, 이번에는 친구의 비윗장을 건드린 꼴이 되었다.

"새꺄, 니가 신경 써. 왜 나한테 이래라저래라야."

갑작스런 욕설과 고함에 다들 깜짝 놀랐는데, 황 자신도 생각지 못한 말이 튀어나왔는지 흠칫 떨며 앞에 있던 술잔을 털어 넣었다.

어떻게든 분위기를 바꿔보려는 박의 노력은 이어졌다.

"어, 그 새끼 되게 그러네. 승질머리하고는. 알았다, 알았어. 내가 신경 쓸게."

박이 중얼거리며 친구 잔에 술을 따르고 나서, "왜 그래? 맘 풀고 즐겁게 놀아" 하며 차의 어깨를 감쌌다. 그 순간을 기다리고 있었던 것처럼 그녀는 박의 품에 얼굴을 묻으며 흑, 울음을 터뜨렸다.

분위기는 돌이킬 수 없이 얼어붙어 버렸다. 특히 로즈 여사는 황당한 표정을 감추지 않았다. 술잔을 들어서 천천히 마시는데 눈은 차를 향하고 있었다. 그리고 심호흡을 한 번 하더니 차의 어깨를 툭툭 쳤다.

"이봐, 아가씨. 지금 뭐하는 거야?"

차는 그래도 계속 울고 있었는데, 울음소리 때문에 못 들었는지 아니면 박이 나서서 보호해주기를 바라서 못 들은 척하고 있는지는 알 수 없었다.

어쨌든 한 번 뺀 칼을 다시 넣을 수는 없는 법. 로즈 여사는 박의 가슴에 얼굴을 묻고 있는 차의 어깨를 휘어잡았다.

"내 말 안 들려?"

눈물로 얼룩진 차의 얼굴이 달빛 아래 훤히 드러났다.

"두 사람이 어떤 관곈지 모르겠지만, 그건 둘이 있을 때 해결해. 초대받지도 않고 여기까지 따라왔으면 눈치껏 행동해야지, 지금 뭐하자는 거야?"

놀라서 울음을 뚝 그친 차의 눈빛이 심상치 않게 변해갔다. 그러더니 갑자기 벌떡 일어섰다.

"그러는 너는 뭐하는 년이니? 나잇살이나 먹어가지고 니년 노는 꼴은 안 보이니? 창피한 줄을 알아."

로즈 여사는 금방이라도 뒤로 넘어갈 것 같았다. 내용을 떠나 갑자기 튀어나온 욕설만으로도 정신이 혼미한 듯했다.

"너도 잤지? 말해봐."

차는 그 여세를 몰아 로즈 여사에게 손가락질까지 하며 몰아붙였다. 놀란 가슴을 수습하기도 전에 다시 강펀치를 맞은 여사는 실어증에 걸린 것처럼 어버버 말을 더듬었다.

"왜 말을 못해? 정곡을 찔려서 뜨끔하냐?"

그녀는 더욱 탄력을 받아 손가락으로 여사의 가슴팍을 쿡쿡 찍으며 공격하기 시작했다.

"잤어, 안 잤어? 말해봐. 이제 와서 말 못할 게 뭐야?"

그쯤 되면 스스로 멈추기도 애매한 상황이었다. 누구든 말려야 된다고 생각한 순간, 차가 갑판으로 나동그라졌다. 박이 그녀의 뺨을 철썩 갈긴 것이다. 잠깐의 정적. 그러나 이내 고개를 쳐든 그녀는 박을 차갑게 노려보더니, 조용히 일어나 뱃전으로 올라섰다.

그녀가 왜 그러는지를 알았을 때는 이미 첨벙, 소리가 난 뒤였다. 마법에서 풀린 것처럼 어어, 허공에 대고 팔을 휘젓고 있을 때 똑같은 소리가 또 들렸다. 어부 친구였다.

차는 덜덜 떨고 있었다. 그녀를 바라보는 사람들도 떨리기는 마찬가지였다. 첨벙 소리와 함께 얼음물을 뒤집어쓴 것처럼 술은 화들짝

깨버렸지만, 순식간에 벌어진 어처구니없는 소동을 현실로 받아들이는 데는 시간이 필요했다. 고름이나 짜려고 매스를 댔는데 온갖 종양 덩어리가 줄줄이 끌려나온 것처럼 수습할 수 없이 일이 커져버린 것이다.

여자는 질투 빼면 서 근도 안 된다던가. 그 복잡하게 얽힌 속을 너무 소박하게 접근한 것이었다. 계집 나누어 품는 건 쉬워도 동업 장사는 어렵다고, 그러니까 그물을 치고 사는 일은 쉬운 일이 아니었다.

황이 때에 전 담요 한 장을 들고 와서 차에게 둘러주더니 조타실 안으로 데리고 들어갔다. 그리고 시동이 걸렸다.

이제는 달이 한 다스가 뜬다고 해도 쳐다볼 기분이 아니었다. 밤바다고 뭐고 얼른 돌아가 따뜻한 방에 눕고 싶은 마음뿐이었다. 누구도 입을 열지 않았지만, 그 순간만큼은 같은 심정이었을 것이다. 나는 언 몸을 움직이며 주섬주섬 갑판을 치우기 시작했다.

그런데 엔진 소리만 높을 뿐 배가 움직이지 않았다. 이상해서 돌아보니 황이 뱃전에 엎드려 배 밑바닥 쪽을 이리저리 살피고 있었다. 박과 나도 뱃전으로 다가가서 엎드렸다.

찰랑찰랑 배에 부딪치는 잔파도 사이로 무언가가 보였다.

"저게 뭐지? 바위야?"

나는 딱히 누구에게랄 것도 없이 중얼거렸는데, 문외한일지언정 있어서는 안 될 무언가가 있는 것만은 틀림없어 보였다.

"저거, 암초 같은데?"

내 말에 대답하듯 혼잣말을 하던 박이 다급한 어조로 황에게 물었다.

"여에 얹힌 거냐?"

황은 박의 말에 대답도 하지 않고 조타실로 들어가더니 랜턴을 가지고 나왔다. 한동안 이리저리 왔다 갔다 하며 랜턴으로 배 아래를 비춰보기만 했다. 박이 답답한 듯 어떻게 된 거냐고 물어도 황은 묵묵부답이었다.

마침내 박이 폭발했다.

"어떻게 된 거냐고 묻잖아."

그래도 황은 대답이 없었다. 황은 완벽하게 박의 말이 들리지 않는다는 태도였다. 황은 천천히 조타실 안으로 들어가더니 담배 한 대를 피워 물었다. 이제 여자들의 신경전이 남자들에게로 옮겨간 듯했다.

"저 새끼, 웃기네. 어떻게 된 건지 말을 해줘야 알 거 아니야."

박이 조타실 쪽을 향해 소리를 질렀지만 황은 아예 고개를 돌려버렸다. 나라도 나서야 할 것 같았다. 내가 조심스럽게 황에게 다가갔다.

"배가 잘못됐습니까?"

황은 담배 한 대를 다 피우고 나서야 겨우 대답을 했다.

"여에 얹혔어요."

"여라는 게, 그게 암촌가요?"

"예, 암초 같은 겁니다. 이 부근이 좀 그래요."

"그런데 어쩌다가……."

"오늘이 보름 아닙니까. 보름사리 때라 간만 차이가 커요. 물살도

빠르고. 그런데 술 마시고 지랄 염병하느라고 배가 흘러가는 것도 몰랐던 거죠. 그러니 어쩌겠수?"

박과 황 사이에서, 나는 이 모든 게 내 책임인 것처럼 그에게 굽신거리고 있었다. 무엇보다 지금은 황이 모든 열쇠를 쥐고 있으니 그의 비위를 거스르면 안 되었다. 그의 기를 살려주는 길은, 저는 아무것도 모릅니다, 그저 살려만 주십시요, 하며 고개를 수그리는 수밖에 방법이 없었다.

"그럼 어떻게 해야 되지요?"

"기다려야지요."

"기다린다구요?"

"방법이 없어요. 물이 나가서 여에 얹힌 거니까, 물 들어와서 배가 뜰 때까지 기다리는 거밖에 다른 수가 없어요."

"그럼 얼마나?"

"물이 나기 시작한 게 한 두세 시간 됐을 거요. 그라믄 앞으로도 두세 시간 더 난단 말이오. 그리고 다시 물이 들어와서 배가 뜰라믄, 네 시간? 다섯 시간? 그러면 모두 몇 시간이요?"

"한 일고여덟 시간 된다는 말인데요?"

그 소리에 박이 달려왔다.

"뭐? 일고여덟 시간이라구?"

황은 마치 자기와는 상관없다는 듯 느긋한 표정이었다.

"지금이 몇 신데?"

시계를 차고 있는 사람이 아무도 없었다. 그제야 휴대폰을 떠올리고 황급히 주머니를 뒤져 꺼냈지만, 연결되는 게 하나도 없었다. 시간은 둘째치고 구조 요청조차 할 수 없게 돼버린 것이다.

달은 지랄 맞게 밝았다. 달달 달타령을 하더니 원도 한도 없이 구경하게 된 것이다.

어찌나 밝은지 달빛 흐르는 소리마저 들리는 듯했다. 달빛은 폭포수처럼 쏟아지고 검은 바다는 갈치 떼로 뒤덮인 것처럼 눈이 부셨다. 그러고 보니 달은 바다에도 떠 있었다.

아무도 입을 열지 않으니, 물 흐르는 소리만 들렸다. 삐죽삐죽 솟은 암초 사이로 졸졸졸 흐르다가 뱃전에 부딪혀 작은 파도를 만들기도 하고, 골 깊은 곳을 만나면 쒜, 하는 소리를 내며 소용돌이를 만들기도 했다. 그런데 바다는 흘러서 어디로 가려는 것일까. 그러니까 이 소리를 만드는 것이 저 달이라는 말인데, 그러고 보면 바다에 떠 있는 달의 동그란 구멍이 바닷물을 빨아들이고 있는 것만 같았다.

어쨌거나 우리는 비로소 달구경을 제대로 하고 있는 셈이었다.

그러나 그것도 오래가지는 않았다. 누군가 야경꾼처럼 딱딱 이빨 부딪치는 소리를 내자 그걸 신호로 이빨 합주가 시작된 것이다. 사실 진작부터 온몸이 바늘 끝으로 찔러대는 것처럼 추웠다. 소주가 좀 남아 있었지만, 온몸이 언 상태에서는 술도 얼음물처럼 싸늘하게 보이고 무엇보다 그걸 들고 마실 기분이 나지 않았다. 좀 전까지 백열등처럼 환하게 보이던 달도 얼음장처럼 보이고 달맞이꽃처럼 화사하던 로즈 여사의 얼굴은 납빛으로 창백해져 있었다. 바람이 불지 않는다는 게 그나마 불행 중 다행이었다.

이런 추위에 서로의 체온만큼 소중한 게 어디 있을까. 하지만 체온이라니, 서로의 입김 콧김도 끔찍해서 고개를 돌리고 싶은 심정인데. 행여 바람에 날리는 머리카락의 그림자라도 닿을까 봐 진절머리가 나는 판인 것을. 그러나 이 좁은 배 위에서 어디로 간단 말인가. 한 배에 탄 운명이라는 것이 이렇듯 얄궂었다. 사람들은 알아서 서로에게 등을 돌리며 자리를 잡았다. 박은 파카를 머리까지 뒤집어쓰고 뱃부리 쪽에 올라앉아 바다만 바라보고 있었고, 로즈 여사는 갑판과 조타실 사이로 들어가서 고개를 무릎 사이에 넣고 최대한 몸을 웅크리고 있었다. 나 역시 양팔을 여미고 고개를 가슴에 파묻은 채 뱃전에 기대앉아 있었다. 황과 차는 좁은 조타실 안에서도 서로 외면하고 있었다.

할 것도 없고, 할 수 있는 것도 아무것도 없었다. 시간이 빨리 흘러가주기만을 바라는 것밖에는. 그리고 기다리는 것밖에는. 기가 막힐 노릇이었다. 이제는 달에게 구경거리가 되고 있는 기분이었다. 빨리 빨리 서쪽으로 사라져주기만을 바라는 순간, 달은 움직일 생각이 없는 듯했던 것이다.

얼마나 그러고 있었을까. 갑자기 황이 벌떡 일어섰다. 저벅저벅 조타실에서 나온 그의 손에는 망치와 벌겋게 녹이 슨 식칼이 들려 있었다. 달빛 아래 식칼이 섬뜩했지만 놀라는 사람은 아무도 없었다. 그걸로 무얼 하든 그 순간 믿고 매달릴 사람은 황밖에는 없었으니까. 무엇이라도 하려고 그가 움직였다는 것이 고마울 따름이었다.

황은 조타실을 부수기 시작했다. 판자와 판자 사이로 칼을 집어넣고 망치를 내리쳤다. 아마 그는 진작부터 이 그림을 머릿속으로 몇 번이나 그렸다가 지웠다가 했을 것이다. 시간이 지날수록 기온은 급강하했고 무엇보다 물에 흠뻑 젖어버린 두 사람의 체온이 심각하게 떨어지기 시작했다. 길게는 일곱 시간 운이 좋아야 다섯 시간인데, 몸 숨길 곳 없이 탁 트인 바다 한가운데서 이런 상태로 견딘다는 건, 암담한 일이었다. 위험했다. 멍하니 바라보기만 하던 내가 다가가 작업을 거들었다. 박도 슬그머니 다가왔다.

판자가 서너 개쯤 모이자, 내가 망치를 잡고 황은 불을 지피기로 했다.

배에 불쏘시개를 할 만한 종이가 있을 리 없었다.

"종이 가진 거 있어요?"

황이 로즈 여사에게 묻자 여사가 껴안고 있던 가방을 뒤지기 시작했다. 휴지, 메모지, 약봉지 같은 게 나왔다.

"거긴, 뭐 없어요?"

조타실이 뜯기는 바람에 밖으로 밀려나온 차를 돌아보며 황이 고갯짓을 했다. 차는 온몸이 얼어버린 듯 턱으로 자기 가방을 가리켰다. 가방에서 제법 두툼한 다이어리가 나왔다. 1년치의 비망록일 텐데, 황이 들어보이자 아무 말도 못하고 고개를 끄덕였다. 차의 1년치 연애사가 거의 타버린 후에야 가까스로 불길을 잡을 수 있었다.

모닥불을 사이에 두고서도 묘한 긴장이 흘렀다. 숨소리조차 듣기 싫은 건 피차 마찬가지였다. 조금이라도 불기운을 쐬려면 어떻게든 자리를 좁혀야 했다. 황과 차가 흠뻑 젖은 관계로 서로 떼어놓고 싶었지만 황이 로즈 여사 옆에 앉고 싶지 않은지 차 옆으로 가서 앉았다. 어쩔 수 없이 내가 두 여자 사이에 끼어 앉고, 박은 황과 로즈 여사 사이에 앉았다. 이제야 진정 한 배에 탄 공동 운명체가 된 듯했다.

"그런데……, 배에다가 이렇게 불을 피워도 괜찮습니까?"

내가 황의 눈치를 보며 물었다. 배는 목선으로 갑판까지 모두 나무로 되어 있었다. 그 나무 위에 모닥불을 지핀 것이다. 아까부터 반쯤 넋이 나간 차는 아무래도 상관없다는 표정이었고 로즈 여사는 그것도 모르고 있었는지, 그제야 어머어머, 하며 엉덩이를 들썩거렸다.

"상관없어요."

"상관이 없다니요?"

황이 퉁명스럽게 대꾸하자 로즈 여사가 깜짝 놀라 말꼬리를 잡았다.

"이러다가 배가 타기라도 하면 어떡해요?"

나는 로즈 여사가 황의 배를 걱정해서 하는 말인 줄 알았다.

"이러다가 불이라도 나면 얼어 죽기 전에 먼저 타 죽는 거 아니에요?"

아, 불쌍한 우리의 어부 친구. 그의 얼굴은 당혹스럽다 못해 처참하게 일그러졌다. 그때까지도 로즈 여사에 대해 일말의 안타까운 연정

을 버리지 못하고 있던 그는 아주 짧은 순간, 두 눈에서 분노의 불길
이 이는 듯도 싶었지만, 그것조차 혐오스럽다는 듯 아주 씁쓸한 표정
이 되어버렸다.

황은 로즈 여사를 노려보며 천천히 일어서면서 말했다.

"걱정 붙들어 매쇼. 배에 불나면 나 혼자 죽을 테니."

그리고 내 손에 있던 망치를 뺏어 들었다. 한쪽 벽이 뚫린 조타실은
망치를 내리칠 때마다 허무하게 무너져 내렸다. 그렇게 그는 끓어오
르는 분노를 풀고 있는 것이었는데, 차라리 자기 발등을 찧고 싶어하
는 것처럼 보였다.

배에는 모닥불 밑에 깔아줄 만한 것이 없었다. 책받침만 한 철판 쪼
가리 하나 없었다. 밧줄이며 투망이며 고무 바께스며, 하나같이 불에
잘 타는 것들뿐이었다. 그나마 다행한 것이 있다면, 물은 아래로 흐
르고 불은 위로 타오르니, 아래로 불이 옮겨붙지 않기만을 바랄 뿐이
었다.

불꽃은 탐욕스러웠다. 이글거리며 뜨겁게 타오르다가도 금방이라
도 가뭇없이 사라져버릴 것처럼 잦아들었다. 살리는 게 힘이 드니 죽
일 수도 없었다. 그래서 한 팔을 떼어주고 나면 나머지 팔을 요구했
고, 다음에는 다리를 보고 군침을 흘리더니 그걸 기름 삼아 활활 타올
랐고 그만큼 더 많은 것을 요구했다.

달이 포물선의 정점을 겨우 넘어설 무렵, 조타실이 사라졌다. 배 한
가운데에 방향키며 지피에스 같은 기계들만 앙상하게 뼈대를 드러냈

다. 다음에는 고물을 덮고 있던 판자가 뜯겨나갔다. 뱃전에 잇대어 있던 널빤지도 떨어졌다. 이물 쪽 창고 칸마저 뜯겨나가도 불꽃은 배가 고프다고 아우성이었다.

황의 망치질 소리는 시시포스가 바위를 굴려 올리는 소리처럼 끝도 없이 바다를 울렸다. 먹고 또 먹어도 배가 고파 자기 몸까지 뜯어먹고 마침내는 입이 닿지 않는 머리통만 남았다는 인도의 신 '키르티무카'가 떠올랐다. 인간의 욕망이 그럴 것이다. 밑 빠진 독에 물 붓기 같은 것. 어쨌거나 망치 소리가 들리는 한, 아직 땔감이 남아 있다는 것이고, 그건 망망대해에 떠 있을 공간 또한 남아 있다는 의미였다. 망치 소리가 따뜻했다.

출렁, 배가 흔들렸다.

퍼뜩 눈을 뜨니 달은 서쪽 바다 위에서 창백하게 떨고 있고 그 너머로 검푸른 기운이 번지고 있었다.

고물 쪽에 기대 눈을 감고 있던 황이 벌떡 일어났다. 배 밑쪽을 이리저리 살핀 그는 성큼성큼 방향키로 다가가 힘차게 엔진을 걸었다. 까무룩 졸고 있던 사람들이 놀라서 고개를 들었다. 배는 겨울바람을 가르며 서서히 속도를 높였다.

배는 뼈대만 앙상했다. 맹금류에게 눈알이며 살이며 할 것 없이 다 파 먹힌 생선 뼈다귀처럼 처참한 몰골이었다. 그 지경을 해가지고도 달려주는 것이 눈물겹도록 가상했다. 황의 머리카락만이 성난 듯 불불이 휘날리고 있었다.

　얼굴을 후려갈기듯 달려드는 바람에 사람들은 일제히 가슴에 고개를 파묻었다. 그물을 치고 사는 박 역시 파카 깃 사이로 고개를 깊숙이 파묻고 있었다.

밤눈

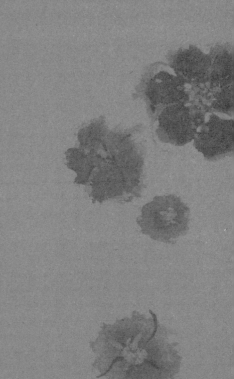

오전만 해도 별다른 기미는 없었습니다. 유난히 화창했다는 것 외에는. 봄날의 화사함을 느낄 새도 없이 흐리거나 바람이 불어대는 변덕스러운 요즘, 드물게 보는 맑고 화창한 날이었습니다. 늘 부연 스모그에 가려 있던 산이 성큼 다가선 그 앞으로 열병합 발전소의 굴뚝들은 한 뼘쯤 자란 것처럼 보이고, 아파트 단지 외곽에 펼쳐진 비닐하우스들은 햇빛을 반사해 잔물결처럼 일렁이며, 세상 모든 사물들이 더욱 뚜렷이 존재감을 드러내고 있었습니다. 평소 같으면 이불 빨래를 내다 널고 싶었을 겁니다. 그러나 등굣길의 딸을 떠올리자 명치께가 조금 아팠습니다.

아침을 먹지 않는다는 걸 알면서도, 먹지 않겠다고 했음에도 굳이 머리를 빗고 있는 뒤에서, 교복을 입고 있는 사이에 한 입 크기로 싼 김밥을 하나씩 넣어주려고 했던 게 잘못이었습니다. 어쩔 수 없이 김밥을 받아먹던 아이가 현관에서 운동화를 신을 때, 그 사이에 하나만 더 먹으라고 욕심을 부렸고, 막 허리를 일으키던 아이 팔이 제 팔을 쳤습니다. 그 바람에 들고 있던 접시가 툭 떨어지고 김밥이 무슨 오자미 주머니처럼 날아가서는 늦가을에 홍시 떨어지듯 터지면서 흩어졌습니다. 아이 얼굴에서 당황한 빛이 스친 것은 잠시였지요. 아이는 이내 원망이 가득한 표정으로, 안 먹겠다고 했잖아, 하고 소리치며 현관문을 쾅 닫고 나가 버렸습니다.

딸은 요즘 사춘기를 겪어내고 있습니다. 눈에 띄게 짜증이 늘고 사소한 일에도 신경을 예민하게 곤두세우고, 충동적이고 돌출적인 행동을 하는 딸을, 저는 이해합니다. 그것이 타일러서 될 문제가 아니란 것도, 야단쳐서 잠재워지는 게 아니란 것도. 몸 저 깊은 곳에서 용광로처럼 피가 끓어오르고 세포들이 분열하고, 쓰디쓴 약을 코를 막고 들이붓듯 정체불명의 호르몬이 검은 그림자처럼 몸 구석구석을 헤집고 다니고 있을 터이니 말입니다. 정체성에 혼란이 오고 그래서 정작으로 고통스러운 건 아마 아이 자신일 것입니다. 그러나 그것조차 요즘은 일상적인 아침의 모습일 뿐이었습니다.

오후에는 집에서 조금 떨어진 친구의 아파트에 있었습니다. 멀리 떨어져 살던 친구가 제가 사는 동네로 이사를 와서 차 한 잔 마시러 간 거였지요. 약속 시간에 맞춰 차를 출발시킨 지 얼마 지나지 않아 전화가 왔습니다. 뜻밖에도 친구는 한의원에 있다고 했습니다. 전날만 해도 아무 말이 없었으므로 깜짝 놀랐지요. 친구는 자기가 아니라 어머니 때문에 침을 맞으러 왔노라며, 조금 늦을지 모르니 주차장에서 기다려달라고 했습니다. 이제는 병원에 있다는 말을 들어도 갑자기 어디가 아픈가 하는 의구심을 가질 나이가 된 것입니다. 저 자신만 해도 금년 봄을 호되게 앓고 있으니까요. 몸이 무겁고 무기력하며 우울감이 깊었습니다. 해마다 봄을 탔기 때문에 이번에도 그러려니 했고 그것이 조금 심한가 보다 했습니다. 그런데 올봄은 예년과 다른 점이 있었습니다.

우울하고 의기소침해지던 예년과 달리 몸으로 느껴지는 통증이 있었습니다. 생리의 양도 부쩍 줄어 조만간 폐경이 올 것을 예감했습니다. 전구나 가전제품 따위를 다루다가 예기치 않게 고장이 나는 순간이 있습니다. 그때마다 저는, 그게 어떤 지점인지, 그동안 순하게 말을 잘 듣다가 갑자기 멈춰버리는 지점이 이미 예정되어 있는 건지 조금 아연해지곤 했지요. 사람도 그런 것 같았습니다. 늙는 것도 서서히 조금씩 늙어가는 게 아니라 어느 지점에 이르러 문득 한 마디씩 늙음으로 자리를 옮기는 것 같았거든요. 정정하던 아버지가 파산을 하고 갑자기 기력이 쇠해진 것이나 아버지가 돌아가신 후, 어머니 머리에 하얗게 서리가 내린 걸 보면 그런 생각이 들었습니다.

주차장에 차를 세우고 앉아 있을 때였습니다. 아파트 화단에 군데군데 서 있던 나무와 풀이 일제히 한 방향으로 누우면서 눈에 보이지 않는 한 떼의 무리가 획 지나간 것 같았습니다. 그리곤 지나는 여자들의 머리카락이 거꾸로 서고 무형의 무엇과 맞서듯 머리를 뿔처럼 들이밀며 허리를 반쯤 구부린 자세로 종종걸음 치는 것을 차 안에서 지켜보고 있었습니다. 아, 드디어 도착했구나. 저는 무언가에 사로잡힌 것처럼 혼자 중얼거렸습니다. 마치 오랫동안 기다리던 소포라도 도착한 것처럼 말이지요.

전날 기상캐스터가 황사 바람이 불겠다고 예보했거든요. 몽골의 고비사막에서 거대한 모래바람이 불기 시작했다는 겁니다. 그렇게 출발

한 모래바람은 다음 날 우리나라에 도착할 것이므로 노약자는 외출을 자제하기 바란다고 덧붙였지요. 요즘 들어 황사가 부쩍 큰 이슈가 되고 있었습니다. 황사 이야기를 들을 때마다 기분이 묘했습니다.

몽골이라니……, 학창 시절 역사책 속에나 있는 나라인 줄 알고 있었는데. 몽골이 실재한다는 걸 안 지도 불과 몇 년 안팎인 것 같습니다. 그렇게 먼 나라 일이, 저와는 아무런 상관도 없고 평생 가볼 일이라고는 없을 것 같은 나라의 일이 옆 동네에서 일어난 일보다 더 가깝게 느껴진다는 것이 저에게는 불가해하게만 느껴졌지요.

그런데 이런 생각을 비웃기라도 하듯, 가까운 지인들 몇이 얼마 전에 몽골로 여행을 떠났습니다. 그들은, 유난히 추웠던 지난겨울, 얼어죽은 양떼들을 구경하러 간다고 했습니다. 그들이 몽골로 떠난 얼마 후, 지독한 황사가 불어닥쳤지요. 그날 우리나라의 시계(視界)는 1미터 안팎이어서 공항이 마비되고 전자부품 제조업체들에 비상이 걸렸습니다.

그 뉴스를 보면서 저는 몽골로 떠난 사람들을 떠올렸습니다. 모래바람의 진원지에서 바라보는 하늘은 어떨까? 그리고 하얗게 얼어 죽어 있을 양떼들을…….

친구와 노모도 곧 도착했습니다. 노모는 떡과 딸기, 주스를 내와 우리 옆에 앉았습니다. 몇 번 이사를 들고 나면서 평수를 넓히다가 마침내 여기다 싶은 아파트를 융자를 내고 사들여 대대적으로 수리했다는 친구의 이야기를 들었습니다. 친구의 삶은 나이에 걸맞게 자리를 잡아가고 있는 듯했습니다. 그러나 저는 아직도 세를 살고 있고, 그래서 늘 떠도는 기분입니다. 이재에 밝지도 못할 뿐더러 융자 같은 걸 낼 만한 처지도 아니기 때문이지요. 그러다 보니 2년마다 이사를 다녀야 했습니다. 그때마다 저는 새로운 구조의 아파트와 조금씩 달라지는 주변 풍경이 단조로운 아파트 생활에서 그나마 작은 변화라고 즐거워했습니다. 그러나 이즈음 들어서는 힘에 부치는 것 같습니다. 무엇보다 못 하나 내 것으로 박지 못하는 것이 답답해지기 시작했습니다. 떠돌아다니기에는 나이가 들었다는 의미겠지요. 이제는 뿌리를 내리고 싶은 거겠지요. 그래서인지 벽을 터서 아이 침대를 넣어주고 베란다를 돋워 작은 테이블과 의자를 내놓은 친구 집이 부러웠습니다.

이런저런 이야기를 하다 문득 말이 끊어진 순간이었던가 봐요. 베란다 창을 바라보니 하늘이 황톳빛으로 물들어 있었습니다. 음산한 기운이 감돌았습니다. 그런 색깔의 하늘은 흔치 않은 것이어서 오싹 소름이 돋았습니다. 바람을 전령으로 보낸 황사였습니다. 그리고 이내 노크라도 하듯 후두둑거리며 굵은 빗방울까지 듣기 시작했습니다.

저도 모르게 정말 이상한 날씨네, 라고 말했고 친구와 노모도 똑같이 따라서 말했습니다. 우리는 잠시 그렇게 하늘을 쳐다보고 있었습니다. 서로를 바라보지는 않았지만 우리 얼굴은 알지 못할 불길한 전조에 넋을 잃은 것 같은 표정이었을 겁니다. 그렇게 이상한 날씨였습니다. 하늘을 보았다기보다는, 하늘의 어떤 기운이 우리의 시선을 끌어당겼다는 것이 더 적절할 것 같은.

생활의 감각에 훨씬 민감한 노모는 하굣길의 손주를 떠올렸습니다. 그러고는 부산히 일어나 외투를 걸치며 우산을 들고 나섰습니다. 그제야 저도 딸을 떠올렸습니다. 아침에 우산을 챙겨 보내긴 했지만 여린 나무가 활시위처럼 휘어지는 바람 속에서 우산 따위는 소용도 없을 것입니다. 무엇보다 음산한 바람 속을 우산 하나로 버티며 걷는 딸의 모습이 사무치도록 고독하게 떠올랐습니다. 가슴에 지워지지 않을 화인을 남길 것 같이 말입니다.

학교 앞은 이미 자동차들이 줄줄이 늘어서 있었습니다. 교문에서는 아이들이 쏟아져 나오고 있었지요. 우산을 준비하지 못한 아이들은 체육복을 뒤집어쓰거나 가방을 머리에 올리고 뛰었습니다. 우산도 없이 걸어가는 아이들을 스쳐 학교로 들어가면서 조금 미안한 기분이 들었습니다. 그러나 딸과 길이 엇갈릴까 싶어 저는 얼른 현관으로 뛰어 들어갔습니다.

교실 앞에서 딸을 발견했습니다. 뒷짐 진 손에 들린 가방은 시계추처럼 엉덩이를 툭툭 치고 고개만 삐죽 교실 안으로 들이밀고 있는 것이 누군가와 이야기 중인 듯했습니다. 그리고 어쩌다 고개를 돌렸는데 금방 저를 발견했습니다. 누가 말해준 것도 아닌데 말입니다. 가까운 사람이 다가오면 그렇게 느껴지는 인기척이란 게 있나 봅니다. 똑같은 교복을 입은 아이들이 와글거리는 속에서 제가 뒷모습만으로 딸을 알아보듯이 말이지요. 제가 딸아이 나이만 할 때 그것은 반가움과 놀라움, 그리고 꼭 그만한 크기의 부끄러움으로 따라오던 것을 기억합니다. 그래서 짐짓 무심한 표정을 짓거나, 딴청을 피웠더랬지요. 그런 저의 속내는 아랑곳없이 목청껏 제 이름을 불러대는 어머니가 그때는 왜 그리 뻔뻔하고 무식하게 보이던지요. 그런 엄마가 몹시도 부끄러웠습니다. 돌이켜보면, 부끄러움이란 감정은 실은 기껍고 살가운 정 때문에 생기는 것일 터인데, 그게 마치 자기의 속살을 내보인 것 같아서 부끄러웠던 거라고 헤아려봅니다.

딸은 청소 당번인 친구를 기다릴까 말까 생각하던 중이었노라고 했습니다. 그러나 저를 보자 이내 발걸음을 돌렸습니다. 딸은 요즘 자기가 인기 폭발이라며 조금은 들뜬 표정이었습니다. 사귀자는 남자아이들이 줄을 서서 친구들이 매니저를 해주겠다고 난리라는 말에 저는 웃었습니다. 황사 바람 부는 음산한 날씨 따위는 딸에게 아무런 영향도 주지 못했습니다. 아침에 왈칵 화를 냈던 것도 잊어버린 것 같았습니다. 저도 덩달아 날씨나 우울증 따위는 잊어버렸습니다.

휴대폰이 울린 것은, 어떤 남자아이가 너를 그렇게 좋아하냐고 물으며 막 현관문을 열 때였습니다. 집으로 돌아오는 길은 이야기를 다 마치기에는 너무 짧았습니다. 당신의 목소리는 얼마나 낯설던지요. 얼른 당신을 떠올리지 못한 저를 너무 서운해하지는 마세요. 당신의 목소리는 사실, 제게는 잊힌 목소리였던 겁니다. 어딘가에 분명히 살고 있을 당신이었으나, 저는 당신을 제 기억의 갈피 한구석에 접어놓은 지 오래였습니다. 그랬으므로 아이 이야기에 흠뻑 빠진 상태에서 당신의 목소리를 금방 알아차리는 것은 불가능했습니다.

그러나 고백하자면, 저는 언제든지 당신의 목소리를 선명히 떠올릴 수 있습니다. 마치 녹음기의 플레이 버튼을 누르기만 하면 되듯이 말입니다. 다만 먼 과거 속에 봉인해두었을 뿐이지요. 제가 당황했던 건 제가 호출하기도 전에, 그 목소리가 튀어나올 수도 있다는 전혀 예상 밖의 상황 때문이었습니다.

잠시 이야기를 하는 중에 느낀 것이지만 당신의 목소리는 예전과 달랐습니다. 당신의 목소리는 대학 시절 음악 감상실 디제이를 했던 사람답게 한 음절 한 음절 분명하면서도 부드러운, 그래서 오래도록 귓가에 잔잔한 여운을 남겼습니다. 목소리에도 품격이 있다는 것을 당신을 통해 알게 되었지요.

그런데 거의 10년 만에 듣는 당신의 목소리는 어딘지 뒤틀리고 각이 진 듯한 느낌이었습니다. 내일 당신을 만나는 것이 반가우면서도 두려운 것은 바로 그 목소리 때문입니다. 목소리가 그토록 뒤틀릴 정도라면, 당신의 모습은 얼마나 처참할 것인가. 그런 당신을 어떻게 바라보아야 할지 자신이 없어집니다.

당신은 제 전화번호를 알려고 무척 노력했는데 이제야 알게 되었다고, 힘겹고 어눌하게 말했습니다. 저는 갑자기 걸려 온 당신의 전화에 당황하면서도 반가움을 감추지 못했습니다. 무겁고 심각한 반응을 보이고 싶지 않았습니다. 아마 세월의 힘이겠지요. 저는 짐짓 명랑을 가장해서, 내가 얼마나 유명한데 내 전화번호를 모르냐고 말했습니다. 그저 농담으로 한 말인데 당신은 큰 잘못이라도 한 것처럼, 미안하다고 대답했지요. 예전에는 제가 늘 진지하고 무겁고 심각했고 당신은 그걸 가볍고 재치 있게 둘러치곤 했는데 말입니다. 당신은 근 2년을 식물인간처럼 병원에 누워 있었노라고 했습니다. 5년 전 가족 모두를 데리고 미국으로 이민을 떠났는데 사고가 나는 바람에 한국으로 돌아왔다고 했습니다. 처음에는 농담을 하는 줄 알았습니다. 지금쯤 당신이 바라던 교수가 되어 있으리라 짐작하고 있던 제게 그건 저를 농락하는 지독한 농담이었지요. 이민이 무슨 말이며, 식물인간이 다 무슨 소리란 말입니까. 그때까지도 당신의 말을 믿을 수도 이해할 수도 없었습니다. 놀리지 말라고 했지만 당신은 대꾸도 없이 당신 말만 했습니다. 마치 남 이야기를 하듯이 덤덤하게 말입니다.

세세한 설명을 들으면서 비로소 가슴에 충격의 파문이 서서히 일기 시작했습니다. 잠자코 당신의 말을 들으며 저는 창밖만 물끄러미 바라보고 있었습니다. 그리고 혼잣말을 중얼거렸지요. 오늘 날씨가 이상했어요.

당신이 있는 병원이 제가 사는 동네라는 말은 차마 꺼낼 수도 없었습니다. 제 집 베란다에서 빤히 보이는, 그래서 당신과 통화를 하는 중에도 보고 있었지만 말이에요. 다만 온몸의 솜털이 오소소 일어났습니다. 그곳에 당신이 누워 있었다니요. 그 앞을 저는 얼마나 뻔질나게 지나다녔는지 모릅니다. 물론 간 적도 있었지요. 딸이 아파서 간

적도 여러 번이고 동생 아들이 체육시간에 다리를 부러뜨린 바람에 간병을 해준 적도 있었습니다. 불과 며칠 전에는 어머니의 관절이 좋지 않아 검사를 받으러 갔었지요.

그런 풍경들을 떠올리며 저는 왜 이제야 연락을 했느냐고 질책했습니다. 당신이 의식불명인 채 사경을 헤매고 있었다는 것도 잊고 말이지요. 당신은 정신이 돌아온 후, 예전의 제 집 전화번호를 떠올려보려고 무진 애를 썼다고 했습니다. 이미 그곳에 살고 있지 않을 거란 걸 알면서도, 그렇게 뻔질나게 돌려대던 전화번호를 기억조차 할 수 없어서 몹시도 안타까웠노라고 했지요. 그러다 어느 날, 우리가 함께 알고 지내던 사람이 문병을 왔을 때 비로소 알게 되었다고요. 그도 오랫동안 연결을 안 해본 번혼데, 하며 건네준 그 번호에서 제 목소리가 나오고, 번호가 바뀌지 않아 이렇게 통화가 되니 정말 고맙다고 당신은 말했지요. 그 말을 듣고 있는데 아, 저는 갑자기 이상한 기운에 사로잡혔습니다. 지금 내가 통화를 하고 있는 이 사람이 누군가 싶어진 것입니다. 당신이 정말 어느 곳에서 살아가는, 실재하는 사람이란 말입니까.

전화를 끊고 나자 현기증이 일었습니다. 다리가 후들거리고 가슴이 먹먹해서 가만히 앉아 있을 수가 없었지요. 저는 딸이 벗어놓은 교복을 욕실 세면대에 넣고 빨기 시작했습니다. 비누칠을 하고 마구 치대면서, 그러면서 자꾸만 세면대 거울을 쳐다보았지요. 당신이 꼼짝없이 병원에 누워 있던 2년, 그동안 저는 동네 스포츠센터에서 수영을 하는 것으로 아침 일과를 시작하고 등산 동호회에 가입하여 지리산을 종주했으며, 작년에는 금방이라도 떨어질 것 같은 고물 소형 비행기를 타고 라오스 산간지대를 날기도 했습니다. 스무 명 남짓이 타는 소형 비행기는 정말이지 어느 순간, 툭 하고 떨어져도 뭐라 말할 수 없을 정도로 낡은 것이었습니다. 두렵거나 불안한 마음은 전혀 들지 않았습니다. 죽을 운이라면 언제 죽어도 죽을 것이라고 생각하자 오히려 깃털처럼 가볍고 자유로워지는 쾌감마저 느꼈습니다. 그런데 당신은 그토록 견고한 나라 미국에서 사고를 당했다니, 그래서 식물인간이 되어 꼼짝도 못하고 있었다니…….

아, 삶은 얼마나 부서지기 쉬운 것인지요. 아무런 기미도 예고도 없이 말입니다. 그러나, 그러면서도 말이지요, 질기디질긴 것이 또한 삶이 아니겠는지요.

지금 막, 제 머릿속으로 어떤 장면이 스치고 지나갑니다. 눈 내린 풍경입니다. 밤이었지요. 우리는 어느 허름한 뒷골목의 여관에서 나오는 길이었습니다. 그 무렵, 우리는 마치 기갈 들린 사람처럼 서로를 더듬고 확인하고자 안달했었지요. 매번 씁쓸한 허무감만 남긴다는 걸 알면서도, 아니 그렇기 때문에 더욱 갈증이 깊었는지 모르겠습니다. 갈증은 우리를 더욱 깊은 늪으로 끌어들였고, 그것은 또 다른 갈증을 불렀습니다. 갈증의 가장 큰 이유는, 그렇습니다, 우리가 이미 남의 아내, 남의 남편이기 때문 아니겠는지요. 다른 사람의 눈을 피해 뒷골목을 전전해야 한다는 것, 그것이 갈증의 진정한 이유가 아니겠는지요.

그런데 눈이, 소리도 없이 내려 어느새 뚝 그쳐버린 밤눈이 야적장에 아무렇게나 버려진 건축자재들이며 폐기물들, 그리고 골목 어귀의 쓰레기 더미들을 하얗게 덮어 초라하고 서글프게만 느껴지던 뒷골목 풍경을 한순간에 바꿔버린 것이었습니다. 하얗게 얼어 정지해버린 풍경처럼 고요한 밤거리를, 이미 개어버린 하늘에서 보름달이 비추고 있었고요. 그 장면을 저는 지금도 잊지 못합니다. 그 풍경이 그때는 왜 그리도 가슴 시원하던지요. 감쪽같이 세상을 덮어버린 밤눈이 왜 그리도 통쾌하게 느껴지던지요. 이제 와서 생각해보면, 제 힘으로 어쩌지 못하는 저의 삶에 어떤 상징이나 알리바이로 끌어들이고 싶었던 건지도 모르겠습니다. 그래요. 그렇게 제 삶도 한순간에 뒤집혀지기를 바랐던 것입니다.

그런 시절이 있었습니다. 그게 10년도 전의 일입니다. 앞뒤를 분간하지 못하던 뜨거운 열정은 과연 어디에서 나온 것이란 말입니까. 그 날이 분명 우리가 함께한 날이었음에도 하릴없이 열정이 식어버린 지금 그것을 떠올리니 어느 소설 속의 한 대목 같기만 합니다. 그래서 당신마저 도무지 실재하는 인물로 받아들여지지 않나 봅니다.

그때 제 나이 갓 서른이었습니다. 서른 살. 그때 저는 오늘의 저를 상상하지 못했습니다. 당신과의 이런 해후는 더더욱 상상하지 못한 것이었습니다. 당신의 전화를 끊고 저는 한동안 희미한 전율이 온몸을 훑고 지나가는 듯한 느낌에 사로잡혀 있었습니다. 우리 삶이 이토록 부서지기 쉬운 것이라니……. 그것 역시 그때는 상상하지 못한 일이었지요.

그때 당신은 신문사 문화부 기자였고 저는 라디오 방송국에서 음악 프로그램 스크립터 일을 하고 있었습니다. 우리가 처음 만난 자리가 방송국 망년회였다는 것은 떠오르는데 우리가 어떻게 연인이 되었는지는 기억나지 않는군요. 내일 만나 당신에게 물어본다면, 당신은 기억할까요? 처음 우리가 어디에서 어떻게 서로를 안았는지는 기억도 나지 않고 대뜸 심한 갈증에 시달리는 사람들처럼 서로의 육체를 탐닉했던 기억만 떠오릅니다. 그랬습니다. 탐닉이라는 말을 써놓고 보니 그 말보다 적당한 말은 없다는 생각이 듭니다. 마치 서로를 파괴할 것처럼 격렬했던 그것은 정당하지 못했던 우리의 관계 때문이었을까요. 10년의 세월이 흐른 지금 당신은 우리의 무엇을 기억하고 있는지, 저는 무엇을 버리고 무엇을 간직하고 있는지 조각 그림 맞추기 퍼즐처럼 맞춰보고 싶은 장난기가 발동하기도 합니다.

지금껏 당신에게 말하지 못한 것 중 하나는, 당신과의 만남이 근원을 알지 못할 갈망에 시달리는 저에게 하나의 탈출구였으나 동시에 고통과 갈등의 씨앗이기도 했다는 것입니다. 당신은 어땠는지……. 제가 보기에 당신은, 바람이 꽃잎을 희롱하듯 즐기는 것 같았습니다. 그걸 탓하고 싶은 생각은 없습니다. 어차피 우리 관계는 그렇게 시작되었으니까요. 문제는 제가 그 긴장을 견디지 못했다는 것이지요. 어느 날 실금이 가버린 거울을 발견한 것처럼 제 마음에 균열이 생겼다는 것을 느낀 순간, 저는 균형을 잃고 비틀거리기 시작했습니다. 당신과 격렬한 정사를 나누고 집으로 돌아간 저는 남편에게 죄책감과 아울러 혐오감을 동시에 느꼈습니다. 어처구니없는 일이지요. 혐오감이라니요. 하지만 그게 저의 솔직한 심정이었습니다.

밤늦게 살그머니 들어가면 남편은 이미 잠들었거나 화가 난 표정으로 저를 기다리고 있었습니다. 당장이라도 독 오른 이빨을 저의 어깨에 박을 듯 화가 난 그를 보면 저는 오히려 떳떳하고 당당한 표정이 되어 그를 무시해버렸습니다. 마치 술로 지새는 무능한 가장 앞에서 밤새 야근에 시달리다 돌아온 아낙같이 당당했지요. 쿨쿨 코를 골면서 잠든 모습을 볼 때는, 그를 흔들어 깨워 소리치고 싶었습니다. 어떻게 나를 이렇게 내버려둘 수가 있느냐고 말이지요. 그리고 그의 가슴에 얼굴을 묻고 펑펑 울고 싶었습니다. 터무니없는 소리지요. 어쩌다 잠든 제게로 슬그머니 남편의 손길이 파고들기라도 하면 가차 없이 밀쳐냈지요. 그러나 사실, 그 혐오감의 정체는 제 자신에 대한 것이었습니다. 정신과 몸이 분열되어버리자, 누군가를 희생양으로 만들지 않고는 견딜 수 없었던 거지요.

그때, 제게 세상이란 얼마나 견고한 것이던지요. 아무 죄도 없는 남편을 오히려 부정을 저지른 제가 더 미워하고, 당신과의 정사를 위해 친정에 아이를 맡기러 달려가던 세상은 그렇게 영원할 것 같았습니다. 아이는 언제까지나 제 발목을 잡고 있고 남편과 저는 서로를 증오하는 것으로 생을 이어가야 할 것 같은, 저주받은 견고함 그 자체였습니다.

균열은 정작 엉뚱한 곳에서 왔지요. 당신이, 제게 만나지 말자는 말을 꺼낸 겁니다. 제 마음이 다른 데 가 있는 것을 안 남편과 저의 관계가 불안정하게 삐걱거리는 것을 당신은 눈치챘을 겁니다. 남편의 분노나 결혼 생활이 깨어질지 모른다는 위기감 속에서도 당신 앞에서만은 초라해지지 않으려고 안간힘을 썼습니다. 제가 초라해지는 순간, 당신이 떠날 거란 걸 직감적으로 알고 있었던 거지요. 당신의 표정은 더없이 부드럽고 눈은 깊은 슬픔에 잠겨 있었지만, 그건 이미 연인을 바라보는 눈길이 아니었습니다. 이제 전화하지 마. 최후통첩 같은 말 한마디, 그게 우리의 마지막이었습니다. 제 입은 얼어버린 듯 떨어지지 않았습니다. 당신의 마지막 말은 오랫동안 제 머릿속에서 메아리가 되어 울렸습니다. 마치 새 한 마리가 살고 있는 것 같았지요.

돌아오는 차 안에서 비로소 눈물이 흐르기 시작했습니다. 눈물이 앞을 가려 한동안 갓길에 차를 세워놓아야 했습니다. 그때 알았습니다. 제게 정작 견고한 벽은 바로 당신이란 존재였다고요. 그 무렵, 당신은 둘째 아이를 낳았다고 했지요. 첫아이가 다섯 살이었던가요? 이후 아이가 생기지 않아 부부가 불임클리닉에 다녔다고 했습니다. 그러니까 당신은, 저와 만나던 그 기간 내내 불임클리닉에 다니고 있었던 거지요. 그리고 미국에서의 새 삶을 계획하고 있었군요.

그런 당신이, 교통사고가 나서 식물인간이 되어 병원에 누워 있었다는 것을 어떻게 설명해야 합니까. 당신은 누구일까요. 제 삶에 무엇을 던져주기 위해 나타난 것일까요. 그리고 당신에게 저는 어떤 의미였는지……. 이제 내일이면 당신을 만나, 그걸 물어볼 수 있을까요? 10년 넘게 풀리지 않던 의문을 말입니다. 당신이 제게 바란 것이 무엇인지는 모르지만, 그러고 나서 얼마 후 저는 남편과 헤어졌습니다.

저녁 무렵, 당신으로부터 두 번째 전화가 왔습니다. 마치 당신의 실재를 의심하는 제게 존재를 확인이라도 시켜주려는 것 같았습니다. 당신은 역시 어눌하고 딱딱한 목소리로 말했습니다. 너무 늦게 전화를 해서 미안하다고, 내일 오전에 CT 촬영을 해야 하니 점심시간이 지나서 와줄 수 있겠느냐고 했지요. CT 촬영이라는 말을 들으니 보다 구체적으로 당신의 모습이 그려질 듯합니다. 아, 그러나 상상력은 이내 벽에 부딪히고 맙니다.

그러니까 돌아가신 아버지의 모습이 떠오릅니다. 아버지는 제게 또 하나의 벽이었지요. 어렸을 때 저희 집은, 밤과 낮처럼이나 뚜렷하게 아버지의 세계와 아버지가 없는 세계로 구분되었습니다. 아버지의 세계는 칠흑 같은 밤처럼 무겁고 막막한 느낌입니다.

어느 봄날의 일요일이었습니다. 오후 햇살이 마루 깊숙이 들어와 텔레비전과 전축, 책꽂이에 앉은 먼지까지 비추지만, 그 빛나는 낮의 세계도 아버지가 계셔서 밤의 적막보다 더욱 고통스러운 시간이었습니다. 아버지는 하루 종일 아무 말도 하지 않고 등 뒤로 들어오는 햇살을 받으며 신문을 보고 있습니다. 아버지 얼굴에 그려진 음영 때문에 마치 조각상처럼 보이기도 했지요. 베토벤의 〈운명〉이라든가 차이코프스키의 〈비창〉 같이 무거운 선율의 클래식이 흐르고 있었습니다.

아버지는 마치 다른 세계에 있는 것 같았지요. 그럼에도 당신은 숨소리를 죽이고 걸어 다니는 우리의 일거수일투족을 낱낱이 새기고 계신 듯, 술에 취해 돌아온 밤이면 우리의 잘잘못을 모두 기억해냅니다.

어머니와 아버지의 불화는, 다른 집안의 화목한 모습만큼이나 제겐 자연스러운 것이었습니다. 그냥 그렇게 사는 것이려니 했지요. 친구집에서 다정한 부모님의 모습을 보면 그것이 오히려 신기하고 이상했으니까요. 그런데 그런 아버지에게도 여자가 있었나 봅니다. 제가 중학생 때였지요. 그 일로 어머니와 아버지가 심하게 다투고, 급기야 어머니가 이모네 집으로 가버렸습니다. 저는 내심 가슴이 방망이질 쳤지만 의연하게 동생들을 다독거리며 건사했습니다.

그때 심정이 지금도 선명하게 잡힐 듯합니다. 그걸 어떻게 설명해야 할까요. 놀랍고 두려우면서도 막연하게 기다려오던 일이 바로 이것이었구나 싶은, 그래서 능청스러우리만치 태연하고 처연하게 제게 주어진 숙명을 받아들이겠다고 생각했습니다. 마치 제가 어머니를 자유롭게 놓아준 것 같았고, 그걸로 충분하다고 생각했습니다. 정작 배신감이 든 것은 며칠 후, 초췌한 모습으로 돌아온 어머니를 볼 때였습니다. 왜 멀리 훨훨 자유롭게 가지 못하고, 무슨 미련이 있어서 다시 돌아왔는가. 다시 돌아오려면 더 폼 나고 당당하고 멋지게, 그래서 아버지를 꼼짝 못하게 만들어야 할 터인데……. 그날 밤에도 어머니는 아버지에게 맞았던 것입니다.

어떤 고난이 닥쳐도 결코 꺾일 것 같지 않던 아버지는 사업이 망하고 그 충격의 여파인지 폭음의 세월 탓인지 풍을 맞아 하루아침에 어린아이가 되어버렸습니다. 그렇게 한 번 꺾이고 나자 아버지는 모든 것을 놓아버린 듯 왜소하게 시들어갔습니다. 곁에서 지켜보는 우리가 받아들이기 힘든 상황을 본인은 받아들이기가 더 어려웠겠지요. 결국 아버지는 남은 생을 당신이 질기도록 괴롭히던 어머니의 수발을 받았고, 마지막에는 자신의 의지로 생을 마감했습니다.

제가 이혼을 한 후, 가장 가슴 아파한 사람은 다름 아닌 아버지였습니다. 결혼할 때 가장 반대한 사람이 아버지였기 때문에 저는 의아했습니다. 둘 다 아버지의 사랑이었다는 걸 깨달은 건, 오랜 시간이 흘러 아버지가 돌아가시고 난 후였습니다. 그러니 확인할 수 없는 이야기입니다. 그때 아버지가, 그 사람이 정말 너를 사랑하느냐고, 네가 그 사람을 진정 사랑하느냐고 그렇게만 물었더라도, 많은 것이 달랐을 것 같습니다. 그런데 아버지는 남편의 학벌과 집안을 들먹였지요. 그 말에 왜 그리 반감이 들던지요. 우리 집안은 뭐 그리 대단한가. 저는 아버지에게 대들었습니다. 가진 것 없고 학벌도 변변치 않은 바로 이 사람을 내가 사랑한다고, 그거면 됐다고요. 이 사람과 함께 살 사람은 나니까 상관 마시라는 말까지 덧붙여 쾅쾅 못을 쳐버렸지요. 처음이었어요. 아버지에게 그렇게 심하게 대들었던 것은. 마치 그때껏 살아온 힘을 모두 모아서 내지른 것 같았습니다. 그럴 수 있었던 것은, 마침내 아버지를 벗어나게 되었다는 그것 때문이었을 겁니다. 이제 아버지는 나에게 아무런 힘도 행사할 수 없게 되었다는 득의양양함 같은 거였지요. 이 얼마나 속이 빤히 보이는 짓입니까. 그건 제 자신의 힘이 아니기 때문이지요. 그건 남편이 될 남자, 도무지 소통이 되지 않던 벽 같은 아버지를 떠나 내가 기댈 곳이 생겼다는 얄팍한 계산에서 나온 발악이었던 셈이니까요. 그런 남편이 아버지와 자리를 바꿔 앉은 것뿐이라는 걸 알기까지는 그리 오랜 시간이 필요치 않았습니다. 결국 남편은 제게 또 다른 벽이었지요.

이런 글을 쓰겠다고 생각한 건 아니었는데……. 10년 만에 걸려온 당신의 전화가 저의 발목을 잡아채는 기분입니다. 내일, 글을 쓰다 보니 어느새 오늘이 되었군요. 오늘, 당신을 어떻게 보아야 할지, 시간이 지날수록 처음의 반가움은 사라지고 슬그머니 걱정이 되고 두려워집니다.

제 인생에 당신은 과연 어떤 의미인지요. 당신은 제게 누구란 말입니까. 고백하건대, 해가 바뀔 때마다 저는 당신의 전화번호를 새 수첩에 옮겨 적었습니다. 제가 당신에게 전화를 거는 일은 일어나지 않으리라는 걸 알고 있었습니다. 세월이 흐르면서 싸늘한 기계음만 나올지 모른다는 생각도 했습니다. 그러니 그건 하나의 습관적인 행동일 뿐이겠지만, 그 밑바닥에는 당신과의 인연이, 아니 당신의 의미가 미완인 채 남아 있다는 막연한 느낌이 있었던 게 아닌가 싶어집니다. 그러나 그뿐이었습니다. 늘 들추는 수첩에서 당신의 이름을 눈여겨보지도 않았고 그것을 애틋하게 생각한 적도 없었습니다. 저는 저대로 또 바쁘게 살아가고 있었던 겁니다. 비록 이혼녀로, 누군가의 눈에는 부서진 삶처럼 보일지 몰라도 나날이 버텨야 할 일상이 있고 돌봐야 할 딸이 있고, 그렇게 삶은 또 이어지는 것이니까요.

복잡하게 얽힌 생각의 타래를 풀어내며 우두커니 앉아 있다가 문득, 「겨울의 환」을 떠올렸습니다. 당신이 소개해준 소설이었지요. 저는 자리에서 일어나 책꽂이를 뒤졌습니다. 많지도 않은 책 속에서 유독 그 책만 눈에 띄지 않아 나중에는 손가락으로 하나씩 짚어나가야 했습니다. 책을 찾은 건, 오디오와 책꽂이가 맞물린 그늘지고 비좁은 틈새에서였습니다. 마치 뭔가에 잔뜩 토라져서 꼭꼭 숨어 있는 것처럼 보였지요. 아, 그런데 첫 장을 펼치고 책이 오랫동안 참았던 숨을 토해내는 순간, 이번에는 거꾸로 저의 숨이 멎을 것 같았습니다.

그 무렵, 그러니까 갓 서른의 우리는 새로운 삶을 꿈꾸고 있었던 겁니다. 당신은 시정잡배 같은 신문기자를 때려치우고 영문학을 계속 공부하고 싶어했고, 저는 남의 이야기를 짜깁기하는 스크립터가 아닌 소설가를 꿈꾸고 있었지요. 세상이 도저한 벽처럼 느껴져도 꿈의 영역이 남아 있었던 겁니다. 할 일이 무궁무진했고, 삶은 아직 채 펼쳐지지도 않은 것 같았겠지요. 그러니까 서른 살은, 무엇이든 새로운 것을 꿈꿀 수 있는 그런 나이였던 것입니다. 그랬기에 현실이 더욱 장벽처럼 여겨졌던 것일까요. 나중에 이런 소설을 한번 써봐. 당신의 그 말에 저는, 나중? 그게 언제일까? 그런 날이 정말 올 것인가, 이런 생각을 했더랬지요. 서른 살의 저는 마흔 살의 저를 상상도 할 수 없으니까요. 그때 막연하게만 생각하던 나중이란 것이 지금을 말하는 걸까요?

「겨울의 환」을 다시 읽어보았습니다. 소설 속 화자의 나이는 마흔셋, 공교롭게도 지금 제 나이와 같습니다. 그리고 그녀가 시집에서 소박맞고 쫓겨 와 그 남자를 만나는 나이가 서른둘, 우리가 만나던 나이와 비슷합니다. 물론 여자의 애인은 사고를 당하거나 하지는 않았습니다. 10년 전 애인이 식물인간이 되어 생사를 넘나들다가 전화를 걸어오는 일은 현실에서는 일어나기 어려운, 그야말로 소설 같은 상황인 거지요. 그러나 정작 소설 속에서는 리얼리티를 떨어뜨리고 작위성을 의심받게 될 것입니다. 사실 소설보다 더욱 소설 같은 것이 현실이 아니겠는지요.

지금 제가 「겨울의 환」에서 주목하는 것은 여인의 마음입니다. 이제 그녀는 자신의 어머니, 할머니가 그랬던 것처럼 밥상을 차리고 누군가를 기다리는 여인으로 오롯이 자리매김을 합니다. 결국 그것이 여인의 삶일까요? 그것을 찾는 게 그리도 힘들고 어려웠던 걸까요? 소설 속 여인과 비슷한 나이에 이른 저는 아직 여인의 삶을 이해하지 못한 걸까요? 왜 한 여인의 오롯한 삶의 계보보다는 그녀를 둘러싼 남자들로 인한 삶의 계보가 더 부각되는 것일까요?

그러고 보니 10년이 넘어 다시 제 앞에 나타난 당신이 제게 어떤 의미인지 새삼 두려워집니다. 그건 아직 제가 제 삶의 주인으로 서지 못했다는 의미일는지요. 세상에서 가장 힘겹고 두렵고, 그리하여 가장 커다란 벽은 어쩌면 제 자신인지 모르겠다는 생각이 지금 비로소 듭니다.

새벽 3시입니다. 이제 열 시간 후면 당신을 만나러 가야 합니다. 너무 가까워서 차를 타고 가야 할지, 걸어가야 할지 망설여지는 거리입니다. 아니, 그보다 당신을 보러 가야 하는지 말아야 하는지, 그것조차 흔들립니다. 생각지도 못한 새 당신이 너무 가까이 있다는 것이 저를 당황하게 만듭니다.

아직 우리 앞에 무엇이 더 남아 있을까요? 10년 후, 그때도 제가 또다른 세계를 겪고 난 떨림을 이렇게 글로 쓸 수 있을까요?

이제 막, 다시 책을 뒤적이다가 제가 연필로 밑줄 그어놓은 곳을 찾았습니다. 평론가가 쓴 해설 부분입니다.

마르셀 프루스트와 톤턴 와일드의 말과 같이, 우리의 일상적인 삶의 본질은 아름답고 행복한 것인데, 그것을 그렇게 느끼지 못하는 것은 삶의 본질이 아닌 불순물, 즉 갖가지 인간의 지나친 욕망과 내일에 대한 불안 때문이다. 이것에 대한 훌륭한 증거는 오늘 이 순간이 아무리 어렵고 고통스럽다고 하더라도, 시간이 지나 그것이 어제가 되면 아름답게 느껴진다.

아, 그런가, 싶은 마음과 그때 그 구절에 밑줄을 긋던 저는 어떤 심정이었을까 떠올려보며 잠시 책을 놓고 멍하니 앉아 있었습니다. 인기척이 나서 돌아보니 방문 앞에 딸이 서 있었습니다. 깊이 잠든 걸 좀 전에 보고 왔는데, 나쁜 꿈이라도 꾸었는지 잠기가 묻은 아이 얼굴이 불안해 보였습니다. 왜 그러냐고 다가가는 저를 물끄러미 바라보던 딸은 그대로 돌아서서 자기 방으로 갔습니다. 아이는 언제 일어났던가 싶게 금방 숨소리를 쌕쌕거리며 잠에 빠져들었습니다.

아이도 불안했던 걸까요. 엄마의 의식이 저 멀리 떠나 있다는 걸, 잠결에도 감지한 건지 모르겠습니다. 먼 훗날, 저 아이도 엄마와 단둘이 외롭게 살았던 오늘을 아름답고 행복했노라고 기억하게 될까요?

아이 곁에 누워 이제는 품 안에 쏙 들어오지도 않게 커버린 아이를 끌어안고 토닥거렸습니다. 그러고 있자니, 아이가 어렸을 때 일이 떠올랐습니다. 자고 일어났는데, 아이 몸이 불덩이처럼 뜨겁고 얼굴에 발긋발긋한 반점이 돋아 있는 거였습니다. 가슴이 덜컥 내려앉았습니다. 남편이 버럭, 소리를 질렀지요. 저는 죄인처럼 얼굴을 가슴에 묻고 종종걸음을 치며 아이를 싸안았습니다. 병원으로 달려가면서 쉬지 않고 중얼거렸습니다. 제발, 아이에게 아무 일도 없게 해달라고요. 아이만은 안 된다고요. 그러면 죽은 듯 살겠노라고 말이지요. 전날 밤, 저는 자정이 훨씬 넘어서야 집에 돌아왔습니다. 당신을 만나고 온 거였지요.

그날은 당신이 한 달간의 해외 출장을 마치고 돌아온 날이었습니다. 당신의 전화를 받기 전만 해도, 저는 저녁 반찬은 뭘 하면 좋을까 생각하고 있었습니다. 그런데 전화벨 소리에 모든 것이 달라졌습니다. 눈에 뭐가 씌었던 게지요. 저녁이고 남편이고, 게다가 아이까지 안중에 없었으니까요. 당신은, 지금 막 돌아왔으니까 다음 날 편한 시간에 보자고 했지만, 저는 당장 나가겠노라고 했지요. 친정집은 전화를 받지 않았습니다. 하는 수 없이 옆집에 아이를 맡길 때만 해도 마주 앉아 커피 한 잔만 마시고 돌아오겠노라고 생각했습니다. 그런데, 그게 그렇게 되지를 않았지요. 시간은 마치 저만 버려두고, 세상 사람들을 모두 어디론가 데려가기라도 하듯 쏜살같이 흘러갔고, 저는 차라리 홀가분해져서 텅 빈 집에서 황당해할 남편도 낯선 집에서 울고 있을 아이도 모두 남의 일만 같았지요. 자정이 훨씬 넘어 집에 돌아갔을 때, 남편은 양복도 갈아입지 않은 채 소파에 앉아 현관문 쪽을 노려보고 있었습니다.

　그런 그를 싹 무시하고 소파에서 자고 있는 아이를 방으로 옮기려고 안았습니다. 그걸 말없이 바라보고 있던 그가 갑자기 몸을 일으키더니 제 머리채를 낚아챘습니다. 그러고는 지금까지 어디에서 뭘 하고 왔는지 말하라며 제 목을 조였지요. 그의 목소리는 음산할 정도로 낮았지만 모욕감을 견디느라 가늘게 떨리고 있었습니다. 제 눈에서 눈물이 주르륵 흘렀습니다. 견딜 수 없이 슬펐습니다. 남편이 그때처럼 애처로웠던 적이 없었습니다. 차라리 모든 걸 솔직히 말하는 것이 그에 대한 최소한의 예의라고 여겨졌습니다. 저는 애써 입을 움직여,

사랑하는 사람이 생겼어요, 라고 말했습니다.

순간, 집 안의 사물들이 일제히 숨을 멈추는 듯했습니다. 한동안 적막감이 감돌았습니다. 내심 저조차도 깜짝 놀랐습니다. 그 말이 정말 제가 한 것인지 의심스러웠습니다. 도대체 뭘 믿고, 뭘 잘했다고 그런 말을 한단 말입니까. 그건 분명히 제 입을 통해 나온 말이었지만, 제 안의 또 다른 어떤 존재가 한 말처럼 여겨지기도 했습니다. 아버지를 떠날 때 그랬던 것처럼 말입니다.

그리고 다음 날, 아이를 들쳐 업고 병원으로 달려가면서 저는 모든 걸 포기하겠노라고 다짐했습니다. 사랑이니, 꿈이니, 삶이니 하는 뭐 그런 것들 말입니다. 다행히 아이의 병은 수두였고, 한 며칠 꼬박 붙어 앉아 간호한 끝에 회복되었습니다. 그러나 지금도 아이 미간 한가운데에는 저의 바람기에 대한 주홍글씨처럼 수두 자국 두어 개가 남아 있습니다.

이제 생각해보니 당신과 헤어지던 무렵은 아이가 아팠던 그날로부터도 한참 후였습니다. 그러니까 아이가 낫자마자 저는 제 목숨을 걸고 맹세했던 것마저 까맣게 잊었던 셈입니다. 그러니 그건 무엇이었을까요. 다만 정욕에 눈이 멀어, 새끼마저 팽개친 화냥년일 뿐이었던 걸까요. 화냥년. 이건 남편이 저에게 퍼부었던 욕설 중 하나였습니다. 그런데 그 말이 왜 그리도 시원하던지요. 화냥년이란 소리를 듣는 순간, 저는 말할 수 없는 자유로움과 쾌감 같은 걸 느꼈던 겁니다.

이후 제 삶에 대해 어디서부터 어떻게 말해야 할지 모르겠습니다.

제가 당신의 삶을 상상하고 있었듯이, 그렇게 견고하게 잘 버텨내고 있으리라고 생각했던가요? 그러고 보니 견고한 것이 무엇인지, 부서진 삶이란 게 무엇인지 모호해집니다. 저 자신, 이혼을 하고 딸아이를 혼자 키우는 저를 남들이 뭐라고 할지 모르겠지만, 제 삶이 부서졌다고 생각한 적은 없었으니까요. 그렇지요. 누구도 자신의 삶을 부서졌다고 생각하며 살고 싶지는 않은 거겠지요.

공원은 봄빛으로 눈이 부셨습니다. 세상의 빛이란 빛은 몽땅 그곳에 가둬두기라도 한 것 같았지요. 언제 황사 바람이 불었던가 싶었습니다. 저는 미간을 찡그리며 천천히 빛의 한가운데로 나아갔습니다. 오랫동안 깊은 땅속에 갇혀 있었던 것처럼 어리둥절하고 머뭇거리는 발걸음이었습니다. 운동을 하는 사람들이 저를 스치거나 추월하며 달려 나갔습니다. 자전거를 타는 사람, 강아지를 앞세우고 걷는 여자, 독일 병정처럼 양팔을 휘저으며 걷는 여자. 자판기에서 커피 한 잔을 뽑아들고 돌아서던 저는 주춤 뒤로 물러섰습니다. 손등을 타고 흐르는 커피 한 방울을 혀로 핥으며 고개를 드니 제 어깨를 스치고 지나간 남자는 뒤도 돌아보지 않고 달리고 있었습니다. 아직 쌀쌀한 날씨임에도 남자는 반바지에 소매 없는 러닝셔츠를 입고 있더군요. 땅을 내딛는 그의 종아리 근육이 리드미컬하게 불끈거리는 걸 시야에서 사라질 때까지 바라보았습니다. 자신이 내딛는 앞길에 대해 추호의 의심도 없는 것 같았습니다.

아버지 가슴에 못을 박고 결혼을 할 때도, 아무것도 모르는 남편에게 멍에를 지우고 당신을 만나러 달려가던 순간의 저도 아마 그랬을 겁니다. 심야의 고속도로를 달리듯 겁 없이 질주했던 것 같습니다. 실제로 밤새도록 고속도로를 달렸던 적이 있었습니다. 도무지 삶이 내 것 같지 않던, 그렇게 막막하던 밤이었을 겁니다. 남편과 저 사이가 한 치의 틈도 없이 어긋나버렸다는 절망감, 분노 이런 것들이 한순간도 쉬지 않고 페달을 밟게 했을 겁니다.

그렇게 달려가서 마주친 것이 검은 바다였습니다. 더 이상 달려갈 곳이 없는, 아니 더 갈 수도 있었겠지만, 그게 안 되었습니다. 그리고 모텔에 들었는데 침대에 반듯이 눕는 순간, 온통 거울로 되어 있는 천장에 제가 떠 있는 것을 보았습니다. 그랬지요. 그렇게 달려가서 마주친 것은 남루한 제 모습이었습니다. 거대하게 뒤치는 파도 앞에서 나란 존재가 얼마나 추악한지 보았을 뿐이지요.

이제 제가 생각하는 삶은, 그렇습니다. 삶의 묘미는, 고속도로를 질주하는 것이 아닌, 길을 잃고 헤매다 우연히 발견한 지방도로나 소로 같은 데 있는 게 아닌가 싶어집니다.

호숫가를 걷다가 또 한 남자가 눈에 들어왔습니다. 남자는 걸음걸이가 부자유스러웠습니다. 한 발을 들어 올린 후 내려디딜 때, 발이 전혀 엉뚱한 방향으로 뒤틀려버릴 듯 위태로웠지요. 걸음을 옮길 때마다 몸의 관절들이 제각각으로 요동쳤습니다. 사람이 걸을 때 관절이 어떻게 움직이는지 보여주는 시뮬레이션 같았지요. 아무 생각 없이 걷고 있는 것이 커다란 사치처럼 여겨졌습니다. 속도를 아무리 늦추어도 그와의 거리는 점점 좁혀졌습니다. 두 사람이 겨우 지날 수 있는 다리에서 그의 곁을 스쳐 앞질러 가는 것이 그에게 가해라도 하는 듯 미안했습니다. 생각을 그렇게 하면서도 저의 시선은 그의 옆모습으로 돌아갔습니다. 아무리 많이 봐도 마흔도 되지 않은 것 같았습니다. 윤곽이 허물어져버린 얼굴임에도 불구하고 사고 전의 눈부신 모습을 금방이라도 떠올릴 수 있을 것 같았습니다.

한때 사랑의 열병을 앓기도 하고 누군가를 뜨겁게 안기도 했을 몸. 사랑과 야망을 위해 밤낮 없이 달리던 몸에 덜컥 브레이크가 걸려버린 이후, 오로지 생존의 의미만 남아버린 몸. 의자가 되기 전의, 책상이 되기 전의 나무와 같은 본질적인 질료만으로 남아버린 삶은 어떤 빛깔일까요. 어쩌면 그것이 가장 순수한 삶의 본질은 아닐까 하는 생각도 잠시 스쳤습니다. 그러다가 어쩔 수 없이 가슴 한편이 저미는 심정으로 하늘을 올려다보았습니다.

그랬습니다. 망설임 끝에 당신이 누워 있는 병실까지 다가가기는 했지만, 저는 그대로 돌아오고 말았습니다. 왜 그랬을까요. 왜 당신을 마주하지 못한 걸까요. 그렇습니다. 당신에게 저는 어떤 의미였는지, 제 마음속에 미완인 채 떠돌던 질문과 의문들, 그것이 생존의 의미만 남아버린 당신에게 한 줌의 의미도 없다는 걸, 그리고 그 질문은 제가 제 자신에게 던진 것이므로 대답 역시 스스로 찾아야 한다는 걸 깨달은 겁니다. 그러니 이제 당신은 대답하지 않아도 좋습니다.

　유리구슬이 와그르르 쏟아져 구르는 듯한 소녀들의 웃음소리에 고개를 돌렸습니다. 등나무 그늘 아래 소녀들이 무리지어 앉아 있었습니다. 소녀들은 무릎 위에 원고지 뭉치를 올려놓거나 화판에 도화지를 끼우고 그림을 그리고 있었습니다. 왁자하게 웃고 떠드는 소녀들 뒤로 팔꿈치를 괴고 사색에 잠긴 소녀도 보였습니다. 백일장이란 게 어차피 바람이나 쐬며 놀자는 거 아니냐는 듯 장난치는 소녀들 사이에서 진지한 표정의 소녀가 도드라져 보였습니다.
　그들 곁으로, 좀 전에 보았던 사내가 걸어오더니 벤치에 앉았습니다. 사내의 어눌한 표정과 태도는 소녀들의 관심을 끌지 못했습니다. 완벽하리만치 무심한 소녀들 속에서 불구의 사내는 존재의 무게를 잃어버린 듯했습니다. 소녀들의 거리낌 없는 목소리와 웃음소리는 삶의 환희, 그 자체였습니다. 그러나 세월이 흐르면 저 소녀들도 여인이 되겠지요. 그리고 어느 날 문득 자기 앞에 아가리를 벌리고 있는 허방에 발이 빠지기도 하겠지요.
　그중에서도 여자 나이 서른, 그건 철없는 소녀가 마침내 여인이 되는, 뼈가 저리도록 고독한 고통을 지불해야 하는 나이가 아닐는지요. 자기 속에 자기도 모를 괴물 같은 욕망과 맞서 싸워야 하는 나이가 아니겠는지요. 그때 당신이 나타난 것입니다. 당신을 외면했다면, 저는 평온한 일상을 누리고 있었을까요. 철마다 커튼을 바꿔 달고 시장에서 제철 요리 재료를 사 와 남편을 기다리며 밥상을 차리고 있었을까요?

아무리 생각해봐도 그건 제 것이 아닌 것 같습니다. 그리고 이제 알 것도 같습니다. 당신과의 만남은 제게 판도라의 상자 같은 게 아니었는지. 아무런 열정도 없이 살아가는 삶이란 사치스런 물건으로 가득 찬 고래등 같은 집을 지녔으되 사람 냄새가 나지 않는 삶과 무엇이 다를까요. 그러니 당신은 제 인생에서 궁극적으로 한 번은 넘어야 할 고개였던 것이지요. 아버지란 고개를 넘기 위해 남편이 있었듯이 당신은 제게 남편이란 고개를 넘겨주기 위해 나타난 것은 아니었는지, 이런 생각을 해봅니다.

앞뒤를 분간하지 못하던 서른의 열정은 그러니까 제 자신을 파괴하려는 몸부림에 다름 아니었던 것입니다. 그리하여 그 자리에 당신이 아닌 누가 있었더라도 저는 그 과정을 고스란히 밟았을 것입니다.

다시 눈 내린 밤의 풍경이 잡힐 듯 떠오릅니다. 그렇듯 삶도 한순간에 뒤집히기를 소망하던 서른의 제 모습도 보입니다. 한순간에 뒤집히는 삶이란 있을 수 없다는 듯이, 다음 날 오후 햇살에 하얗게 뒤덮여 있던 것들이 적나라하게 드러나던 것도 기억합니다.

그것은 당신이 사라진 후, 너저분하기 짝이 없는 제 삶이 비로소 실체를 드러내던 것과 비슷한 느낌입니다. 그러나 그것이 바로 제가 찾고자 하던 진정한 저의 모습이란 것을 이제 알겠습니다. 눈물겹도록 부끄럽지만 받아들여야 한다는 것도요. 그러고 나면 그런 제 자신을 사랑할 수 있을 것 같습니다. 이제는 꼭꼭 닫아걸고 있던 마음의 문을

열고 누군가를 받아들이고, 서로를 파괴하지 않는 깊은 사랑을 할 수
도 있을 것 같습니다.

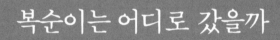

복순이는 어디로 갔을까

복순이가 서울에 올라온 건, 이모의 배가 터질 것만 같아 조마조마
하던 무렵이었다. 바가지를 엎어놓은 듯 봉긋하던 배는 하루가 다르
게 부풀어 올라 나중에는 뒷산 꼭대기 민둥머리 바위처럼 커졌다. 그
위로 떠오르던 보름달처럼 어느 순간 이모의 배도 둥실 떠오를 것 같
았다. 배만 그런 게 아니었다. 가늘고 하얗던 손가락은 벙어리장갑을
낀 것처럼 둥그스름해졌고 코끼리처럼 부어버린 다리는 복숭아뼈가
묻힐 지경이었다. 뾰족구두에 미니스커트 입고 직장 다니던 멋쟁이가
눈사람처럼 변해버린 것이다. 어떤 녀석인지 태어나기도 전에 미워지
려고 했다.
　우리는 툇마루에 둘러앉아 밥을 먹고 있었다. 엄마가 오면 다 같이
먹기로 했지만, 동생이 징징거리는 바람에 이모가 무거운 몸을 이끌
고 밥상을 차린 것이다. 커다란 마당을 가운데 두고 단칸 셋방들이 줄
줄이 늘어선 그 집에서는 식사 시간이 비슷했다. 그럴 수밖에 없는 것
이 밥때를 깜빡 잊고 있다가 어디서 된장찌개 냄새라도 풍기면 뱃속
에서 개구리 자맥질하는 소리가 여름날 논바닥처럼 울려 퍼지기 때문
이었다. 반찬도 엇비슷해서, 옆집에서 갈치 구우면 우리도 갈치, 옆집
에서 꽁치 구우면 우리도 꽁치, 두부 장수라도 다녀가면 일제히 두부
조림에 비지찌개, 이런 식이었으므로 남의 집 밥상 넘볼 것도 없었다.

엄마가 늦는 것에 대해서도 밥 한술 뜨고 반찬 집어 먹듯이 한마디씩 툭툭 던져댔다.

"저녁때가 다 되도록 안 오니 무슨 일 생긴 거 아니에요?"

"촌 가시나가 서울역에 사람들이 하도 많아노이 어리바리하다가 마 다른 데로 휩쓸린 거 아이가?"

"그래서 수야 엄마가 데리러 나갔잖아."

이모는 사람들이 한마디 할 때마다 얼굴이 일그러지더니, 주인집 여자의 결정적인 말에 숟가락을 놓아버렸다.

"누가 데려갔다. 요새 시골에서 무작정 상경하는 계집애들 잡아다가 술집에 팔아먹는다던데."

그때 기다렸다는 듯 대문이 벌컥 열렸다. 이모는 편지에 써 있던 '꽃무늬 치마에 갈래머리'를 확인하자 한시름 놓았다는 듯 배를 더욱 부풀리며 벽에 등을 기댔다.

복순이는 이모 배만 한 보따리를 꼭 껴안고 있었다. 사람들의 시선이 일제히 자기한테 쏠리자 비쩍 마른 어깨를 있는 대로 웅크리고 소처럼 큰 눈을 두릿두릿 굴렸다. 나달나달한 블라우스는 깡똥하니 짧고, 커다란 꽃무늬가 그려진 나일론 치마는 이불 홑청을 뜯어내 만든 것 같았다. 치마 아래로 까만 먹고무신에 빨간 양말을 보고 나는 쿡, 웃어버렸다.

"하이고, 우예 된 일이고?"

"말도 마라. 물이나 좀 도고."

엄마는 결전이라도 치른 장수처럼 마루에 풀썩 주저앉아 물부터 한 사발 벌컥벌컥 들이켰다.

엄마가 털어놓은 사연은 이랬다.

5시 도착 전에 미리 개찰구에서 기다리다가 '꽃무늬 치마에 갈래머리'가 나오거든 잽싸게 낚아채 오기로 한 엄마가, 버스를 잘못 타는 바람에 서부역에 내렸고 서울역까지 물어물어 찾아갔을 때는 시계탑의 시곗바늘이 이미 5시 30분을 가리키고 있었단다. 허겁지겁 개찰구며 대합실, 광장까지 두루 살폈지만 꽃무늬 치마는커녕, 꽃무늬 스카프도 보이지 않았다. 혹시나 싶어 역전 파출소도 찾아가 봤지만, 허사였다. 일 났구나 싶었으나 어디서부터 어떻게 손을 써야 될지 몰라 광장에서 우왕좌왕하다가 지하도가 눈에 들어왔다. 무턱대고 그리로 뛰었다. 그리고 남대문 방향에서 꽃무늬 치마가 웬 여자 손에 이끌려 나풀거리는 걸 발견했다는 것이다.

"뭐 그런 년이 다 있노. 적반하장도 유분수지, 내보고 누구냐고 지가 오히려 큰소리를 치는 기라. 야 손목을 꽉 잡으면서 속으면 안 된다, 이칸다. 참, 기가 막혀서……."

"그래서? 그래서 어떻게 했어요?"

"경찰서로 데리고 가버리지?"

여기저기서 한마디씩 날아왔다. 엄마 목소리가 더욱 높아졌다.

"우짜기는? 그라믄 경찰서로 가서 가리보자고 내가 큰소리를 쳤지."

"그랬더니?"

"그러니까 그년이 야 손목을 잡고 내빼뿌리는 기라."

"오메, 오메……."

"그래서?"

복순이는 그때까지 마당에서 불빛을 고스란히 받으며 서 있었다. 아직도 겁에 질려 있는 표정이었다. 엄마는 다시 한 번 물을 마시고 숨을 돌렸다.

"야가 그 예편네 팔목을 마 이빨로 물어뜯어 부렀다 아이가. 그 예편네, 팔목이 끊어지는 거처럼 비명을 지르면서도 우리를 못 따라오고 지붕 위에 닭 쳐다보듯이 보고만 섰데."

의외로 싱거운 결말에 사람들은 복순이를 다시 한 번 아래위로 훑어보고는 숟가락을 놀리기 시작했다. 긴 여름 해가 저물고 있었다. 컴컴해진 수돗가에서 누가 등목을 하는지 좍좍 물 끼얹는 소리가 들리기 시작했다.

우리가 시골 살림을 몽땅 정리해서 서울로 이사 온 지 2년 남짓 되었을 무렵이었다. 몽땅이라고 해봐야 금호동에 단칸방 하나 얻을 돈밖에 안 되었다. 지금이야 강남과 강북을 잇는 8차선 대교에 전철까지 사통팔달이지만 예전에는 한강을 건너려면 뚝섬나루에서 배를 타야 하는 곳이었다. 높아서 달 한번 잘 보이겠다며 비아냥조로 달동네라고 불리던 곳이 지금은 한강 조망권으로 둔갑해 아파트 분양권에 프

리미엄이 달도 딸 것처럼 치솟고 있다고 한다. 그러나 당시에는 서울 중심부로 진입하기 전의 관문 같은 곳으로 판자촌이 따개비처럼 다닥다닥 붙어 있었다.

아버지가 진작 상경해 구직 운동을 하고 있었지만 그때까지 실업자 신세를 면치 못하고 있었으니, 막내 이모 하나 믿고 무작정 올라온 거나 다름없었다. 동사무소 말단 직원인 이모부가 우리에게는 국회의원보다 더한 빽줄이었다. 엄마가 돌쟁이까지 고만고만한 아이들 셋 데리고 국이야 밥이야 해도 식모 같은 건 엄두도 내지 못했지만, 이모네는 딸랑 두 식구였어도 식모가 있는 게 하나도 이상하지 않았다.

그때는 그랬다. 집집마다 살 만하면 식모 하나쯤 두는 게 자연스러웠다. 서울에 몇 다리 건너 가느다란 끈이라도 있으면 식모 자리에 딸자식 올려 보내 입 하나라도 덜어볼 궁리를 해보는 것이 예사였고, 그것을 무슨 벼슬자리처럼 여기기도 했던 것이다. 모두들 서울로 올라가려고, 서울에 가야 시궁창 같은 살림살이에 한 가닥 볕이라도 쪼일 수 있으리라 여기던 때였다.

이모네는 이미 그 전에도 몇 명의 식모들이 있었다. 한 몇 달 잘 있는가 싶어 착실히 지내면 시집갈 밑천 대주마고, 집 맡기고 외출도 하고 돈 들려 시장 보게 하다 보면 나중에는 꼭 뭔가를 훔쳐서 도망갔다고 한다. 거지 줄 건 없어도 도둑맞을 건 있다고, 손목시계나 옷가지, 것도 아니면 지갑 속의 지폐 몇 장이 고작이긴 했지만.

이모가 병원에 가면서 나를 복순이 방에서 함께 자게 한 것도 그래서였는 줄 알았다.

　온 동네를 떠들썩하게 하고 나타난 복순이는 지내보니 무척 어른스
러웠다. 어른들 이야기하는 데 끼어들어 입방정을 떨지도 않고 음식
하면서 집어 먹는 짓도 하지 않았으며, 우리들이랑 과자 부스러기를
두고 다투는 법도 없었다. 다른 집 식모들과 어울려 다니면서 이집 저
집 소문이나 옮기고, 마실 한 번 나가면 밥때가 되도 코빼기도 비치지
않던 순자와도 달랐다. 시장 좌판에서 머리핀 따위를 훔치는 짓은 더
더구나 하지 않았다. 망나니 자식 하나 키우는 것보다 더 골치 아프다
고 이모를 체머리 흔들게 했던 순자는 결국 옷장 서랍 속에 넣어둔 진
주 목걸이를 훔쳐서 도망가 버렸다. 이모는 목걸이는 제쳐두고 순자
없어진 것만 홀가분해하는 것 같았다. 가짜였던 것이다.
　복순이는 단박에 이모의 마음에 들어버렸다. 복순이는 잠시도 엉덩
이 붙일 사이 없이 일했다. 정 할 일이 없으면 1년 넘게 처박혀 있던
솥이나 냄비까지 끄집어내어, 어디에선가 모래도 한 줌 구해 와서 수
세미로 박박 닦아댔다. 하다못해 다들 둘러앉아 텔레비전을 보고 있
을 때도 손에는 걸레를 들고 자기 앞을 슬금슬금 닦고 있었다. 일이
몸에 배다 못해 뭔가 하지 않으면 불안한 눈치였다.
　"이번에는 아주 제대로 들어온 거 같다. 전에 있던 가시나들하고는
확 다르다."
　이모는 복순이 칭찬에 입이 말랐다.

"엄마가 막내 동생 낳다가 죽어가 지가 집안 살림을 다 했나 보더라. 얼마 전에는 아부지가 막노동하다가 어디서 떨어졌다 카데. 그래가 인자는 지가 벌어 먹여 살리야 되는 처진갑더라. 그래놓이 내 눈치를 디게 보는 기라. 마음 편하게 있으라 캐도 내만 보면 똑 경기 들린 아처럼 벌떡 일어나고…… 딴에는 내 눈에 벗어날까 봐 디기 걱정인 기라."

거기에다 또 얼마나 야무진지 이모가 혀를 내둘렀다.

그 무렵, 우리는 날만 새면 이모 집에 가는 게 일이었다. 엄마는 단칸 셋방이 갑갑하고, 이모는 배가 남산만 해서 움직이기 힘든 처지니 으레 그렇게 되었다. 엄마와 이모가 마루에 길게 누워 오늘은 칼국수를 해 먹을까 수제비를 해 먹을까 궁리할 동안 우리는 물놀이를 했다. 수돗가에는 욕조 크기만 하게 시멘트를 발라 만든 물 받는 곳이 있었는데, 물놀이 장소로 그만한 곳이 없었다.

우리가 빤스 바람으로 놀고 있으면 이모 집 뒤채에 세 들어 사는 미경이가 나타났다. 미경이는 거기가 풀장이라도 되는 줄 아는지 빨간 원피스 수영복에 알록달록한 플라스틱 꽃술이 두둘두둘 달린 비닐 모자까지 쓰고 있었다. 외동딸이라서 우리 삼형제가 어울려 노는 것이 몹시 부러운 눈치였다. 그래서 소꿉장이며 헝겊 인형까지 들고 나와 우리를 유혹했지만 막상 같이 놀려고 하면 손도 못 대게 했다. 미경이랑 놀다 보면 꼭 동생들이 울고불고하는 일이 생겼다. 치켜 올라간 눈꼬리에 사탕을 문 것 같은 양 볼이, 하는 짓이랑 딱 어울리는 아이였다.

점심으로 삶아 먹은 국수가 슬슬 꺼져갈 쯤 되면 수박 장수가 나타났다.

"수박이 왔습니다, 수박이요. 설탕보다 더 달고 얼음처럼 시원한 수박이 왔습니다."

부른 배 때문에 이리 눕지도 저리 눕지도 못하고 땀만 삐질삐질 흘리던 이모가 복순이를 불렀다.

"야야, 수박 좀 사 온나."

골방에서 다듬이질하던 복순이가 달려 나가 수박 한 덩이를 사 들고 왔다. 우리는 물을 뚝뚝 흘리며 마루로 뛰어 올라갔다. 물 떨어진다고 엄마가 고함을 치며 집어 던진 수건 한 장을 서로 닦으려고 싸우면서 수박으로 달려들었다. 그런데 웬걸, 설탕보다 달고 얼음처럼 시원하다던 수박을 갈라 보니 박속처럼 허연 것이 아닌가.

"이게 뭐꼬?"

엄마는 수박 속에서 뭐가 튀어나오기라도 한 듯 뒤로 나앉았고, 무거운 몸을 일으켜 앉은 이모도, 엄마야, 실망의 탄식을 내질렀다. 그걸 본 복순이가 반으로 갈라진 수박을 대뜸 보듬어 안더니 밖으로 나갔다. 갑작스런 일이라 말리고 어쩔 새도 없었다.

잠시 후, 담장 밖이 소란스러워졌다.

"이런 수박을 주면 어떡해요?"

복순이는, 딴에는 얕보이지 않으려고 서울 말씨까지 흉내 내고 있었다.

"아이고, 이 처녀 좀 보소. 그런다고 이걸 들고 오면 어쩌란 거요?"

"이걸 어떻게 먹어요? 다른 걸로 바꿔줘요."

"이렇게 반으로 떡하니 갈라놓은 걸 바꿔달라니, 말이 되는 소리를 해야지."

"갈라 보지 않고 안 익은 걸 어떻게 알겠어요? 아저씨가 분명히 잘 익었다고 해서 산 건데, 안 익었으니까 바꿔줘야지요."

"아니, 이 아가씨야. 내가 아무리 수박 장수라고 해도 그 속까지 어째 안단 말이요? 아무리 세상없는 의사라고 해도 임산부 배 속에 고추가 들었는지 조갑지가 들었는지 그거 아는 의사 있소?"

"그래도 이렇게 설익은 걸 내놓지는 않아요."

복순이와 수박 장수의 실랑이를 유심히 듣고 있던 엄마와 이모가 웃음을 터뜨렸다.

"저 가시나, 보통내기가 아니데이."

"저러다가 일 나겠다. 나가 봐야 되는 거 아이가?"

엄마가 일어나려는데, 복순이가 들어왔다. 팔에는 석류 속처럼 붉은 수박을 안고 있었다.

시장을 따라가 보면, 복순이처럼 까다로운 손님이 없었다. 시골에서 나고 자란 데다 어려서부터 가난한 살림살이를 꾸려왔으니, 파 한 단, 배추 한 포기 고를 때도 복순이 눈을 속일 수는 없었다. 처음에는 하도 이것저것 들었다 났다 하면서 골라대니 얼굴을 찡그리던 아주머니들도 나중에는 오히려 복순이를 반가워하며 좋은 물건을 따로 챙겨

됐다 주기도 했다. 이모가 사 오라고 한 물건들은 언제나 최상품이었다. 그러고도 1원 2원 깎은 돈까지 허투루 여기는 법 없이 남겨 왔다.

그런 복순이도 한순간에 허물어지는 때가 있었다. 동생들에게 편지를 쓸 때였다. 그때 나는 1학년짜리로 맞춤법 받침법 죄다 틀리고 글씨를 그림처럼 그리는 처지였지만, 완전 까막눈인 복순이 편지를 대필해주었다. 그럴 때면 언제 꼬불쳐뒀는지 왕눈깔 사탕까지 꺼내주며 샐샐 웃었다.

바로 밑의 남동생은 읍내 큰집에서 중학교 다니고, 그 아래 열 살짜리 계집애가 편지 받는 사람이었다. 그 동생이 여덟 살, 네 살짜리 동생들 거둬가면서 살림도 하고 병든 아버지 수발까지 들고 있다고 했다.

나는 납작 엎드려 연필에 침 잔뜩 묻혀놓고 기다렸다. 그런데 헛기침까지 큼큼, 해가며 목소리를 가다듬더니 아무 말이 없었다. 올려다보면 천장을 바라보며 뭔가를 골똘히 생각하고 있었다.

"안 부르고 뭐하노?"

"하이고, 처음에 뭐라 캐야 될지 생각이 안 난다. 뭐라 카믄 좋겠노?"

"동생 이름이 뭐라 캤노?"

"복자다."

"그라믄, 보고 싶은 복자에게, 이라믄 안 되나?"

"하하, 그 말이 아이고. 그래, 우선에 보고 싶은 복자에게, 그래 써

라. 그런데 그다음에 무슨 말로 시작해야 되겠노, 이 말이제."

보고 싶은 복자에게를, 꾹꾹 눌러쓴 다음 다시 올려다보면 또 천장만 뚫어지게 바라보고 있었다.

"불러봐라."

"편지라는 거, 생전 처음 써보이 어렵네. 막상 쓸라카이 우예 이래 생각이 안 나겠노?"

"니가 쓰나? 내가 쓰제!"

"요, 가시나가. 그래, 니가 쓴다. 하하. 할 말이 얼마나 많은지 머릿속이 부글부글 끓어넘칠 거 같더니 고마 싹 다 어데로 가뿟다. 하하."

복순이는 쑥스러운지 공연히 나에게 간지럼을 태웠다. 우리는 뒤엉켜서 방 안을 데굴데굴 굴렀다.

그렇게 몇 번을 실패했다.

첫 번째는, "보고 싶은 복자에게, 내는 잘 있다. 니도 잘 있나?"가 다였고, 두 번째는 "이 편지는 수야라 카는 아가 대신 써주는 기다"가 한 줄 더 붙었다. 그렇게 몇 번 뜸을 들이고 나서야 제대로 된 편지를 쓸 수 있었다.

"아부지는 약 잘 자시고, 인자는 좀 괜찮아졌는가 모르겠구나. 자야, 니가 고생이 얼마나 많노. 니 그 고사리 같은 손으로 빨래하고 밥한다고 욕보제. 내가 해놓고 온 나무는 벌써 다 땠을 낀데, 땔감이 없어가 밥도 몬하고 있는 거 아이가. 그래도 지금은 여름이라 괜찮지만은 인자 추워지면 우얄꼬 모르겠다. 느그들 생각하믄 내는 밥이 안 넘어간다. 그라믄서도 내는 흰쌀밥에 고깃국을 잘도 넘구고 있으니……."

처음에는 국어책 읽듯 또박또박 불렀다. 중간쯤 되면 자야가 앞에 앉아 있는 것처럼 말이 늘어지기 시작했다. 좀 더 지나면 내가 잘 받아썼는가 확인도 하지 않고 술술 말이 흘러나왔다. 그러다가 먹는 이야기라도 나오면, 자꾸만 코를 훌쩍거렸다.

나도 편지를 받아 적다 보면, 자꾸만 코끝이 찡해지고 눈시울이 시큰거렸다. 허허벌판에 서 있는 것처럼 등이 시린 것 같고, 배도 고프고 서러워졌다. 어떤 때는 내가 훌쩍거리는 걸 보고 설움이 복받친 복순이와 둘이 끌어안고 큰 소리로 운 적도 있었다. 꼭 내가 자야가 된 기분이었다. 그리고 울음이 그치고 나면, 내가 자야가 아니란 게 얼마나 안심이 되는지 몰랐다.

복순이는 하루하루 몰라볼 정도로 예뻐졌다.

"서울 물이 좋긴 좋은가 보다."

"처음에 올 땐 영락없는 촌 가시나더니, 인자 입만 꾹 다물고 있으면 서울 가시난 줄 알겠다."

피부가 원래 까무잡잡한 줄 알았더니, 들로 산으로 쏘다니지를 않아서 그런지 허여멀게지고 마른버짐도 없어지니 분이라도 바른 것처럼 피어났다. 비쩍 마른 몸도 살이 좀 붙으니 보기 좋았다. 얼굴도 동글동글 복스러워졌다. 하긴, 복순이 나이 열여섯이었다.

쌀 배달 총각은 물 한 사발 얻어 마시더니 넋이 빠졌는지 두 사발, 세 사발 헛물만 켜다 갔고, 고물상 옆 연탄 공장 공돌이들은 복순이만 지나가면 우르르 몰려나와 휘파람을 불어댔다. 나중에는 양장점 아줌마가 누굴 소개해주겠다거니 복덕방 할아버지가 손주며느리 삼았으면 좋겠다는 중신 비슷한 이야기까지 들려오는 거였다.

그래서였을까. 이모는 복순이가 야무지고 부지런하게 일 잘하는 게 좋으면서도 한편으로는 불안했었나 보다.

해산일이 가까워오자 이모가 엄마를 찾아왔다.

"수야를? 와?"

나를 이모 집에서 자게 하라는 말에 엄마는 눈을 동그랗게 떴다.

"그냥."

"그냥이라이?"

"마, 그래 해라. 너그 집은 단칸방에 안 복잡나. 내 없을 때 수야라도 우리 집에 있으라 카믄 한갓지고 안 좋나?"

"그렇기는 하제만, 수야가 있어야 구야도 보고 할 낀데……."

"밤에만 우리 집에서 자라 카고 낮에는 집에 와서 구야 보라 카마안 되나. 황 서방 혼자 있는데 말만 한 가시나를 두고 갈라니 찜찜해서 안 그러나."

"그래? 정 불안하믄 병원에 데리고 가라믄."

"그랬더니, 황 서방이 지 밥은 누가 앗아주노, 카믄서 성을 안 내나?"

"하기사, 그것도 그렇기는 하다만…… 그래도 황 서방이 어디 그럴 사람가? 얼마나 가정적이노? 내사 마 수야 즈 가부지가 황 서방 반의 반 만큼이라도 되믄 걱정이 없겠다."

"수야 즈 가부지도 곧 빛 볼 날 온다. 너무 그라지 마라."

"하이고 말도 마라. 10원 한 장 안 갖다주면서 내한테 돈 맡긴 거처럼 아침마다 돈 달라 칸다."

"그럴 때 잘해줘야 되는 기다. 남자들은 없을수록 기를 살려야 되는 기라."

"아따, 그런 말은 내도 하겠다. 먹고 죽을라 캐도 없는데, 내가 돈 나올 구멍이 어디 있노 말이다."

엄마는 말은 그렇게 하면서도 아침이면 어디에선가 꼬깃꼬깃한 종이돈을 한 장씩 꺼내 아버지 손에 쥐여주었다. 하여간 그렇게 해서 나는 이모 집으로 보내졌다.

복순이와 지낸 사흘간은 길고 지루하던 여름날, 풋잠 속의 짧고 달콤한 꿈 같았다. 나는 이모가 병원에 가는 것과 내가 복순이와 자는 게 무슨 의미가 있는지 몰랐다. 엄마도 다른 말은 없었다. 나는 동생들 귀찮게 달라붙는 단칸방을 벗어나는 것만 해도 좋았다.

이모 집마저 평소와 달랐다. 이모부까지 출근해버리자 집은 깊은 바닷물 속으로 가라앉은 듯 고요했다. 먼지 하나 없이 정갈한 집을 햇살마저 조심스럽게 어루만지며 지나가는 것 같았다. 물 뿌린 마당에

무지개가 어리는 걸 지켜보고 있으면 몽롱하게 다른 세상으로 떠내려가는 기분이었다. 그럴 때 꼭 미경이가 인형을 업고 유령처럼 왔다 갔다 했다. 같이 놀자는 건데, 인형 가지고 유세 떨 걸 생각하면 정나미가 똑 떨어졌다. 기분이 잡쳐서 부엌으로 가면 복순이가 나를 거울로 데리고 가서 머리를 부드럽게 빗어내려 두 갈래로 땋아주었다.

"동생들도 이래 머리를 땋아주나?"

"하모."

"머리가 기나?"

"그래. 그런데 다 짤라뿟다."

"와?"

"내 서울 가고 나믄 머리나 제대로 감겠나. 괜히 이나 생기고, 안 된다. 복자는 머리 안 짜른다고 찔찔 짜기까지 했다. 그래도 봉숭아 물은 꼭 들여주고 올라 캤는데, 우짜다 보이 그것도 몬 해주고 고마 와뿟다. 마당에 봉숭아 꽃이 얼마나 많이 피는지, 다른 건 몰라도 해마다 봉숭아 물은 꼭 들였는데……."

"그기 뭐꼬?"

"봉숭아 물, 모리나?"

"모른다."

"오메야. 우예 봉숭아 물도 모를꼬?"

복순이는 당장 봉숭아 물을 들여주겠다고 했다.

"이 좋은 데를 와 한 번도 안 왔노?"

"데리고 가줄 사람이 있어야제."

복순이는 산에 오더니 얼굴이 활짝 피었다. 지난밤에는 "내일 산에 갈 때 뭐 싸 갖고 갈까?" 하면서 마치 소풍날 받아놓은 아이처럼 들떠 있었다. 그러더니 아침 일찍 서둘러 집안일 마치고 감자 찌고 물병 챙기고, 누룽지까지 튀겨서 설탕 솔솔 뿌려 근사한 도시락을 만들었다.

"봄 되면 여기도 나물이 좀 날란가 모르겠다. 달래, 냉이, 씀바귀, 취나물에 원추리, 달래는 송송 썰어 달래장 만들어 밥 비벼 묵으마 맛있고, 냉이는 된장찌개에 여 묵으마 고마 입 안이 향기로 가득하고, 취나물은 산에서 나는 고기라. 질깃질깃한 기 똑 고기 씹는 거맨치로 구수하고 향긋하고, 원추리 고거는 살짝 데쳐놓으마 색깔이 고래 예쁠 수가 없는 기라. 봄 되믄 가난한 우리 집 밥상도 어느 재상 밥상 안 부럽데이."

"여름에는 뭐가 있노?"

"여름에는, 달콤한 산딸기, 머루에 새콤한 버찌가 지천이데이. 그라고 가끔은 칡뿌리도 캐는데, 고거를 잘근잘근 씹으마 쌉싸름한 기 입맛이 확 돈다 아이가. "

"그라믄 내도 산딸기 좀 따도고."

"여는 안 보이네. 맨 돌만 있고, 서울이라꼬 다 좋은지 알았더니 산은 영 파이네. 그라고 산딸기는 좀 늦기도 했다. 밤나무가 좀 있는 거 보이 가을에 밤 줏으러 오면 되겠다."

"참말로? 밤 줏으러 오자, 꼭."

집에서 음식 할 때나 전기 제품을 만질 때는 이모한테 몇 번이나 물어보고 확인하고 매사 조심스럽던 복순이가 산에 오자 거침이 없었다. 이 나무 이파리도 툭 따서 질겅질겅 씹어보고, 요 풀잎도 따서 물어보고, 저 꽃잎도 따서 씹어 먹고, 풀숲에 숨어 있는 손톱보다 작은 꽃도 발견해내곤, 하나하나 이름을 말해주었다.

"요렇게 작은 것도 이름이 있어?"

"작다고 팔시 마라. 너그 동생도 이름이 있는데 야들이라고 와 이름이 없겠노. 요게 이래 뵈도 약으로도 쓰는 풀이다."

"니 모르는 게 없네."

"하하, 산에서는 그렇다. 여 나무들 보이 고마 나무나 한 짐 해가 동생들한테 갖다주면 딱 좋겠다."

그러더니 갑자기 검지를 펴서 입술에 대고 토끼처럼 귀를 쫑긋거렸다.

"와?"

나는 귀신이라도 나타났나 싶어 복순이 치마를 붙잡고 늘어졌다.

"이리 와봐라."

복순이는 손을 나팔처럼 만들어서 귀에 갖다 대고 풀숲을 헤치며 나아갔다.

"와 그라노. 무섭구로."

"이거 봐라."

복순이가 나무의 잔가지들을 커튼처럼 활짝 열어젖히자 가느다랗게 물 흐르는 소리가 들려왔다. 거기 야트막한 계곡이 있었다.

복순이는 얼른 신발을 벗고 치마를 가랑이 사이로 잡아당겨 돌돌 말더니 꼭 기저귀처럼 허리춤에 끼워 넣었다. 나도 복순이를 흉내 내서 기저귀를 만들었다.

"하이고, 시원타. 어? 여기 고디가 있네."

우리는 가지고 간 물병이 가득 차도록 다슬기를 잡았다.

낮에 집에 와서 동생들 보라는 엄마의 당부를 나는 까맣게 잊어버렸다.

이모부는 밤이 늦어서야 돌아왔다. 이모가 아들을 낳았다고 했다. 아들이 그렇게 좋은지, 평소 술을 한 모금도 못 마시는 이모부가 엄마 아버지랑 만나 술 한잔 했다면서 나를 안고 볼을 마구 비볐다. 늘 포마드 냄새를 풍기던 이모부에게서 시큼한 술 냄새가 났다.

이모부는 콧노래를 흥얼거리며 목욕탕으로 들어가고, 복순이는 봉숭아 꽃잎을 찧었다. 봉숭아 꽃잎 따러 산에 가자고 해놓고는 정작 봉숭아 꽃잎은 고물상 옆 공터에서 따고 산에서는 다슬기만 잔뜩 잡아왔다.

양푼에서는 우리가 잡아 온 다슬기들이 파도 소리를 내고 있었다. 파도에 휩쓸린 자갈이 떼구르르 구르는 것 같았다. 손톱보다 작은 흡반을 꼬물거려 양푼을 기어오르다가 그만 미끄러지기도 하고, 꼭대기에 다다르면 싱크대 바닥으로 툭, 떨어졌다. 그러다가 다시 꼬물꼬물 움직였다. 다슬기들은 얼마나 어리둥절할 것인가. 지금껏 몸 붙여 살던 바위와 물 흐르던 계곡이 갑자기 사라져버렸으니. 다슬기들은 물을 찾아서 필사적으로 움직이는 것 같았다. 나는 소라 과자처럼 배배 꼬인 집을 등에 지고 꼬물거리는 다슬기에 넋을 놓고 있었다. 그런데 복순이의 손이 나타나더니 남김없이 모두 양푼으로 쓸어 담았다. 휙, 태풍이 지나간 것 같았다.

"다 됐다, 가자."

복순이는 봉숭아 꽃잎 찧은 걸 들고 방으로 들어갔다.

"참말로 손톱에 물이 드나?"

나는 복순이를 쪼르르 따라가면서 물었다.

"시골에서 살았다믄서 우예 봉숭아 물도 한 번 안 들여봤노? 봉숭아 꽃도 처음 봤나?"

"보기사 많이 봤지만, 이래 물들이는지는 몰랐다. 그라믄 매니큐어 바른 거처럼 되나? 미경이가 맨날 지 손톱에 빨간 매니큐어 바르고 자랑했는데……."

복순이는 조심스럽게 내 손톱 위에다가 꽃잎 찧은 걸 올려놓았다.

"매니큐어는 지워지지만도 이거는 안 지워진다."

"그라믄 매니큐어보다 더 좋은 거네."

"하모. 그런데 니는 손톱이 쪼매내가, 많이 남겄다."

"그라믄 니도 해라."

열 손가락을 붕대로 칭칭 묶은 뒤 나는 팔을 큰 대 자로 뻗고 이부자리에 누웠다. 손가락 끝만 붕대로 묶었을 뿐인데 사지가 다 뻣뻣했다. 자고 일어나면 손톱이 빨갛게 물이 든다니, 얼른 밤이 가고 아침이 왔으면 싶었다.

"봉숭아 물이 지워지기 전에 첫눈이 오면 첫사랑이 이루어진단다."

어둠 속에서 복순이 목소리가 아련하게 들렸다.

"참말이가?"

"그래."

"내도?"

"요게?"

"와?"

"사랑하는 사람이 생겨야지, 요 가시나야."

"사랑하는 사람? 그라믄 니는 있나?"

"모른다."

"와 모르노?"

"모른다 카이."

"니도 모르는 기 있나? 꽃 이름도 그래 많이 알고, 다슬기도 잘 잡는데, 모른단 말이가?"

"아따, 고 가시나. 그래, 있다. 됐나? 가시나야. 히히."

복순이는 갑자기 키득거렸는데, 꼭 이가 간지러워서 어쩔 줄 모르는 아기처럼 온몸을 부르르 떨었다. 그러고도 더 무슨 말을 했을 텐데, 종일 산을 돌아다닌 나는 가물가물 잠 속으로 빨려들고 있었다. 빨갛게 물든 손톱이 꽃잎처럼 날리고, 복순이가 사랑하는 남자를 만나 결혼도 하고 목화솜 같은 눈이 펄펄 내리는 꿈을 꾼 것 같았다.

아들을 안고 돌아온 이모는 개선장군처럼 의기양양했다. 이모부도 싱글벙글 입이 다물어지지 않았다. 엄마도 "첫아를 아들을 낳았으니 니는 마 걱정 없다" 하며 부러워 어쩔 줄 몰라 했다. 엄마도 아들을 낳았으면서 저렇게 부러워하는 걸 보면, 첫째로 아들을 낳았다면 나나, 내 동생은 이 세상에 태어나지 않았을지 모른다는 생각이 들었다. 저렇게 아들 아들 하니, 연미가 서서 오줌을 누지. 그럴 때면 내가 창피해져서 얼굴이 빨개지는데, 어른들은 아들 보려고 그런다며 웃기만 했다. 정말 그 덕분에 아들을 낳은 건가.

아기가 태어나자 이모 집은 분위기가 확 바뀌어버렸다. 온 집안이 아기를 중심으로 돌아갔다. 빨랫줄은 온통 아기 기저귀고 젖 냄새, 똥 냄새가 뒤섞인 집 안은 비릿한 공기가 떠도는 듯했다.

복순이도 덩달아 눈코 뜰 새 없이 바빠졌다. 미역국을 한 솥씩 끓여대며 세 끼 밥상 차리랴, 시도 때도 없이 나오는 똥오줌 기저귀 빨랴, 매일 목욕물 데워 아이 목욕시키랴, 우는 아이 달래고 재우랴, 시간 맞춰 우유 먹이랴, 배도 아프지 않고 졸지에 애 엄마가 된 것 같았다.

이모는 젖을 먹이지 않았다. 이모부가 어디에선가 어렵게 구해 온다는 미제 분유를 먹였다. 그걸 물에 타서 병에 넣어 먹이는데 꼭 사람 젖꼭지 같은 게 달려 있는 젖병은 좀 징그러웠다. 그래도 아기는 잘도 빨아 먹었다. 어쨌든 이모는, 퉁퉁 불은 젖을 아무 데서나 꺼내 물리는 엄마와는 달랐다. 원래부터 달랐는데, 첫아들을 낳고 나서는 더욱 달라졌다. 왕비처럼 안방에서 꼼짝도 하지 않았다.

안 그래도 복순이 코빼기도 보기 힘들었는데, 당분간 이모 집에 가지 말라는 엄마의 금족령까지 내려졌다. 갓난애가 있는 집에 함부로 드나드는 게 아니라는 것이었다. 그렇다면, 동생들 낳았을 때 단칸방에서 뒤엉켜 구르고 외할머니에 삼촌들까지 숱한 손님들이 자고 간 우리 집은 뭐란 말인가.

금족령이 아무리 엄해도 구야를 업고 왔다 갔다 하다 보면 이모 집 앞이었다. 나는 마치 못 올 집에 온 것처럼 마당에서 서성거리며 부엌을 기웃거렸다. 복순이가 나를 보고 뛰어나왔다. 복순이도 아기를 업고 있었다.

"헤, 우리 둘 다 애기를 하나씩 업었네?"

"느그 얼라는 안 자네? 우리 얼라는 젖만 묵으마 잔다. 야는 자는 게 일이다."

"니는 얼라가 그래 좋나?"

복순이가 헤헤 웃는 걸 보자 갑자기 샐쭉해진 내가 그렇게 쏘아붙였다.

"쪼매만 참아라. 얼라 좀 크면 그때는 같이 놀믄 안 되겠나."

"어느 세월에? 구야가 이만큼 크는 데도 얼마나 오래 걸렸는지 아나?"

그때 이모가 복순이를 부르는 소리가 들렸다. 나는 그만 시무룩해져서 이모 집을 나왔다. 우리 집도 얼른 잘살아서 복순이를 데려오면 얼마나 좋을까 생각하며 터덜터덜 걷는데, 뒤에서 부르는 소리가 들렸다. 돌아보니 복순이가 다급하게 손짓을 하고 있었다. 얼른 뛰어가니, 복순이가 손에 뭔가를 쥐여주고는 다시 들어갔다.

손에는, 약봉지 같은 것이 놓여 있었다. 펴 보니 아기가 먹는 가루 분유가 소복하니 들어 있었다.

그리고 열흘이나 지났을까. 가만있어도 땀이 주룩 흘러내릴 정도로 더운 날이었다. 엄마는 사타구니와 등허리에 땀띠가 잔뜩 난 구야를 고무다라에 앉혀놓았다. 연미와 내가 구야를 장난감 삼아 물을 첨벙거리며 놀고 있는데 언제 나타났는지 미경이가 우리를 물끄러미 바라보고 서 있었다. 힐끔 쳐다보자 슬그머니 다가와 쪼그려 앉으며 내 손톱을 가리켰다.

"이게 뭐야?"

말꼬리를 길게 늘어뜨리는 서울 말씨에 엄마가 귀지를 파줄 때처럼 귀가 간질간질했다. 내가 들은 체도 않자 갑자기 발끈한 목소리로 쏘아붙였다.

"복순이, 어쩜 쫓겨날지 몰라."

"뭐?"

"우리 엄마가 그랬어."

"왜?"

"몰라. 하여간 우리 엄마가 그랬어."

"왜? 뭘 잘못했는데?"

"나도 모른다니깐."

"말해봐. 말 안 해?"

"나도 잘 모른다니깐."

미경이는 감질나게 요리조리 말을 돌리면서 신경질을 돋우었다.

"너 말 안 하면, 죽어."

"우리 엄마가 그랬단 말이야. 얌전한 게 엉덩이에 뿔이 났다구."

"뿔이 났다구? 엉덩이에?"

"그래, 얌전한 고양이가 부뚜막에 먼저 올라간다고 그랬단 말이야."

"뭐가 어쨌다구? 도대체 무슨 말이야? 뿔은 뭐고 고양이는 또 뭐야?"

무슨 소린지 알아들을 수가 없었다.

"너네 엄마가 봤대? 복순이 엉덩이에 뿔난 걸 봤대?"

"그래, 다 봤대."

"언제?"

"밤중에."

결국 신경질이 폭발해버린 나는 미경이를 때렸다.

"야, 이 가시나야. 말도 안 되는 소리 좀 작작해. 거짓말이지? 거짓말 마."

"아니야, 진짜란 말이야. 왜 때려? 진짠데. 우리 엄마가 그랬단 말이야."

미경이는 징징 울면서 돌아갔다.

그리고 그날 저녁때였다.

밥을 먹고 있는데 미경이가 반쯤 열린 문틈으로 비비적거리며 나타났다.

나는 미경이가 나한테 맞은 것 때문에 나타난 줄 알았다. 그러나 미경이는 내 쪽은 바라보지도 않고 엄마를 불렀다.

"수야 엄마."

고자질을 하러 온 게 분명했다.

"이모가 좀 오시래요."

"와?"

구야에게 젖을 빨리면서 된장에 비빈 밥 한 숟가락을 입 안 그득 물고 있던 엄마는, 밥풀이 튀어나올까 봐 목을 뒤로 제끼며 물었다.

"나도 몰라요."

나는 밥숟가락을 쥔 채 미경이를 향해 종주먹질을 했다.

"와? 지금 밥 묵고 있는데……."

"지금 빨리 좀 오시래요. 그리고 수야도 같이……."

"수야도? 와? 무슨 일인데?"

엄마는 여전히 느릿느릿 숟가락을 놀리며 물었다.

"지금 난리 났어요. 이모가 울고불고하면서 복순이 언니를 막 때리고, 동네 사람들이 다 모였어요."

"뭐라꼬?"

엄마는 묻는 얼굴이 되어 나를 바라보았고, 미경이를 노려보던 내 눈은 화등잔만 하게 커졌다. 미경이 얼굴이 깨소금 씹은 얼굴이 되었다. 엄마는 금세 뭔가 짚이는 게 있는 표정으로 낮은 탄식을 내질렀다.

골목 입구부터 심상치 않았다. 양은그릇 같은 게 부딪히는지 땡그랑쨍그랑 소리가 요란하더니, 대문이 벌컥 열렸다. 이모부가 자빠질 듯 튕겨 나왔다. 넥타이가 풀어헤쳐지고 와이셔츠 단추가 떨어져 나간 것이 일이 나도 단단히 난 것 같았다. 문 앞에서 우리와 딱 마주친 이모부가 엄마를 발견하고 무슨 말인가 할 듯하더니, 에이, 몸을 돌려 성큼성큼 가버렸다.

좁은 마당이 동네 사람들로 그득했다.

두런거리는 소리가 낮게 깔린 어른들의 숲을 헤치며 들어가자 차마 눈뜨고 보기 끔찍한 광경이 펼쳐져 있었다. 산발을 한 이모가 땅바닥에 퍼질러 앉아 통곡을 하며 연신 땅을 치고 복순이 역시 산발을 하고 앞섶이 다 찢어진 채 꿇어앉아 있었다.

"이기 무슨 일이고?"

"내사 마 몬 살겠다."

엄마가 이모 곁으로 다가가자 이모는 누가 건드려주기를 기다렸다는 듯 말을 쏟아내기 시작했다.

"기어코 쟈가 일을 저질렀는 기라. 우야믄 좋겠노."

"아니라예, 절대로 그런 일 없십니더. 믿어주이소."

복순이가 애원하듯 엄마를 바라보았다. 눈물 콧물이 범벅이 되어 있었다.

"아니긴, 뭐가 아이라. 미경이 엄마가 다 봤다 카는데. 니가 밤중에 아저씨 방에서 나오는 거를 미경이 엄마가 봤다 안 카나. 미경이 엄마가 밤중에 오줌 눌라고 변소에 가다가 야가 황 서방 방에서 나오는 거를 봤단다. 쟈가 밤중에 아저씨 방에 들어갈 일이 뭐가 있노 말이다. 그런데도 저 가시나는 딱 잡아떼는 기라."

이모는 자기 가슴을 퍽퍽 치면서 말했다. 미경이 엄마네 미장원은 온갖 소문의 진원지였다. 누구네 아저씨가 외박을 했다네, 다방 아가씨랑 걸어가는 걸 봤네, 누구 집 시어머니가 며느리를 쥐 잡듯이 잡는다네, 부부싸움을 했네 마네……. 사람들은 미경이 엄마가 손님들한테 주워들은 이야기를 동네방네 떠들어대는 것을 가지고 욕을 하면서도 은근히 그 이야기를 즐기는 눈치였다. 그 속에 끼지 않으면 행여 자기 이야기가 언제 어떻게 도깨비 분칠을 하고 돌아다닐지 두려워하기도 했다. 복순이 뒤에서 미경이가 자기 엄마 치마꼬리에 얼굴을 반쯤 묻고 나를 쳐다보고 있었다.

"지가 우예 그랄 수가 있노. 내가 지를 친딸처럼 친동생처럼 그래 믿고 잘해줬는데, 지가 내한테 그랄 수 있나 말이다. 얌전한 고양이 부뚜막에 먼저 올라앉는다 카더이, 딱 그 짝이다 아이가."

"황 서방은 뭐라 카드노?"

"아이라 카지. 어떤 새끼가 지가 그랬다고 순순히 말하겠노?"

순간, 이모의 눈길이 나에게 머물렀다.

"수야, 니가 말해봐라. 니는 봤제? 니, 분명히 말해야 된다."

사람들의 시선이 일제히 나를 향했다. 나는 침을 꼴깍 삼켰다.

길고 긴 여름 해가 지붕으로 넘어가며 좁은 마당을 빛과 어둠의 대각선으로 가르고 있었다. 복순이는 이글거리며 넘어가는 석양빛에 고개를 숙이고 있었고, 동네 사람들의 눈빛은 이상스런 기운으로 번들거리는 듯했다. 기묘한 침묵이 감도는 가운데, 이모가 가슴을 탕탕 치는 소리가 먼 북소리처럼 아득하게 들려왔다.

"니, 똑바로 말해야 된데이."

그날 나는 결정적인 증인으로 불려 온 것이었다. 고작 여덟 살짜리 여자아이를 어른들 불륜의 증인으로 채택한 것이다.

그러나 나는 무서웠다. 뭘 봤느냐는 건지, 무얼 말하라는 건지, 아무 것도 알 수 없었다. 거기 몰려선 어른들이 일제히 아우성을 치는 것 같은데 아무 소리도 들리지 않았다. 귓속에 벌이 들어갔는지 우웅, 소리만 끝없이 들려왔다. 그리고 오줌이 마려웠다.

"퍼뜩 말 안 하나?"

치마꼬리를 손가락에 말아 쥐고 잘근잘근 씹고 있는 내게 이모가 다시 한 번 소리쳤다. 분위기상 어쩌지 못하고 서 있기만 하던 엄마가 내 어깨를 감쌌다.

"얼라가 뭘 알겠노. 고마해라."

그 말 한마디에 바짝 얼어 있던 나는 그만 다리 힘이 스르르 풀리면서 으앙, 울음을 터뜨리고 말았다.

그 울음의 의미를 사람들은 어떻게 받아들였을까. 눈을 빛내며 기대감에 차 있던 사람들이 아쉬운 듯 웅성거리며 하나둘 흩어졌다. 엄마가 이모를 부축해 들어가고 짙은 어둠이 깔린 마당에 복순이와 나만 남았다. 그런데 이상했다. 사람들 사이에 패대기치듯 널브러져 있을 때 얼른 달려가 손잡고 울고 싶던 마음이 오그라들어버린 듯 발이 떨어지지 않았다.

얼마나 그러고 있었을까. 복순이가 부스스 일어나더니 뒤란으로 걸어갔다. 그 모습이 꼭 귀신 같았다. 복순이에게서 이상한 기운이 뿜어져 나오는 것 같았다. 복순이가 사라진 시커먼 아가리 같은 뒤란을 뚫어지게 노려보고 서 있는데, 엄마가 밖으로 나왔다.

"복순이 어디 갔노?"

입이 떨어지지 않았다. 엄마가 두세 번 나를 흔들었을 때야 나는 겨우 손가락을 들어 뒤란 쪽을 가리켰다.

"하이고, 얄궂어라. 오늘 야가 와 이라노."

엄마가 구시렁거리며 뒤란으로 돌아갔다. 그리고 잠깐의 정적. 까마득한 우물 속에서 울려 퍼지는 듯한 엄마의 비명 소리를 듣기 전부터 내 몸은 사시나무 떨듯 부들부들 떨리기 시작했다.

"이기 뭐꼬? 쥐약 아이가?"

수도관이 터지듯 뜨거운 오줌이 흘러내렸다.

그해 가을은 왜 그렇게 길게만 느껴졌는지. 어린 나이에 하늘만 올려다보며 지냈던 것 같다. 그래도 손톱은 어김없이 자랐다. 하얀 손톱이 조금씩 밀고 나오고 붉게 물든 손톱은 엄마에게 붙잡혀 조금씩 깎여나갔다. 야가, 손톱을 지다랗게 기라가 누를 잡아묵을라꼬, 이래 손톱을 안 깎을라 카노. 손톱 깎을 때마다 엄마는 요리조리 도망 다니는 나를 붙잡으려고 부지깽이까지 들었다. 기어이 붙잡혀 손톱을 깎이면 굵은 눈물이 툭툭 떨어졌다. 떨어진 손톱은 붉은 초승달 같았다. 그때마다 나뭇잎도 붉게 물들어 하나둘 떨어졌다. 비가 오고 바람이 불었다. 바람에 낙엽이 날리고 몇 잎 남지 않은 나뭇잎까지 마저 떨구어도, 눈은 오지 않았다.

봉숭아 물은 이제 내 손톱 위에서 가느다란 초승달을 그리고 있었다.

그러던 어느 날이었다. 자정이 가까워서 술 냄새를 풍기며 돌아온 아버지가 복순이를 봤다는 말에 살풋이 잠들어 있던 내 귀가 번쩍 뜨였다. 복순이를 보다니, 그게 무슨 말일까. 나는 잠이 확 달아난 얼굴로 일어나 앉았다.

"야가, 안 자고 있었나?"

아버지가 내 머리를 쓰다듬었다.

"우리 수야가, 여름에 한 번 호되게 앓더니 얼굴이 반쪽이 됐네."

이모 집에서 그 사단이 있은 후, 내 몸은 불덩이처럼 끓어올랐다. 가만히 있어도 땀이 줄줄 흐르는 복더위에 나는 이불을 두 개 세 개 덮고도 오들오들 떨었다. 화로 속에 들어앉은 것처럼 입 안이 바짝바짝 타들어가는데 몸속 저 깊은 곳에서는 쩡쩡 얼음 갈라지는 소리가 나는 것 같았다. 불과 얼음이 내 몸을 가지고 노는 사이 나는 바람 든

무처럼 정신이 들락날락거리고 헛소리를 해댔다.

사흘 만에야 간신히 기력을 차리고 보니, 복순이는 없었다. 흔적도 없었다. 아주 긴 꿈을 꾼 것 같았다. 애초에 복순이는 없었던 건지 모른다는 생각이 들었다. 그러다가 단풍처럼 빨갛게 물든 손톱을 보면 수챗구멍 속으로 빨려 들어가듯 어지러웠다.

"갸가, 그래 독할 줄 누가 알았겠노. 가시나, 그거 보통 아이데."

"그렇게 말도 없고 얌전한 기 꼭 사고를 친다."

"니는 그래 미경이 엄마가 하는 말을 그대로 믿나? 지가 아이라 카고, 황 서방도 아이라 카는데, 누구 말을 믿어야 되겠노?"

"고마해라. 그때만 생각하면 지금도 가슴이 벌렁벌렁한다."

엄마와 이모가 아무렇지 않게 그런 말을 하는 걸 듣고 있으면 꼭 그때처럼 부들부들 떨리고 오한이 들었다. 그러나 여름이 가고 가을바람이 불기 시작하자, 더 이상 복순이 이야기를 하는 사람은 없었다. 복순이 자리에는 머리가 허옇게 센 할머니가 들어왔다.

어른들은 눈치도 못 챘지만, 그날 이후 나는 복순이 이름을 입에 올리지 않았다. 그런데 복순이가 살아 있다는 것이다. 엄마는 동네 강아지들까지 다 아는 이야기를 왜 너만 모르고 있었느냐며 오히려 의아한 표정을 지었다. 병원 응급실에서 위세척을 받은 복순이는 다음 날로 말짱해졌단다. 치사량에 미치지 않은 데다 일찍 발견한 덕분이라고 했다. 눈에 보이는 것 없이 흥분했던 이모는 더 이상 따지고 자시고 할 것도 없이, 숙직실에서 자고 돌아온 이모부 앞에 납작 머리를 조아렸다. 이모부의 일장 훈시가 이어지고, 이 기회에 미경이네 집을 내보내느냐 마느냐는 이야기까지 나왔단다. 하여간, 병원에서 돌아온 복순이에게 이모는 미역국에 불고기까지 구워 상을 차려주었다.

"하여간, 고 가시나 보통은 아니라. 이모가 차려준 상을 거들떠도 안 보고 바로 보따리 싸더라."

가더라도 며칠 쉬어 가라고 붙잡는 이모도 뿌리치고 서울역까지 데려다주겠다는 것도 마다하고, 올 때처럼 보따리 하나 달랑 들고 떠났다는 것이다.

"무교동에 있는 비어홀이라고예? 갸 아부지가 무슨 공장으로 보낸다 카던데……. 이름은 물어봤는교?"

"그런 데서 지 본명 쓰는 가시나가 어딨노?"

"갸가 아무리 그래도 비어홀 같은 데서 일할 가시나는 아인데…… 당신이 잘못 본 거 아입니꺼. 언제 한 번 제대로 본 적이나 있습니꺼?"

"내가 와 몰라. 영판 그 아드만. 눈이 꼭 소눈 같고 오목조목한 기……."

"그래도 비어홀이라이, 그럴 리가 없을 낀데……."

엄마는 아버지 말을 믿지 않았다. 복순이가 살아 있다니, 나는 그 말이 믿어지지 않았다. 갑자기 오줌보가 터질 것처럼 부풀어 올랐다.

수돗가에 쪼그려 앉아 오줌을 누는데 오랫동안 참고 있던 것이 빠져나가는 것처럼 속이 후련해졌다. 지린내 섞인 오줌에서 따뜻한 김이 모락모락 피어올랐다. 이마가 차가워서 올려다보니 캄캄한 하늘에서 희끗희끗한 것이 날리고 있었다. 첫눈이었다.

풍장

은서는 책을 읽다가 문득, 고개를 들었다. 2층 식당 통유리창 밖으로 을씨년스럽고 스산한 거리 풍경이 내려다보였다. 땅거미가 지고 있었다. 벽에 걸린 시계는 4시 반을 가리켰다. 상점들은 모두 육중한 나무 문을 닫아걸었고, 지나다니는 사람조차 눈에 띄지 않았다. 풀 한 포기 자라지 않는 척박한 황토 산으로 둘러싸여 낮에도 인적이 드문 이 마을에 처음 도착했을 때, 은서는 서부 영화의 세트장으로 들어서는 기분이었다. 산도 마을도 은서가 지난 며칠간 만났던 풍경과는 확연히 다른 모습이었다. 무엇보다 다른 것은 바람이었다. 이곳의 바람에 대해 처음 이야기해준 사람은 무스탕 남자였다.

거기는 바람이 주인이지요. 엄청난 바람이 종일 불어댑니다.

그는 며칠 전 은서가 묵었던 로지(lodge) 앞에 좌판을 벌여놓고 목걸이, 귀걸이, 팔찌 등속의 액세서리를 팔고 있었다. 디자인이나 세공은 조악했지만 값비싼 보석보다는 이름 모를 돌들이 오히려 은서의 눈길을 끌었다. 그런 은서를 유심히 보던 그가 말문을 열었다.

너와 나는 비슷하게 생겼다. 나는 네팔인이 아니라 무스탕에서 왔고 너와 같은 몽골리안이다.

그러고 보니 작은 체구에 새까만 피부색을 한 네팔인들과 달리 그의 얼굴은 둥글고 체격도 큰 편이었다. 그렇게 말문을 튼 그는, 좀솜을 지나 묵티나트까지 갈 것이라는 은서의 말을 듣자 좀솜의 바람에 대해 이야기해주었다.

그가 사는 무스탕으로 가려면 좀솜을 거쳐야 한다고 했다. 이동 수단이라고는 당나귀나 노새밖에 없는데 그나마도 가난한 그로서는 꿈도 꾸지 못할 사치였다. 그는 며칠 밤낮을 걸어서 이곳으로 오고 또 걸어서 돌아간다고 했다. 그때는 그게 어떤 의미인지 몰랐다. 이곳 좀솜에 와서야 세찬 바람을 맞으며 황량한 산길을, 오직 두 다리에만 의지해서 달이 기울고 차도록 걸어야 하는 그가 자꾸만 떠올랐다.

그는 자신의 이름이 까르마라고 했다. 까르마라면, 업이라는 뜻이 아닌가. 누런 이를 다 드러내고 선하게 웃는 그의 손에는 염주가 감겨 있었다. 전생의 업 때문에 고통 받는 이승의 삶을 벗어나려고 발버둥치는 대신 자신의 업을 외면하지 않고 고스란히 감내하겠다고, 그의 이름은 그렇게 말하는 것 같았다. 그러나 그에게 무슨 업이 있을까 싶었다. 혹여 우주 무게만큼 무거운 업이 있다 한들, 머리 풀어 헤친 귀신들이 날뛰는 황량한 산길을 오체투지 걷는 것만으로 이미 업장소멸은 이루진 것이 아닐는지.

해발 8000미터를 넘나드는 험준한 봉우리들에 둘러싸인 이곳 고산지대에서는 오후 4시만 되면 해가 넘어가고 대지가 싸늘하게 식었다. 모두 집 안 깊숙이 숨어버린 지금, 오직 바람만 갈 곳 잃은 야수처럼 이 골목 저 골목 기웃거리며 나무 문을 두드려대고 있었다.

가슴 한쪽이 아릿하게 젖어오며 명치가 따끔거렸다. 막 해가 지려고 할 무렵을 매직 아워라고 한다지. 낮의 신과 밤의 신이 자리를 바꾸면서 생기는 공백의 시간. 그러니까 신이 부재하는 시간에 인간은 불안해진다는 것인가. 집에 혼자 있을 때면 이 시간을 새들보다 예민하게 감지하곤 하던 은서지만 이곳에 와서는 처음 느끼는 통증이었다.

현욱도 책을 보고 있다. 저녁 먹기 전에 둘은 산책이라도 하려고 거리로 나섰다. 그러나 거리는 바람만 미친 듯 불어댈 뿐 달리 갈 곳이 없었다. 몇 개 안 되는 가게는 이미 문을 굳게 잠근 뒤였다. 모두 포기하고 호텔로 돌아가려는데 상점 문이 바람에 덜컹거리는 것이 보였다. 반가운 마음에 특별한 목적도 없이 그리로 들어갔다. 심심산골 오지에 니베아 크림, 도브 비누, 스위트콘 통조림 등 갖가지 다국적기업 상품들이 진열되어 있는 것에 은서는 놀랐다. 뽀얀 먼지가 두껍게 쌓인 그것이 과연 사고파는 물건인지 미심쩍었다. 진열대 구석에는 트레커들이 들고 왔다가 돈이 떨어져서 팔고 간 헌책들이 무질서하게 꽂혀 있었다. 현욱은 그중에서 『무스탕』이라는 영어 원서를 빼들었다. '잃어버린 티베트 왕국'이라는 부제가 붙은 그 책은 미셸 페셀이라는 프랑스 인류학자가 1960년경 무스탕을 다녀와서 쓴 기행문이었다.

그 책을 유심히 들여다보던 현욱이 반짝 눈을 빛내며 은서를 바라보았다.

우리 여기 갈까? 좀솜이 무스탕으로 가는 길목이라는데?

현욱이 내미는 책의 화보에는 무스탕의 수도, 로만탕의 사진이 실려 있었다. 이곳이 정말 한 왕국의 수도란 말인가. 사방 어디에도 풀 한 포기 나무 한 그루 없는 황량한 벌판이었다. 끝도 없이 펼쳐진 황막한 들판은 어떤 생명도 서서히 고사시킬 것 같았다. 그것은 갑작스럽게 찾아오는 죽음보다 더 두렵게 느껴졌다. 은서는 온몸에 오싹 한기를 느끼며 부르르 떨었다.

여긴, 도대체…….

잔뜩 겁먹은 은서를 보고 현욱은 재미있다는 듯 큰 소리로 웃었다. 그 모습에서 은서는 얼핏 어린 현욱을 본 것 같았다. 송충이 같은 벌레로 여자애들을 놀래키고, 고무줄을 끊고 달아나고, 잠자리 꼬리에 성냥개비를 박아대는 짓궂은 장난을 치고서도 그저 재미있어서 깔깔거리는 소년의 모습. 그 소년은 어디로 사라진 것일까.

은서가 킬링타임용 소설을 권했지만 현욱은 굳이 『무스탕』을 선택했다.

"내일은 올까?"

현욱이 책을 엎어 두고 담배에 불을 붙이며 물었다. 책을 읽고 있으면서도 생각은 온통 거기에 가 있었는지 표정이 어두웠다.

벌써 이틀째, 비행기는 결항이었다. 기후가 불안정한 이곳에는 몇몇 항공사가 20인승 경비행기만 띄우고 있을 뿐이었다. 그것도 통계적으로 가장 기후가 안정적인 오전 시간에만 운항하고 있었는데, 그나마 바람이 조금만 거세게 불어도 결항하기 일쑤였다. 고도 4000미터에서 8000미터에 이르는 안나푸르나와 다울라기리 사이를 흐르는 칼리칸다키 강은 세상에서 가장 깊은 협곡이었다. 여기에 만일 거센 바람이 휘몰아친다면 경비행기 정도는 종이비행기처럼 날려버릴 것이었다.

"내일도 비행기가 오지 않으면 어쩌지? 내일은 타야 되는데……."

귀국 편 예약 날짜는 사흘 후였다. 내일 이곳을 떠나지 못하면 카트만두발 방콕행 비행기를 놓치게 되고, 따라서 서울행 비행기마저 놓치게 될 것이다.

오늘, 설마 하던 비행기가 또 결항한 후, 항공사 사무실을 찾아갔다. 짐작대로 서울행 티켓을 연기하는 것은 불가능했다. 온라인이 되어 있지 않기 때문이라는 직원의 설명에 둘은 말문이 막혀 서로의 얼굴만 멍하니 바라보다 발길을 돌렸다. 이제 방법은 한 가지, 비행기가 올 때까지 기다리는 것, 그 길밖에 없었다. 비행기가 결항했던 첫날인 어제, 현욱은 어처구니없어 하면서도 큰 소리로 웃었다. 지구 구석구석을 샅샅이 연결해주는 통신 혁명 시대에 오지에 낙오되다니. 마치 문명을 배반하는 것 같아 통쾌하다는 것이었다. 그는 어쩌면 자발적으로 낙오되고 소외되고 갇히고 싶은 심정으로 히말라야까지 온 것인지 몰랐다. 그것도 모자라 무스탕까지 들어가고 싶어했으니까. 그러나 지금 그는, 불안해 보인다.

현욱이 안나푸르나에 가자고 했을 때, 은서는 실소를 터뜨렸다. 대청봉, 천왕봉은 고사하고 북한산 등반 한 번 제대로 해본 적 없는 사람에게 안나푸르나라니……. 그건 자신의 삶 어디에도 들어맞을 리 없는 설계도인 것 같았다. 고개를 절레절레 흔드는 은서의 손을 꼭 잡으며 현욱이 말했다.

나도 처음이야, 하지만 너랑 꼭 한번 가고 싶어.

은서는 초조하게 담배를 비벼 끄는 현욱의 손을 꼭 잡았다. 손이 얼음장처럼 찼다.

밤이 되면 기온이 영하로 떨어져 실내에 있는 물마저 얼어붙을 정도였지만 난방은 전혀 되지 않았다. 식당 테이블 밑에 있는 석유 스토브가 이 큰 호텔의 유일한 난방 기구였다. 시즌 막바지였으므로 호텔에는 손님이 전혀 없었다. 둘은 거대한 저택의 주인이 된 듯 호기를 부리며 즐거워하기도 했지만, 싸늘한 냉기는 그나마 미소도 빼앗아가 버렸고, 어둠이 내리면 호텔은 파산의 기미마저 감돌았다.

식당 옆 조그만 방에서 혼자 트럼프를 하고 있던 붓다가 밖으로 나와 전기 스위치를 올렸다. 불은 들어오지 않았다. 붓다는 몇 번 스위치를 올렸다 내렸다 하더니 이내 체념하고는 촛불을 가져와 테이블에 놓아주었다.

"돈 워크."

"아, 말도 안 돼. 이제 불도 안 들어온단 말이야."

은서가 한숨을 내쉬었다. 그는 어딘가 고장이 난 것 같은데 지금은 어두워서 고칠 수 없고 내일이나 고칠 수 있을 거라고 했다.

"아니, 그럼 내일 밤에도 여기 있으란 말이야? 내일 고치든 말든 그게 무슨 상관이람."

현욱이 왈칵 짜증을 냈다. 그러나 붓다는 미안하단 말 한마디 없었다. 하긴 이 궁벽한 곳에서, 무엇을 미안해할 것인가. 그게 무슨 의미가 있을 것인가.

"무뚝뚝하긴. 그러면서 이름이 붓다가 뭐야? 겁도 없이."

현욱은 붓다에 대해 단단히 화가 나 있었다. 첫날은 욕실의 물이 빠지지 않아서 애를 먹었고, 그제는 어렵게 나오기 시작한 온수가 갑자기 찬물로 바뀌는 바람에 샤워를 하던 현욱이 기겁을 해서 뛰쳐나왔다. 태양열이 유일한 전원인 이곳에서는 온수의 양이 제한적일 수밖에 없기 때문에 은서는 샤워를 할 수 없었다. 현욱은 당장 다른 곳으로 옮기자고 했다. 그러나 다른 곳이라고 더 나으리란 보장도 없는 데다 그나마 정든 곳을 떠나 낯선 곳으로 옮기는 것이 은서는 더욱 싫었다. 그게 잘못이었을까. 고생스러운 열흘간의 트레킹 중에도 늘 웃는 얼굴이던 현욱이 이곳에 와서는 짜증을 내는 일이 잦았다.

"이런 데서 오래 살다 보면 말하는 법을 잊어버리게 되나 봐."

은서는 왠지 붓다를 변호해주고 싶었다.

갓 스무 살이 넘은 그는 한국으로 돈을 벌러 갔다는 형 대신 호텔 일을 보고 있었다. 지금처럼 손님이 거의 들지 않는 비수기를 혈기 왕성한 젊은 청년이 견디기는 쉽지 않을 것이었다. 지구 구석구석의 온갖 인종들이 그의 호텔을 스쳐가지만 정작 그는 한 발도 움직이지 못하는 것이다. 그는 웃는 법이 없었으며 무엇을 물어봐도 더 이상의 대화를 거부한다는 듯 단문으로 뚝뚝 끊어서 대답했다.

　이제 창밖은 완전히 어두워졌다. 은서와 현욱이 촛불을 사이에 두고 나란히 앉아 있는 모습이 창에 비쳤다. 두 사람의 이마에 짙은 음영이 드리워져 있었다.

　다음 날 새벽, 둘은 다시 배낭을 꾸려 비행장으로 향했다. 난방이 되지 않은 방에서 떨면서 잔 터라 몸이 습기를 잔뜩 머금은 솜처럼 무거웠다. 그러나 새벽 공기는 상쾌했고, 무엇보다 바람이 없었다. 계곡 건너 닐기리 봉이 희부윰하게 빛나고 있었다.

　시골 간이역 같은 공항은 벌써부터 붐볐다. 직원들은 사흘째 똑같은 일을 기계적으로 반복했다. 여권을 확인하고 새로운 보딩 패스를 발부하고, 크게 달라졌을 리 만무한 배낭의 무게를 다시 달아 어제 붙였던 태그를 떼어내고 새것을 붙였다. 역시 내용이 뻔한 배낭을 일일이 풀어서 검사한 후 한쪽으로 치워놓으면 인부들은 묵묵히 그것을 비행장으로 내다 놓았다. 그들은 행여 비행기가 오지 않을까 봐 가슴 졸이는 여행자들의 심중 따위는 안중에도 없었다.

　은서가 검색대를 통과해 대기실로 들어서자 구석진 자리에 서 있던 현욱이 손을 번쩍 치켜들었다. 대기실에는 낯익은 얼굴들이 대부분이었다. 매일 아침마다 누군가의 조종으로 인원 점검을 당하는 듯 모였다간 흩어지고 흩어졌다가 다시 모이는 것이었다. 그러나 하루 이틀,

날짜가 지날수록 새로운 승객도 조금씩 불어나고 있었다. 은서는 현욱에게 다가가 귀엣말로 속삭였다.

"사람이 점점 늘어나잖아. 그렇다고 비행기 편수를 늘리는 것도 아닐 텐데……."

현욱은 대답 대신 보딩 패스를 양손에 꼭 쥐고 합장을 하듯 이마로 가져갔다. 입을 열면 행여 부정이라도 탈까 말도 못하고 간절히 기원하는 표정이었다. 은서는 피식 웃어버렸다. 과도한 기대를 희석시키고 싶은 심정이랄까. 그러나 사실 그것조차 기대의 다른 표현이기는 했다. 보딩 패스가 한낱 종잇장이 되는지 아닌지는 곧 판가름 날 것이다.

은서는 벽에 기대서서 물끄러미 사람들을 지켜보았다. 세계 각처에서 참으로 다양한 모양새와 색깔의 사람들이 모여들어 한날한시에 한 운명으로 발이 묶여 있다는 것이 기이하게 느껴졌다. 그러나 극적으로 운명을 함께하는 것 같다가도 결국 각자의 자리로 돌아갈 것이고 일상의 리듬을 회복하면 언제 그런 일이 있었느냐는 듯 까맣게 잊을 것이다. 아마 그럴 것이다. 호수의 수면을 스치는 바람처럼, 꽃잎을 희롱하는 빗방울처럼, 그렇게 잊을 것이다.

막 대기실로 들어서던 호주인 부부가 은서네를 알아보고 웃었다. 남자는 어깨를 으쓱해 보이고는 나무 의자에 걸터앉았다. 그들은 20여 명의 교사들로 이루어진 단체의 일원이었다. 트레킹 둘째 날 묵었던 숙소에서 마주친 후로 앞서거니 뒤서거니 거의 일정을 같이 하게 되는 바람에 만나면 손을 흔들며 웃곤 하던 사람들이었는데, 결국 비행장에서도 만난 것이다. 정식으로 인사를 한 것은 이틀 전 이곳 대기실이 처음이었다. 그들은 코알라 사진이 있는 엽서와 버튼을 기념으로 건네주며 자기들을 교사 부부라고 소개했다.

그들은 호주가 여행하기에 얼마나 좋은 나라인지 장황하게 떠들었다. 그리고 이곳에서 내려가면 제일 먼저 별 다섯 개짜리 호텔에서 따뜻한 물로 샤워를 하고 맛있는 스테이크를 먹을 거라고 말했다. 한국에 대해서는 거의 알지 못했지만 월드컵 축구 개최지라는 것은 알고 있었다. 답례할 것이 아무것도 없던 차에 현욱은 대뜸 한국에 한번 놀러 오라고 말했다. 인사치레일 뿐이었는데, 혈색 좋은 호주 남자는 자신들의 주소를 적어주며 현욱에게도 주소를 적어 달라고 했다. 그들은 은서네를 자기들처럼 부부라고 생각한 것 같았다. 현욱은 남자가 건네는 수첩을 얼른 은서에게 떠넘겼다. 당황한 표정이 역력했다.

여행 중에 만난 사람들에게 과거는 중요치 않았다. 현재의 모습이 전부일 뿐이다. 현욱이 그토록 간절히 떠나고 싶어했던 것도 그래서였는지 모른다. 그러나 돌아갈 날이 가까워오자 현욱은 스스로도 납득하지 못할 태도를 보이는 날이 많았다. 주소를 적어주는 따위 대수롭지도 않은 일에 그토록 예민한 반응을 보이는 현욱을 보며, 은서는 씁쓸한 기분을 떨칠 수 없었다.

창밖으로 텅 빈 들판이 펼쳐져 있었다. 과연 저곳에 비행기가 내려앉을 것인가.

이곳에 도착한 첫날 아침, 은서는 비행기의 굉음 때문에 잠을 깼다. 그동안 험악한 산악지대를 오르내리는 유일한 교통수단이며 운반수단인 야크나 노새들의 워낭 소리에 잠을 깼던 것을 생각하면 놀라운 일이 아닐 수 없었다. 은서는 벌떡 일어나 커튼을 젖혔다. 경비행기 한 대가 호텔 지붕을 들이받을 듯 낮게 날아왔다. 유리창 너머로 저만큼 거리에 비행장이 내려다보였다. 비행기는 너무 작아서 장난감 같았다. 승객들이 내리고 배낭까지 모두 내리고 나자 다시 비행기는 하산하는 승객들을 태우고 사뿐히 떠올라 계곡 아래로 날아갔다. 그렇게 서너 대의 비행기가 착륙하기 바쁘게 다시 이륙했다. 이착륙장도 없이 흙먼지를 뿌옇게 일으키며 날아오르는 비행기는 너무나 비현실적이었다.

〈잉글리시 페이션트〉에 나오는 장면 같아.

한참동안 창밖을 바라보던 은서가 홀린 듯 중얼거렸다. 그 소리를 듣고 현욱이 물었다.

그게 뭔데?

영화.

무슨 영화?

은서는, 그냥 그런 영화 있어, 하며 얼버무렸다.

재미있겠지? 우리도 이틀 후에는 저 비행기를 타는 거야.

현욱은 은서의 허리를 꼭 끌어안으며 기대에 부푼 목소리로 말했지만 은서는 영화의 비극적인 결말을 떠올리고 있었다. 무엇엔가 썬 듯

열렬하게 구애하는 남편의 친구, 그를 피하고 잊으려고 애썼지만 금단의 유혹은 질기고 결국 제도 속에서 인정받지 못한 사랑은 모두를 파멸로 몰아넣었다. 운명적인 사랑은 언제나 그렇게 뒤늦게 찾아오는 것인지, 아니면 둘 사이를 가로막고 있는 현실의 장벽이 사랑을 운명적으로 채색하는 것인지, 누구라서 명쾌하게 설명할 수 있을까. 어쩌면 운명이니 뭐니 하는 건 처음부터 없는 건지 모른다. 제아무리 운명적인 것 같던 사랑도 일상의 늪에 빠지면 사위어가는 태양처럼 열정도 빛도 사그라들게 마련 아니던가. 운명적인 사랑의 완성은 비극적 결말밖에 없는 것이다. 캄캄한 동굴 속에서 애인을 기다리며 촛불이 타들어가듯 서서히 죽어가던 여인처럼 말이다.

대기실에 아연 팽팽한 긴장이 감돌았다. 사람들은 모두 일어서서 비행기가 날아올 허공의 어느 지점에 눈길을 박고 있었다. 출발 예정 시각인 7시가 훌쩍 지나 8시가 가까워오고 있었다. 현욱은 초조한 듯 창가에 붙어 서서 담배를 피워 물었다. 그러나 담배 연기를 내뿜기도 전에 검색대 여직원이 다가와서 담배를 꺼달라고 했다. 라이터는 검색할 때 모두 압수하던데……. 은서가 고개를 갸웃거리며 현욱을 바라보았다. 그러나 현욱은 은서를 미처 보지 못하고 다시 창 쪽으로 몸을 돌렸다. 돌연 현욱의 뒷모습이 낯설게 다가왔다. 온갖 이국의 언어들이 암부호처럼 떠도는 공간에서 유일하게 같은 언어로 소통할 수 있었던 한 사람, 그의 뒷모습이 저랬던가.

"올 플라이트 캔슬드!"

얼마나 지났을까. 긴장이 서서히 풀려 웅성거리는 소리가 파문처럼 퍼져가는 대기실에 찬물을 끼얹듯, 어디선가 딱딱한 영어로 외치는 소리가 들려왔다. 사람들이 일제히 한 방향으로 고개를 돌렸다. 이목구비가 또렷한 네팔 남자는 승객들의 기대에 부응하듯 다시 한 번 외쳤다.

"올 플라이트 캔슬드!"

사무적으로 외치는 남자의 표정에서 미안해하는 기색은 찾아볼 수 없었다. 무표정은 산악지대에 사는 사람들의 공통점인 듯했다. 마치 오랜 세월 바람에 깎이고 쓸려 모난 곳 없이 밋밋한 바윗덩이처럼.

어제만 해도 항공사별로 차례차례 취소 결정이 났는데, 오늘은 어제보다 상황이 더 나쁜지 모든 항공사의 비행이 한꺼번에 취소되었다. 사람들은 일제히 탄식을 내뱉었다. 누군가는 짧은 비명을 지르기도 했다. 인부들은 기다렸다는 듯 달려 나가 배낭들을 하나씩 들어 옮기기 시작했다. 영원히 끝나지 않는 게임에 휘말린 기분이었다.

현욱은 초조한 표정으로 불도 붙이지 않은 빈 담배만 짓씹고 있었다.

사흘째 비행기가 결항하자 일정에 차질이 생긴 사람들과 쉽게 미련을 버리지 못한 사람들로 공항 밖이 소란했다. 사람들은 항공사 사무실을 들락거리며 이곳을 벗어날 방도를 알아보느라 분주했다. 현욱도 그들 틈에 끼어 있었다. 은서는 돌담에 기대섰다.

얼마 후 현욱이 상기된 표정으로 은서에게 다가왔다.

"헬리콥터가 있다는데?"

"헬리콥터?"

"응, 그런데 비용을 엄청나게 불러. 도둑놈들! 기회는 이때다, 이거지. 어떻게, 그거라도 탈래?"

현욱의 표정은 이미 은서에게 묻고 있는 것이 아니었다.

그때 네팔 남자 한 명이 현욱에게 다가와 헬리콥터를 탈 거냐고 물었다. 서양인 몇이 따라와 비용을 물어보고는 혀를 내둘렀다. 은서네가 뚱보와 홀쭉이라고 부르던 영국인 남자 둘도 다가와서 비용을 묻더니 고개를 저었다. 그리고 은서에게 말했다.

"비행기가 못 날아가는데, 헬리콥터를 탄다는 건 목숨을 걸어야 하는 일이다."

그러면서 그들은 걸어서 내려가기로 했다고 말했다.

그들은 올라올 때 비행기를 타고 온 사람들이었다. 묵티나트까지는 당나귀를 타고 올라갔다. 멀쩡한 다리에 육중한 몸을 한 그들이 가냘픈 당나귀를 타고 가는 모습은 눈살을 찌푸리게 했다. 거기에다 한술 더 떠서 로지 비용이 너무 싸서 물어볼 필요도 없다며 거들먹거리는 데는 더 참을 수가 없었다. 은서는 그들 곁에 선 채로 한국말로 비아냥댔다.

돈 자랑할 데가 없어서 이 가난한 나라에 와서 거들먹거리는 꼴이라니.

그러자 현욱이 빙그레 웃으며 은서의 어깨를 툭툭 쳤다.

흥분하지 마. 대신 이 사람들은 소중한 걸 놓쳤어. 매일 조금씩 산을 오르면서 안나푸르나가 어떻게 그 품을 열어주는지, 우리는 그걸 봤잖아. 그건 어떤 대가를 치르더라도 아깝지 않을 만큼 소중한 기억이야.

그랬었다. 그때만 해도 현욱의 얼굴은 만년설을 이고 있는 히말라야처럼 초연하고 흔들림이 없었다. 은서도 떠나기 전의 숱한 망설임 같은 건 눈 녹듯 사라지고 서서히 산과 하나가 되는 일체감을 느꼈다. 백마들이 떼를 지어 달리는 것 같은 히말라야 연봉들을 처음 보았을 때, 은서는 뭐라 표현할 수 없는 감동에 가슴이 벅차올랐다. 마치 조물주의 현현을 보는 듯했다. 거인처럼 커다랗고 부드럽고 인자한 표정이었다. 네팔인들의 초라한 행색에도 불구하고 그들의 심성이 의연한 것은 눈만 뜨면 보이는 히말라야의 설봉들 때문일 거라고 생각했다. 눈을 뜨면 걷고 또 걸었다. 그렇게 하루 종일 걷다 보면 배낭이 어깨를 짓누르고 모래 산을 오르는 듯 다리가 무거워도 가슴속에는 늘 잔잔한 감동이 물결처럼 찰랑거렸다.

현욱은 갑자기 말이 없어졌다. 아침 햇살을 받아 은빛 잔설을 안개처럼 피워 올리는 닐기리 봉을 바라보며 담배만 피우고 있었다.

"헬리콥터 타자, 우리."

은서가 말했다. 그러나 담배를 다 피울 때까지 현욱은 미동도 하지 않았다. 담뱃불이 손끝을 태울 즈음에야 꽁초를 던져버린 현욱은 가자, 하며 배낭을 메더니 성큼성큼 걷기 시작했다. 은서는 어디로 가자는 것인지 몰라 잠시 멍하니 서 있었다. 뒤돌아보던 현욱이 그대로 서 있는 은서를 향해 화가 난 듯 소리쳤다.

"가자니까."

그새 다들 어디로 사라진 것일까. 바람이 불어대기 시작하는 거리에는 은서와 현욱밖에 남지 않았다. 이제 비행기는 둘의 자리를 빈자리로 남겨놓은 채 서울을 향해 날아갈 것이다.

둘은 가벼운 외출을 하고 집에 돌아온 사람들처럼 그동안 묵었던 방에 배낭을 던져두고 식당으로 들어갔다. 혼자 카드놀이를 하던 붓다가 두 사람을 쳐다보았다.

"티베탄 브레드, 핫 밀크 티."

현욱이 아침 식사를 주문하자 붓다는 그제서야 느릿느릿 카드를 챙기며 일어섰다. 올 사람이 왔을 뿐이라는 듯 무덤덤한 표정이었다. 그는 오늘도 비행기가 결항했다는 것을 호텔 로비에서 보아 알고 있을 것이다.

"다른 호텔로 가지 그랬어?"

은서가 물었다.

"저 무뚝뚝한 녀석한테 정이 들었나 봐."

현욱이 그제야 슬며시 미소를 머금었다.

"아, 오늘은 또 어떻게 시간을 보내나!"

현욱이 길게 기지개를 켜며 말했다. 그때 어디에선가 갑자기 양 떼가 나타났다. 좁은 골목을 가득 메운 양들은 100마리도 넘는 것 같았다. 양 떼를 몰고 가는 남자들은 셋이었는데, 한가로운 목초지의 양치기라기보다는 투우사에 가까운 모습이었다. 양 떼 중 몇 마리가 가지 않으려고 버티고 있었다. 그들의 엉덩이를 채찍으로 때리고 발로 차는 양치기에게서는 살기가 느껴질 정도였다. 그럴수록 양들도 악이 받치는지 네 다리를 좍 벌리며 어깃장을 놓고 있었다. 한 남자가 뒤에서 달려들어 양의 뒷다리를 번쩍 치켜들자 두 사람이 양옆에서 채찍으로 마구 때렸다. 양은 앞으로 고꾸라질 듯 위태로운 자세로 비명을 질러대며 끌려갔다.

"야, 이거 재미있는데? 나가 보자."

창문에 얼굴을 대고 있던 현욱이 갑자기 은서의 팔을 잡아당겼다. 가까이서 본 양들은 몸집도 훨씬 크고 거칠었다. 현욱은 이리저리 날뛰는 양떼를 마구 쫓아다녔다. 은서는 호텔 앞에 쪼그려 앉아 그런 현욱을 바라보고만 있었다. 현욱은 양 떼와 씨름하는 게 아니라 자신과 싸우고 있는 것처럼 보였다. 자기 앞에 놓인 현실과 또 다른 현실이 되어버린 자기 안의 정체불명의 욕망들과.

양들은 좁다란 골목으로 몰려 들어갔다. 마치 커다란 병 속으로 꾸역꾸역 들어가고 있는 것 같았다. 양들이 모두 사라지고 나서도 한참 후에야 현욱이 바지를 툭툭 털어내며 골목에서 걸어 나왔다. 큰일을 치른 사람처럼 얼굴이 상기되어 있었다.

"양들이 전혀 양순하지 않다더니, 그게 사실이야. 절대로 길들여지지 않을 동물 같아."

다시 정적이 찾아왔다. 뜻하지 않은 한바탕 소동은 흥미로운 구경
거리이자 죽은 듯 고즈넉한 이곳에 생동감마저 불어넣었다. 텅 비어
버린 거리에서 눈길을 거두는 현욱의 얼굴에는 한낮의 단꿈에서 깨어
난 것 같은 허전함과 아쉬움이 진하게 배어 있었다.

"이런 데서 한평생 양치기로 사는 것도 괜찮을 것 같은데?"

현욱은 창밖을 내려다보며 혼잣말처럼 중얼거렸다.

"수염도 안 깎고 덥수룩한 게 겉모습은 벌써 양치기 같아."

은서는 책을 펼쳤다.

보리스 파스테르나크의 자전적 에세이,『어느 시인의 죽음』. 마야코
프스키를 처음 보는 순간 한눈에 반한 파스테르나크. 그것은 흡사 남
녀 간의 사랑처럼 떨림과 몰입을 동반한 것이었다. 그러나 돌연한 마
야코프스키의 권총 자살, 그것은 당시 모든 사람들에게 충격을 준 사
건이기도 했지만 특히 파스테르나크에게는 생의 의미를 깨닫게 해준
사건이었다.

자세한 내용은 다 잊어버렸지만 막 대학생이 되었던 즈음 깊은 인
상을 남긴 책이라며 현욱이 은서에게 건네준 것이었다. 은서는 여행
기간 동안 매일 저녁 조금씩 그 책을 읽다가 마침내 마지막 장에 이르
렀다.

책의 맨 뒷장에 있는 출판사 광고 페이지에서 은서는 흥미로운 사

실을 발견했다. 마야코프스키가 릴리 브릭이라는 유부녀를 사랑하게 되었는데, 그 관계가 나중에는 그녀의 남편인 오십 브릭과 기묘한 삼각관계를 이루며 지속되었다는 것이었다.

그러나 『어느 시인의 죽음』은 그것에 관한 자세한 설명이 없이 마야코프스키의 권총 자살로 끝이 났다.

"마야코프스키가 왜 권총 자살을 한 거지?"

은서가 책을 덮으며 물었다.

"응?"

무스탕 깊숙이 들어가 있었는지 고개를 드는 현욱은 미처 은서의 말을 듣지 못한 표정이었다.

"마야코프스키가 왜 자살한 거냐구."

"모르겠는걸."

"릴리 브릭이라는 여자랑 관계가 있는 거야?"

"릴리 브릭? 그게 누군데?"

"마야코프스키가 사랑한 여자."

"그런 여자가 있었어?"

"이 책에는 자세히 나와 있지 않아. 그런데 이 책 뒤에 마야코프스키 전기 광고가 있는데, 『나는 죽음을 선택했다』라는 책이야. 여기에 릴리 브릭이라는 여자와 그 남편 오십 브릭이 마야코프스키랑 기묘한 삼각관계였다고 써 있어. ……파스테르나크 책에 보면, 마야코프스키가 자살한 뒤에, 누군가 릴리아에게는 전보를 쳤느냐고 묻는 장면이 나오거든. ……그 릴리아가 릴리 브릭을 말하는 거 아닐까?"

"글쎄, 나는 전혀 기억이 안 나는데……. 그 책이 감동적이었다는 것밖에는 지금 기억나는 게 하나도 없어."

"어떤 점이 감동이었다는 거야?"

"글쎄, 지금은 그것조차도 애매해. 그게 뭐였지?"

말꼬리를 흐리는 현욱을 보며 은서는 그가 공연한 연상으로 곤혹스러워하고 있다는 것을 뒤늦게 깨달았다.

은서는 에세이의 마지막 부분을 펼쳐 들고 나지막이 읽기 시작했다.

나는 갑자기, 이미 과거 속에 묻혀버린 그의 삶이 바깥에서 거닐고 있는 듯한 환상을 창문을 통해서 본 듯한 착각을 느꼈다. 나는 파바르스카야의 가로수가 늘어선 길거리처럼 잔잔히 그의 삶이 창 앞을 지나가는 것을 보았다. 그의 삶은 바로 이 길 위에 뿌리를 내리고 저 벽 안에서 완성되었으며, 그는 죽어서 벽을 넘어 영원으로 뻗어나갔다. …… 그의 핏줄 속에는 영원으로 뻗친 시간이 흐르고 있었다. …… 그는 일찍이 별로 힘들이지 않고 미래를 터득해서, 그의 삶은 어려서부터 미래에 좀먹혔던 것이다.

무스탕 박물관은 마을 입구 언덕 위에 있었다. 분명히 그 곁을 지나 좀솜으로 들어섰으면서도 박물관이 있는 것은 몰랐다. 책을 읽다가 지치면 멍하니 창밖을 내려다보고 다시 책을 읽고, 그것도 지겨워지면 그동안 지나왔던 곳의 이름을 되뇌어보며 무료한 오후를 채워나가고 있을 때였다. 그 모습이 딱해 보였을까. 주문 받은 밀크티를 가져다주며 붓다가 지나가는 말투로 박물관은 가봤느냐고 물었다.

"박물관이 있다고?"

현욱은 시큰둥하게 되물었다.

그제서야 은서는 가이드북에서 박물관에 대해 읽은 기억이 났다. 은서는 가이드북을 펼쳤다.

"여기 있네. 그런데 왜 무스탕 박물관이지? 여기가 무스탕인가?"

"아마 그럴걸. 행정 구역상으로는 네팔이지만 여기 좀솜을 지나서부터 티베트 고원지대를 통칭해서 그렇게 부를 거야."

"아—."

은서는 현욱의 거침없는 설명에 저도 모르게 깊은 탄식을 토했다. 어느새 무스탕에 대해 저렇게 많이 알게 되었구나 싶은 감탄과 알지 못할 두려움이 뒤섞인 탄식이었다.

돌계단을 올라서 건물 안으로 들어가니 사무실에 있던 여자가 반가운 표정으로 둘을 맞아주었다. 그녀는 표를 팔고 나서 전시관마다 돌아다니며 불을 켜주었다. 아마 두 사람은 그날 박물관의 유일한 관람객일 게 분명했다.

전시관은 초라했다. 네팔의 여러 소수민족들의 생활상을 알 수 있는 사진과 그들의 민속 의상이 전시되어 있었으며 자연관에는 고산지대에서 나는 약초들의 표본이 진열되어 있었다. 관리가 허술해서인지

의상들은 색이 바래고 꼬질꼬질했으며 수적으로도 보잘것없었다. 약초들도 신기한 것들이긴 했으나 마치 초등학생들이 방학 숙제로 만든 식물채집 수준을 크게 벗어나지 않았다.

애초에 별 기대도 없었던 터라 둘은 시들먹하게 다음 전시관으로 건너갔다. 네팔과 히말라야의 기후와 인구에 대한 도표, 지리와 지형에 관한 모형과 사진들이 전시된 곳이었다.

"이건 암모나이트네."

유리관으로 덮인 진열대를 들여다보며 은서가 중얼거렸다.

"여기가 바닷속이었다는 증거야."

아크릴로 만든 안내판 앞에 서 있던 현욱이 말했다.

"히말라야는 인도 대륙이 히말라야 티베트 대륙을 밀고 들어와서 생긴 건데, 그게 4000만 년 전이래. 지금도 1년에 5센티미터씩 밀어 올리고 있다는군."

"정말 놀랍지 않아? 한때 바다였던 곳이 지금은 세상의 지붕이 되어 있으니……."

은서는 한나절 내내 걸어도 끝없이 펼쳐지던 강바닥을 떠올렸다. 건기라서 말라붙은 넓은 강바닥에는 시냇물같이 야트막한 강물이 실핏줄처럼 흐르고 있을 뿐이었다. 강의 폭이나 길이는 목측이 불가능할 정도로 어마어마했다. 강바닥을 따라 걷다 보면 자갈돌 때문에 발바닥이 아팠다. 우기가 되면 사람 키의 서너 배는 족히 넘는 강물이 넘실거리며 흘렀을 곳을 걷고 있다고 생각하니 그저 기가 막힐 뿐이었다. 그런데 4000만 년 전에는 그곳이 바닷속이었다니. 아, 자연의 유장함 앞에 인간은 얼마나 작은지…….

"여기 좀 와봐."

현욱이 소리쳤다. 목소리가 들리는 곳으로 들어서자 습한 기운과 향내가 훅 끼쳐왔다. 그곳은 법당 같았다. 중앙에는 천정에 닿을 듯 커다란 부처상이 모셔져 있고 양쪽 벽면에는 주먹 크기만 한 부처들이 헤아릴 수도 없이 즐비했다. 단 아래에는 향과 초가 타오르고 있었다. 방금 누군가 다녀간 듯한 분위기였다.

"은서, 어서 절해."

현욱이 은서의 팔을 잡아끌었다.

"나 불교 신자 아니야."

"묵티나트에서는 절했잖아."

"거긴……, 몰라. 그냥 하고 싶었어."

"여기서도 그냥 해봐."

"갑자기 왜?"

"그냥, 뭔가를 간절히 구하는 거, 그것 자체가 좋은 거잖아."

"그게 뭔데?"

"그냥. 그냥이란 거, 좋잖아. 그냥, 이유 없음."

현욱은 열없게 웃으며 법당을 빠져나갔다.

묵티나트. 더 이상 나아갈 곳이 없는 세상의 구석진 곳에 사원이 하나 있었다. 대단한 성지라고 들었던 것에 비하면 실망스러울 만치 볼

품이 없었다. 사원 마당에 조촐하게 기념품을 늘어놓고 있던 여인이 열쇠 꾸러미를 뒤져 문을 열어주더니 복전을 요구했다. 돈을 조금 내자 여인은 몹시 경건하고 조심스런 동작으로 제단 아래 있던 가리개를 치워주었다. 들여다보니 파란 불길이 솟아오르고 있었다.

이것이 영원히 타오르는 불이로구나. 아주 오랜 옛날, 이곳 사람들은 땅속에서 불길이 솟아오르는 것을 발견했다. 이것을 브라흐만의 현현이라 여긴 사람들은 사원을 짓고 숭배하기 시작했다. 이 사실이 알려지자 오직 이것을 보겠다는 일념으로 오체투지 이곳을 찾아오는 사람들이 하나둘 생기게 되었고, 그래서 성지가 되었다고 한다. 그러나 후에 과학적으로 밝혀진 바에 의하면 그것은 지표면의 갈라진 틈에서 올라오는 가스가 연소되면서 생긴 불꽃일 뿐이라고 했다.

게다가 지금은 연소 기구까지 설치되어 있어 얼른 보기에는 가스버너를 켜놓은 것 같았다. 은서는 자기도 모르게 삼배를 올렸다. 과학적으로 밝혀진 것이 무엇이든, 혹은 브라흐만의 현현이든 그것은 중요하지 않았다. 은서가 삼배를 올린 것은 오랜 세월 마음속에 간직한 자신의 믿음을 의심치 않는 사람들에 대한 경배였다.

그런데 지금 현욱은 무엇을 구하고 싶은 것일까. 은서는 그것이 무엇이든 현욱의 믿음을 위해 삼배를 올렸다.

박물관을 나와 마을 초입으로 들어서는데 이미 문을 닫은 항공사 사무실 앞에 붓다가 앉아 있었다. 거리에는 모래바람만 시위라도 하듯 몰려다닐 뿐 개 한 마리 얼씬거리지 않았다. 비록 손바닥만 한 마을이었지만, 길에서 아는 사람을 만나니 마치 이곳 주민이나 된 듯 신기한 기분이었다. 은서는 반가운 마음에 큰 소리로 붓다를 불렀다.

"붓다, 여기서 뭐해?"

"저스트 씻팅."

역시 무표정.

그냥 앉아 있다구? 은서는 돌연한 막막함에 숨이 턱 막혔다. 척박하고 고립된 환경과 바람에 메말라가는 것이 어찌 산과 강, 벌판뿐이겠는지. 붓다 역시 그 자연의 한 부분이었던 것이다.

"어디 주점이라도 있다면 좋을 텐데 말이야."

현욱도 막막한 표정이 되어 휑하니 비어 있는 거리를 둘러보며 말했다.

"술이라면 호텔 식당에서도 마실 수 있잖아."

"그런 거 말고, 시끌벅적하게 떠들어대는 사람들을 구경할 수 있는 그런 술집 말이야."

말은 그렇게 하면서도 현욱의 표정은 아주 먼 곳을 바라보고 있는 것 같았다.

둘은 호텔 앞 양지 녘에 붓다처럼 쪼그려 앉았다. 바람이 불더라도 호텔 안보다는 바깥이 더 따스할 터였다.

현욱은 담배를 피워 물고 병풍처럼 펼쳐진 안나푸르나의 설봉들을 올려다보았다.

"며칠 전에, 어떤 마을을 지날 때였는데 한 소녀를 봤어. 열 살이 조금 넘었을까, 특별할 건 하나도 없었는데, 이상하게도 그 소녀 얼굴이 가끔 떠올라. 그 여자애는 자기 집 문기둥에 머리를 기대고 서서는 자기 앞을 스쳐 지나가는 트레커들을 보고 있었어. 나도 처음에는 다른 서양인들처럼 무심코 지나쳤는데, 몇 걸음 가다가 나도 모르게 발길을 멈추고 뒤돌아보았지. 어째 기운도 없어 보이고 눈에 초점도 없어 보이더라. 그리고 나서는 걸으면서 내내 그 소녀 얼굴이 떠오르는 거야. 이를테면 그런 거지. 그 소녀는 눈만 뜨면 자기 앞을 스쳐 지나가는 울긋불긋한 등산복을 입은 노랑머리, 까만 머리, 키 큰 사람, 키 작은 사람, 그리고 여자 남자들을 볼 거 아니겠어. 하지만 그 소녀는 아마 특별한 일이 없는 한 그곳에서 자라고 옆 마을 청년과 결혼을 해서 아이를 낳고 그러다가 늙어서 죽게 될 거야. 자기의 부모가 그랬고 할머니의 할머니들이 그랬듯이 말이지. 그렇게 폐쇄되어 있는 그 소녀의 삶 속에 자기가 전혀 알지 못하는 다른 우주 속에 살던 사람들이 매일, 일상적으로 눈앞을 스쳐 간단 말이지. 설명이 잘 되진 않지만, 그 소녀의 삶이 갑자기 충격적으로 다가왔어. 인터넷으로 세상 구석구석을 내 손바닥처럼 들여다보는 우리네 삶과 그 소녀의 삶. 동시대에 그토록 엄청난 갭이 존재한다는 것이 새삼 충격을 주었을까."

조용히 듣고 있던 은서가 역시 맞은편의 만년설을 바라보며 말했다.

"나는 안나푸르나를 오르면서 내내 시간에 대해 생각했어. 그리고 미친 듯이 불어대는 바람. 마치 갈 곳을 잃은 혼령들이 봉인되어 있는 것 같은, 그리고 문명을 거부하는 듯한 이곳. 당나귀나 노새, 아니면 오직 사람의 두 다리만이 유일한 이동 수단이고 태양열이 유일한 전원인 이곳. 여기에 와서 시간 개념에 자꾸만 혼돈이 생기는 거야. 왜 이런 말 있잖아. 남극같이 오직 드넓은 설원만 펼쳐진 곳에서는 거리 개념이 혼란해진다고. 그런 거처럼 여기에서는 과거도 미래도 어떤 접점을 찾을 수 없이 혼재해 있는 느낌이 들어. 나란 존재가 마치 퍼즐처럼 여러 조각으로 나뉜 기분. 내가 누군지, 알 수 없는 기분. 블랙홀에 빠진 느낌이랄까."

오후에, 은서와 현욱은 침낭 속에 들어가 낮잠을 잤다. 은서는 꿈에서 현욱을 보았다. 그는 등을 돌린 채 무언가에 열중하고 있었다. 둘은 마치 부부처럼 한 공간에 있었지만 전혀 소통이 되지 않았다. 딱딱한 갑각류의 등딱지처럼 완강한 그의 등을 보며 은서는 식은땀을 흘렸다.

눈을 뜨니 현욱이 은서를 내려다보고 있었다. 방금 꾼 꿈속의 일이 현실의 일인양 갑갑증과 불쾌감이 온몸을 훑어 내렸다. 현욱의 얼굴을 보며 은서는 깊은 안도의 한숨을 내쉬었다. 그러나 현욱의 표정에는 수심이 어려 있었다.

"벌써 깬 거야?"

그 말을 하는데 입을 달싹거리는 것조차 버겁게 느껴졌다. 손가락 하나 까딱할 기운도 없었다.

"아픈 거야? 신음 소리에 깼어."

"그랬어?"

"열이 많아. 아무래도 몸살이 났나 봐."

"기운이 없긴 해. 꼼짝도 못하겠어."

"약 먹자. 여기서 아프면 안 돼."

현욱은 풀지도 않고 팽개쳐둔 배낭을 끄르기 시작했다. 잠에서 깨어 책을 읽고 있었는지 머리맡에 『무스탕』이 펼쳐져 있었다. 은서는 그 책을 집어 들었다.

투크차로부터 우리는 좀솜이라는 작은 마을을 향해 나아갔다. 그 이름은 티베트어로 '종 사르파'라는 말을 네팔식으로 부른 것인데, '새로 지은 요새'라는 뜻이다. 이것은 우리가 만난 요새의 존재에 대한 첫번째 언급인데, 우리가 반목하는 공국(公國)들의 땅에 섰음을 말해준다. 이 마을에는 모두 티베트어를 말하고 종교적으로는 불교를 믿는 주민들이 살고 있기 때문에, 적은 수의 구룽족을 제외하면 이제부터는 티베트 종족만을 만나게 될 터였다.

칼리칸다기 강 상류인 이 마을의 관습과 주민들에 대해서는 거의 또는 전혀 알려진 바가 없었다.

정오쯤 우리는 좀솜에서 멀리 떨어지지 않은 곳까지 왔다. 체크 포인트가 있는데, 네팔인 병사들이 지키고 있었다. 그들의 주 임무는 여행자나 외국인이 좀솜 너머 북쪽으로 더 가지 못하도록 통제하는 것이었다. 좀솜을 넘어선다는 것은 티베트에 유사한 전략 지역으로 들어선다는 것, 따라서 정치적으로 불안정한 지역으로 들어선다는 것을 의미했다. 나는 다소 긴장된 마음으로 체크 포인트에 들어섰다.

은서는 현욱이 건네주는 약을 먹고 다시 눈을 감았다.

"푹 자. 자고 일어나면 괜찮을 거야."

현욱은 자기 침대로 가서 다시 책을 펼쳐 들었다.

"거기 있을 거지?"

"그럼. 아무 걱정 말고 자. 책 읽어줄까? 동시 번역인데, 어때?"

그리고 나서 현욱이 더 무슨 말인가를 했는지 아니면 책을 읽기 시작했는지, 은서는 이내 정신이 혼미해져서 깊은 잠 속으로 빠져들었다. 꿈은 다시 이어졌다. 누군가 아파트 지하 주차장에 세워놓은 은서의 자동차 바퀴를 예리한 칼로 찢고 있었다. 그가 누구인지는 알 수 없지만 마치 몰래카메라를 보듯 그의 일거수일투족이 낱낱이 보였다. 그는 분노에 찬 목소리로, 세상 밖으로 한번 걸어 나간 자는 다시는 돌아오지 못한다고 소리치며 마구 칼을 휘두르고 있었다. 어느 순간 은서의 온몸이 찢어지는 듯 날카로운 통증이 느껴졌다. 현욱을 부르려고 했지만 입에 재갈을 물린 것 같이 아무 말도 나오지 않았다. 그러면서도 여전히 은서 자신의 고통과 슬픔을 지켜보는 은서가 따로 또 있었다.

눈을 떴을 때, 방 안은 어둑어둑했다. 저녁 무렵인지 새벽녘인지 분간을 할 수 없었다. 현욱의 침대는 텅 비어 있었다. 현욱이 보이지 않자 방 안의 냉기가 서릿발처럼 은서의 가슴을 파고들었다. 갑자기 오한이 나고 불안감이 엄습했다. 몸을 일으켜보려 했지만 생각뿐 나사 풀린 인형처럼 사지를 꼼짝할 수 없었다. 은서는 자꾸만 흐려지는 정신을 놓치지 않으려고 안간힘을 썼다. 어쩌면 잠깐 낮잠을 잔 게 아니라 며칠 동안 자고 있었는지도 모른다는 생각이 들었다. 고도 4000미터의 히말라야 계곡. 더 이상 나아갈 곳이 없는 세상의 막다른 곳. 어쩌면 현욱은 막다른 이곳을 훨씬 지나 더 깊은 곳, 세상의 끝으로 들어가 버린 건 아닐까.

"이 책을 쓴 사람은 지금으로부터 약 50년 전에 이곳엘 왔어. 지금도 이런데 그때는 어땠겠어? 그런데 영국인인 그가 왜 티베트에 관심을 가지게 되고 급기야 여기까지 오게 되었는지, 그게 재미있어. 어느날 거리에서 그는 우연히 중고 서점을 보았고 무심코 그리로 들어갔다는 거야. 특별히 뭘 사려는 것도 아니었고 그저 발길이 그리로 향하더래. 사방 벽은 중고책들로 빼곡했겠지. 아마 타임머신이라도 타고 고대로 들어간 기분이었을 거야. 여기저기 기웃거리고 있던 그에게 책방 주인이 다가와서 무얼 찾느냐고 물었겠지. 그때 그는 자기도 모르게 티베트어 책이 있느냐고 말했어. 말해놓고 나서도 왜 자기가 그렇게 말했는지 알 수가 없더래. 그때까지 그는 티베트에 대해 알지도 못했고 관심도 없었거든. 아마 없는 책이 없다는 듯 거만한 책방 주인을 놀려주려고 그랬던 것 같다고 말하고 있어. 그런데 책방 주인은 금방 티베트어 책을 찾아준 거야. 그는 머리를 한 대 얻어맞은 기분으로 그 책을 사 오게 되었고, 그날 바로 그 책 속으로 빠져들어. 그리고 무스탕이라는 곳에 대해 알게 된 거야. 그곳에 대해 알고 난 후로 그는 그곳 생각을 하지 않은 날이 단 하루도 없었다고 해. 그리고 몇 년 후, 정말 그는 무스탕으로 가게 돼. 그는 포터를 구하고 식량을 챙겨서 길을 떠나. 바로 우리가 걸어왔던 그 길로 말이야."

비행기를 기다리는 것 외에 아무 할 일이 없었던 사흘 동안 현욱은 열에 들뜬 사람처럼 무스탕에 빠져 들어가고 있었다. 마치 그 책의 저자처럼.

"하하, 이 사람 정말 재미있어. 무스탕에 가면서 포터들이 도망가고 동물들이 죽고 온갖 고난을 겪게 되니까, 이 사람 뭐라고 한탄하는지 알아? 왜 그때 내가 그 고서점에서 티베트어 책을 달라고 했던가. 그리고 그 책방에는 왜 그 책이 있었고 주인은 왜 그걸 찾아주었는지, 그 책방이 밉더라는 거야."

현욱의 말을 들으며 은서는 자신도 모르게 현욱의 말을 자기 식대로 번역하고 있었다.

"은서, 너를 왜 이제야 만나게 되었는지, 나는 우리의 운명이 밉다."

현욱은 아내와 은서 사이에서 이러지도 저러지도 못하는 자신을 그렇게 오지로 오지로 내몰고 있는 것 같았다. 그래서 도망이라도 치듯이 깊은 산속까지 오게 되었지만, 그러나 멀어질수록 두고 온 것은 더욱 애달파지는 것이 아닐는지.

어둠은 점점 깊어가고 적막한 가운데 바람 소리만 거세었다. 바람 소리에 한 번 마음을 빼앗기자 그 소리는 점점 더 커지는 것 같았다. 잠시도 쉬지 않고 몇천 년, 몇만 년, 아니 억겁의 세월 동안 불어댔을 바람은 생명 있는 모든 것들을 서서히 고사시킬 것이다. 처음에는 물기를 서서히 말려버리고 그다음에는 살을 훑어 내릴 것이다. 호텔 맞은편에 보이던 황토 산도 마치 살을 발린 해골처럼 앙상한 골격을 드러내고 있었다.

사납게 소용돌이치는 바람을 보노라면 마치 억겁의 세월을 뚫지 못하는 한이 이곳에 봉인되어 있는 듯했다.

사지를 결박당한 것처럼 의식이 말짱한 채로 바람에 서서히 말라가는 자신의 육체를 은서는 보고 있는 것 같았다. 어둠은 깊어가고 의식은 점점 또렷해졌다.

죽거나, 혹은

아득하게 가물거리는 경계 너머에서, 먼저 소리가 들렸다. 나지막이 두런거리는 말소리와 까르륵까르륵 탁구공처럼 튀어 오르는 아이들 웃음소리, 갓난아이 칭얼거리는 소리, 슬리퍼 끄는 소리들이 뒤섞인 중에, 양은그릇 사기그릇들이 왈그락달그락 부딪치고, 콸콸 물이 쏟아지고, 고무다라가 바닥에 끌리고, 구정물이 수챗구멍으로 꺽꺽 빨려 들어가는, 영문을 알 수 없는 몹시도 부산한 소리였다.

뭉뚱그려진 소리가 낱낱이 또렷해지면서 그 소리는 내가 낸 소리였소, 하듯 정체가 드러나기 시작했다. 아울러 나룻배가 안개를 헤치고 나아가는 것처럼 영상도 조금씩 뚜렷해졌다. 서울 사는 막내딸과 울산 사는 둘째 딸 모습이 보였다. 두 딸은 수돗가에 쪼그려 앉아 엉덩이를 들썩이며 산더미처럼 쌓인 그릇을 씻고 있다. 신문지로 싸놓은 것이 오랫동안 쓰지 않던 것인 듯했는데, 쇠수세미로 박박 문질러도 종이가 잘 떼어지지 않아 애를 먹는 것 같다. 진영댁 눈에 익지 않은 것들이다. 아마 둘째가 원양어선 타고 나갔던 남편 풍랑에 빼앗기고 잠깐 들어와 살 때 쟁여놓은 것 같았다.

그게 벌써 언제 적 일인가. 10년 전인가, 아니지, 한수가 중학생 때였는데 지금은 두 딸내미 애비가 되었으니 20년도 훨씬 저쪽의 일이 되어버렸구나. 대구에서 식당 일 하겠다고 아들 맡겨놓고 갈 때만해도 금방 번듯한 집 한 칸 마련해서 돌아올 줄 알았는데, 집은 아니라도 고기밥 된 지 남편 잊고 넉넉하고 푸근한 남자 만나 다시 정 붙이고 살 아주길 바랐는데, 환갑 바라보는 나이 되도록 아직도 홀몸에 손에서 물 마를 날 없으니, 박복한 것도 모자라 일복만 타고 난 것이 꼭 진영 댁 자기 허물인 것만 같아 목젖이 아리고 가슴이 저미듯 아프다.

한수도 보이는구나. 하긴 지 에미 왔으니 득달같이 달려왔겠지. 가 만, 한수와 같이 궤짝을 맞들고 나오는 건, 장혁이로구나. 흐, 미라년, 아빠 온 줄 알면 좋아서 날뛰겠구나. 둘 다 외로운 처지라 사촌지간에 도 의좋기가 형제 부럽지 않더니, 이제는 집안의 대들보처럼 듬직한 것이 보고 있으면 입이 벙글어졌다.

저건 또 누군가, 뒷간에서 나오는 저건 큰아들 아닌가. 지지리 복도 없는 것. 벌이는 사업마다 사기 당하지 않으면 망해먹고, 계집 복까지 없어 장가를 세 번이나 들었건만 도망가지 않으면 골수까지 병마가 파고든 년 죽을 때까지 뒷수발만 하더니, 환갑 넘은 나이에도 정착 못 하고 노가다 판을 떠도는 신세라니……. 혼자 밥이나 제대로 끓여먹 고 있는지 된장이며 김치며 택배로라도 보내겠다고 해도, 지 에미 속 타는 건 아랑곳하지 않고 아예 저 멀리 동해바다 보이는 어디로 가서 통 얼굴을 볼 수 없더니, 어쩐 일인가.

뒷간에서 나온 큰아들이 설거지물에 손을 씻더니 층층이 쌓인 궤짝 들을 하나씩 풀어헤쳤다.

"엄마야! 그기 다 뭐꼬?"

궤짝 속에서 하나씩 마당으로 끌려나오는 물건들을 본 두 딸이 기함을 한다.

"전기 곤로 아이가. 요새도 저런 거 쓰나?"

"오메야, 그거 참 오랜만에 본다. 니, 저거 생각 안나나?"

"내는 모르겠는데."

"가스 없을 때 저거 많이 써묵었다. 내 국민학교 다닐 땐가? 그때 내가 저기다가 밥도 끓이고 니 죽도 끓여주고 그랬다. 오빠야, 석유풍로는 없드나?"

"저런 쓰레기들을 다 뭐한다고 모아났노?"

"엄마가 뭐 버리는 거 봤나?"

"오빠야, 그거 마, 다 버리소."

"그래, 다 버리소. 이제는 버릴라 캐도 돈이 더 들게 생겼다."

부엌이며 창고 뒤란 음습한 그늘에서 몇십 년씩 묵은 살림들이 햇빛 아래로 끌려나왔다. 녹슬고 먼지 켜켜이 앉아 아무리 닦아도 원래 모습을 회복하기 어려운 것들이 대부분이었다.

마당 가득 쌓인 그것들을 바라보는 진영댁 눈이 지물거렸다. 몹쓸 역병이라도 돌아 거적 쓰고 숨죽이며 살아오던 것들 모가지 끌려나온 것처럼 가슴이 미어졌다. 찌그러지고 모지라져 진작에 버렸어야 할 것들이란 걸 진영댁도 모르지 않았다. 차일피일 미루기도 하고 살림살이란 것이 언제 뭐가 쓰일지 모르는 것이라 쟁여두기도 했던 것들인데, 어둡고 습한 곳에서 지들끼리 머리 맞대고 있다 보니 까맣게 잊고 있던 뒤주 속에 쌀벌레들 오글거리며 없던 목숨 생겨나듯 숨결이라도 붙었는가, 안주인 떠나고 모진 꼴 당하는 것 같아 차마 바라보기가 민망했다.

안주인이 떠났다고? 이 집 안주인은 내가 아니던가. 그렇다면? 아하, 나는 죽었구나. 기어코 내가 죽었구나. 그래, 흐. 내가 죽어 자식 새끼들이 다 모였구나. 그래서 집안을 발칵 들쑤시고 대청소를 한다고 이 난리로구나. 내가 떠난 자리 휘이휘이 씻어내느라고 이렇게 모였구나.

마침내 죽었구나. 등에 잔뜩 지고 있던 짐 겨우 내려놓으면 누가 또 그보다 더 무거운 짐을 턱 올려놓고, 그것들 겨우 내려놓으면 또 한 짐 올라오고, 그러더니 마침내 이 짐 저 짐 다 벗어버리고 훌훌 자유롭게 되었구나. 죽어서야 자유롭게 되었구나, 죽어서 자유롭구나.

몇 살부터였나? 산판일 하던 아버지가 집채만 한 나무 더미 쓰러지는 걸 미처 피하지 못해 당신이 자르던 나무토막처럼 절단 나서 돌아가신 후, 돈 벌겠다고 밖으로 떠돌던 어머니 대신 동생들 씻기고 먹이던 것. 시집가서는 시부모 봉양에 치매 걸려 돌아가시는 뒤치다꺼리 다하고 남편까지 앞세우고 나니, 기다렸다는 듯 친정어머니가 고향으로 내려왔지. 아들자식 하나 없이 딸네 집으로 떠돌다 돌아가신 박복한 친정어머니를 위해 산소까지 마련해서 장사 치르고 나니, 무릎이 푹 꺾여버렸다.

거대한 손 하나 있어, 이제 그만해라 이 모지란 년아, 하면서 어깨를 꽉 찍어 누르듯이 주저앉혀 버렸다. 눈에는 백태 끼어 온 세상이 물속에 잠긴 듯, 어룽거리는 게 꼭 죽어 물고기로 환생한 것 같더니, 바싹 마른 옥수수 알갱이 떨어지듯 이빨도 후두둑 뽑혀 나왔다. 먹지도 못하고 서지도 못하니 가란 말이지. 이승에서 쉴 팔자 못 되니 서승 가서 쉬란 뜻이겠지.

할매, 할매.

그런데 이게 무슨 소린가.

그렇지, 미라 올 때가 되었구나.

유치원 버스에서 내려 골목길 들어오면서부터 할매를 목이 메어라 외치며 뛰어오던 미라.

세상 모든 소리를 집어삼킨 깊은 바닷속 같은 적막을 단숨에 깨뜨리던 애절한 목소리.

아침에 미라를 보내고 나면 진영댁은 빈집에 송장처럼 누워 있었다. 이웃집들 텅 비고 골목에 아이들 소리 끊긴 지 이미 오래인 집에 누워 있으면 관 속이 별건가 싶었다. 누워 있다가 일어나면 마당에는 적막감만 괴괴하게 들어차 있었다. 적막도 먼지나 녹처럼 두터워지고 진이 박히는지, 주먹을 들이밀면 물컹 집어삼킬 듯하다가 튕겨낼 것처럼 찐득하게 점성이 생기는 것 같았다.

언제 적부터 굴러다녔는지조차 까마득한 찌그러진 양푼, 주둥아리 깨진 호리병, 비눗갑이며 살 부러진 우산에 슬리퍼 짝까지 꼼짝없이 그 자리 지키고 있는 담장 귀퉁이 한 번 둘러보고, 장 못 담근 지 몇 해째인지 이제 가늠도 되지 않지만 그래도 할 수만 있으면 제일 먼저 콸콸 흐르는 수돗물에 깨끗이 씻어 엎어놓고 싶은 장독들 졸로라미 놓여 있는 장독간도 한 번 쳐다보고, 이불 빨래 쉬쉬, 소리 내며 밟아 대던 수돗가도 한 번 바라보고, 미라가 주워온 강아지 버들이 밥그릇에 물이라도 좀 갈아주었으면 하다가 그것들 다 마음뿐이란 것 확인하고는 앉은걸음으로 툇마루에 있는 요강에 오줌 한 번 누고 담배 한 대 피워 물었다.

몇 해 동안 아예 대문 밖 출입을 하지 못한 진영댁에게 손바닥만 한 하늘이 바깥 세계의 전부였다. 거기에서 비가 오고 눈이 오고, 구름이 몰려가고 바람 불고 해 뜨고 별 뜨고 달 졌다. 수돗가 모서리 두텁던 얼음 슬, 녹는가 싶으면 화르르 벚꽃 잎 날아들고 큰비에 강둑은 성할까 걱정하다 보면 단풍잎 몇 장 마당에 떨어졌다. 계절은 그렇게 쉬 가고 오는데 하루해는 여삼추보다 길었다.

자는 것도 아니고 그렇다고 죽은 것도 아닌, 끝없는 나락으로 빨려드는 것 같은 현기증에 몸을 맡기고 누워 있다가 할매, 할매 부르는 미라 목소리가 반쯤 요단강 건넌 진영댁 머리채를 획 낚아챘다. 눈앞에서 연기 되어 사라지는 어떤 것을 붙잡을 때 목소리가 그럴까. 시커멓게 아가리 벌리고 쫓아오는 두려움과 공포를 봐버린 것일까.

에미 젖과 살냄새가 세상 전부인 어린것이 에미에게 버림받는 것은 차라리 숨통을 끊어주는 것만 못한 것이다. 그것이 죄라면 누구의 죄일 것인가. 속을 알 수 없는 어린것을 보고 있으면 기가 콱 막히고 가슴이 갑갑했다. 그러고도 어디선가 다른 놈하고 배 맞추며 살고 있을 계집을 생각하면 벌떡증이 일었다. 에라이, 순 짐승만도 못한 년! 퉤퉤!

걸리는 게 있다면 너무 어린 거였다. 하지만 인상이 좋았다. 동그란 눈에 동그란 얼굴이 착하고 순해 보였다. 그거면 됐다 싶었다. 무엇보다 둘이 눈 맞아 아이가 생겼단다. 아기라니. 엄마 소리 한 번 못해보고 자란 장혁이 아빠 소리를 듣게 된다는 것이 무엇보다 기뻤다. 조촐하게나마 결혼식 준비를 했다. 그런데 단란주점 작부란 게 들통 났다. 어디서 듣고 왔는지 즈그 고모들이 반대하고 나섰다. 지 애비는 아무 말도 못했다.

방에서 담배만 피워대는 진영댁 옆에 장혁이 슬그머니 눕더니 혼잣말처럼 말했다.

내가 단란주점 아가씨보다 잘난 게 뭔데요? 나한테 그만큼이라도 마음을 준 아가씨는 아무도 없었어요.

그래, 누군 작부 짓을 하고 싶어 했겠나, 서방에 새끼까지 생겼으니 새 인생 살면 되는 거지 싶었다. 단칸방에 당장 끓여 먹을 것들밖에 없는 신접살림이지만 젊디젊은 것들 소꿉장난하듯 재미있게 살다 보면 새끼 크고 세간 늘어나는 건 세월이 해결해줄 것이었다. 성대하지는 못해도 조촐하게나마 면사포도 씌워주고 집안 식구로 맞아들였다.

그런데 피는 못 속이는가. 아니면 팔자가 그러려니 해야 되나. 남편 일 나간 사이 갓난아이 업고 미장원이다 노래방이다 양품점이다 마실 다니다가 바람이 났단다. 새끼 업고 있던 포대기 옆에 풀어놓고 남자 와 배를 맞췄단다. 하도 맹랑하고 어이가 없고 기도 차지 않아 헛웃음 만 나왔다.

가진 것 없이 혈기만 방창한 장혁이는 당장 이혼 도장을 찍었지만 아이는 절대 내줄 수 없다고 했다. 그러거나 말거나, 에미는 애초에 아이를 맡을 생각이 없었는지도 모를 일이다.

새끼에 대해 유난한 건, 아마도 내림인가 보았다. 외할미라는 여자 가 갓난이 옷이랑 분유를 사 들고 찾아와 첫 손인데 한번 안아보기라 도 하잘 때, 행여 아이를 뺏어가기라도 할까 봐 지 고모들이 달려들어 아이 팔다리를 붙잡고 줄다리기를 했었다.

그러면 뭐하나. 고모들이 키워줄 형편도 안 되고, 지 애비는 행적도 묘연한 떠돌이 신세니.

결국 또 진영댁 어깨에 짐 하나가 턱하니 얹혀진 셈이었다. 내가 키 워줄게, 걱정 마라. 지금까지도 손자 손녀들 다 거두었는데, 증손녀는 못 키울까. 하여 진작에 한쪽 다리 저승에 걸치고 있으면서도, 차마 나머지 한 발을 거두지 못했다. 저승으로 넘어간 다리를 생똥을 싸가 며 어거지로 붙잡고 늘어진 건, 미라가 돌아와 시체 썩는 냄새부터 맡 게 될까 봐였다.

이제 내가 죽었으니, 미라를 어찌할꼬. 나야 훨훨 연기처럼 재처럼 날아가면 그만이지만, 저 꼬물거리는 어린것을 어쩌면 좋단 말인가.

마당에 들어선 미라는 북적거리는 사람들을 보고 깜짝 놀라 한동안 어리둥절하게 서 있다가 그 속에서 아빠를 발견하고는 반색을 했다. 할아버지랑 고모할매들이랑 오촌아재 육촌들 사이에서 정신을 잃을 것처럼 흥분했다. 팔짝팔짝 뛰고, 매달리고, 붙들고 늘어지는 것이 한바탕 살풀이춤이라도 추는 것처럼 보인다.

미라년 하는 양을 보고 있으면, 생명 있는 것들은 털실처럼 밝고 따스하고 강아지 목에 걸린 방울처럼 가볍고 경쾌한 것이었다. 태어나는 순간부터 버림받아 어둡고 무겁고 습습하고 퀴퀴한 죽음의 그늘 아래, 두려움과 공포, 외로움과 서러움, 그리움 따위 몇 꿰미를 꿰고도 모자라 한 자나 혀를 늘어뜨리고 있는 저주받을 것들 속에 짠지처럼 절어 있다가도, 저렇게 단박에 비누방울처럼 튀어 오르는, 어쩌면 죽음보다 섬뜩한 것이 목숨 붙어 있는 것인지 몰랐다. 그러니 죽는 건 쉬운 것이다. 사는 것보다 쉬운 것이다.

"아빠야, 오늘이 무슨 날이고? 할매 할매, 고모할매, 오늘이 무슨 날이고? 오늘 잔칫날이가? 잔치할 거가?"

돌아가면서 팔을 붙잡고 물어봐도 누구 하나 속 시원히 이야기해주는 사람이 없다. 시원하게 이야기해주기는커녕, 수세미 잡은 손에 더욱 힘을 주거나 슬그머니 고개를 돌리며 헛기침이나 할 뿐이다. 보다 못한 막내 계영이 물기 묻은 손을 바지에 쓱쓱 문지르며 미라를 끌어

안는다.

"미라 보고 싶어서 왔다. 잘 있었제? 아이구야, 많이 컸네. 쪼매 있으면 고모할매캉 키가 비슷해지겠다."

"오늘, 누구 생일이가?"

"사람 많으이 좋으나?"

"좋다. 그런데 오늘이 무슨 날이고? 내 생일은 지났고, 아빠 생일은 아직 멀었고, 할아버지 생신인가?"

그러면서 땡볕을 피해 장독간에 앉아 있는 지 할애비에게로 고개를 돌렸는데, 고모는 동문서답이다.

"고마 좀 쉬었다 하자. 목도 마르고 꿉꿉해 죽겠다만은."

"그래, 맥주라도 한잔 하자."

계숙이 길게 한숨을 내쉬며 허리를 편다.

"삼겹살도 좀 굽자. 허기진다."

집요하게 달라붙는 미라 눈길을 털어내며 계숙이 부엌으로 들어갔다.

차양 아래 멍석이 깔리고 술상이 차려졌다. 고기가 지글거리고 술잔이 돌았다. 아들딸 자식에 증손주들까지 마당을 그득 메우며 어우러진 것이, 허물 벗고 돌아간 진영댁 자신의 속살을 뽀얗게 발라놓은 듯 애틋하고 눈물겹다.

"엄무이, 내요."

갑자기 큰딸 얼굴이 보였다. 좀 전만 해도 보이지 않더니, 그렇지,

남편 수발에 자식들 뒷바라지, 거기에다 대학교 선생질까지 한다고 명절이고 제사 때고 내려오기 바쁘게 올라가곤 하더니, 이번에도 늦게 왔구나.

둘째랑 막내도 지 언니 어깨 뒤로 얼굴을 내밀었다.

"엄무이, 내일 계영이 따라서 서울 올라가이소."

갑자기 무슨 말인가? 날더러 서울로 가라니. 죽은 몸이 어딜 간단 말인가.

"계영이한테 전화 받고 내가 얼마나 식겁을 했는지 아요? 내일 미국 가야 되는데 그거 다 제쳐놓고 이래 달려왔단 말이오. 엄무이 서울 안 가면, 내도 없을 때 큰일 치르게 생겼으이, 제발 내 미국 가 있는 동안 이라도 계영이한테 가 있으소. 인자 고집 좀 그만 부리고. 알겠소?"

"언니가 좀 단디 말 좀 해라. 전화할 때만 해도 금방 죽을 것처럼 그 러더니, 마 말이 달라져가 안 간다 카는 기라."

"와?"

"몰라서 묻나? 미라 때문이지. 미라 밥 해줘야 된단다, 다른 건 몰 라도 미라 더운밥 해줘야 된다 카는 기라."

"더운밥?"

"그래, 미라 조 가시나가 찬밥은 절대로 안 묵는다 아이가."

"아이고 머리야. 엄마, 지금 찬밥 더운밥 가릴 때가?"

"얼라가 찬밥 좀 묵으면 어떻다고. 하여튼 미라 저것도 참 얄궂데 이."

"요새 찬밥 묵는 사람이 어딨노? 밥통 있잖나."

"그냥 더운밥도 아니고, 막 새로 지은 밥이라야 된단다."

"지금 미라보다 엄마가 큰일이다. 엄마가 미라를 그래 생각하믄 오래 살아야 안 되겠나? 지금 간다고 아주 가는 거가? 가서 몸 좋아지믄 다시 내려오믄 안 되나? 그래 마음 편하게 묵고 올라가란 말이다. 알겠나?"

진영댁은 눈만 꿈벅거렸다.

꼭 죽은 줄 알았는데, 그게 아니란 말인가. 눈 감으면 저승이라더니, 문 나서면 북망산천이라더니 말짱 헛소리구나. 다들 잘도 가는 저승길, 어째서 나만 못 가고 이리도 질기단 말인가.

"대답 좀 해봐라."

진영댁은 끙하며 몸을 일으켰는데, 온몸의 뼈마디들이며 관절들이 삐걱거리며 아우성을 쳐댔다.

어제는 정말 그대로 죽을 것만 같았는데…… 뼈마디며 숨골이며 핏줄이며 살덩이에 수분 다 빠지고 마지막 한 가닥 남은 숨결조차 다 빠져나간 듯했다. 그러고 나니 몸이 그렇게 편할 수 없었다. 마디마디 아우성치던 통증도 사라지고 다시 어머니 양수 속으로 들어간 듯 기분이 좋았다. 그때 계영에게 전화를 했나 보다. 어떻게 전화를 걸었을까? 정신은 혼미하고 손가락 하나 까딱할 수 없이 탈진했는데. 왜 했을까?

계영이가 서울로 가자고 한 건 벌써 3년도 넘은 일이었다. 그때만 해도 지팡이를 다리 삼아, 골목 어귀까지 미라를 데려다주고 데려오고 부엌일이며 집안 살림을 근근이 해나갈 수 있었다. 그러던 것이 살랑 부는 바람에 마른 나뭇가지 떨어지듯 맥없이 다리가 무너져버렸다. 평생 허리 한 번 못 펴고 일만 했어도 타고난 강골인지, 가짜 건강식품이나마 먹어본 적 없고 병원 출입 해본 적이 없었다. 또래 노인들이 지병 하나씩 달고 보건소를 양로원 마실 다니듯 할 때도, 그럴 시간도 여유도 없었다. 그러나 세월의 풍화작용만은 피할 수 없었나 보다. 다리 연골이 다 닳았다고 했다. 연골이란 게 있는지도 몰랐다. 하물며 인공관절 수술이란 게 있는지는 더더욱 몰랐다. 의사는 마치 라디오 부속품 하나 갈아 끼우듯 가뿐한 얼굴로 수술만 하면 문제없이 걸을 수 있다고 했다. 진영댁은 몸서리를 치며 손을 내저었다. 이렇게 무너지기까지 어떤 세월을 보냈는데 쇠 관절을 해 넣는단 말인가.

그러자 자식들이 아우성을 치기 시작했다. 무슨 큰 약점이라도 잡은 것처럼 목소리를 높였다. 이제 그만 쉬라는 것이었다. 자식 손주들에 그것도 모자라 증손주까지 키우겠다는 건 욕심이고, 그나마 핏덩이를 그만큼 사람 꼴 갖춰놓았으니 이제는 자식들 효도나 받으며 살라는 거였다. 말인즉슨 맞는 말이었다. 자식들이 쥐여주는 용돈으로 팔도 유람이나 다니는 노인네들이 부럽지 않은 것도 아니었다. 솔직히 할만큼 했다, 아니 이제 와서 죽을죄를 짓는다손 치더라도, 염라대왕도 눈 감아줄 만큼 평생 누군가를 받들며 살아온 삶이었다. 자기 살기도 팍팍할 텐데, 송장 같은 노인네 데려가려고 어거지를 써대는 막

내가 고맙기도 했다.

그런데 그건 그거고, 몸이 말을 듣지 않았다. 얼마나 땅속 깊이 뿌리내렸는지 죽어서도 뽑히지 않고, 몸은 쓰러져도 뿌리는 저대로 살아나 불불이 땅속을 헤집고 다닐 것처럼 한발도 움직일 수 없었다. 막내 계영이 태어날 때부터 살아와 한 몸 같은 집이지만 훅 불면 쓰러질 것 같은 집에 애착이 있는 것도 아니었다. 순전히 미라 때문이었다.

미라 쪼매만 더 크면, 그때 가자.

그게 언젠데?

유치원이라도 다니게 되거든.

그 말이 떨어지기 무섭게 딸들이 돈을 모아서 미라를 유치원에 넣었다. 네 살짜리를 받아주는 유치원도 있다는 거였다. 유치원에서 일찍 돌아온다고 하자, 종일반을 보냈다. 유치원에서 점심까지 준다고 했다. 그러자 진영댁이 한결 수월해졌다. 그걸 핑계로 1년을 흘려보냈다.

어차피 멀리 나다닐 데도 없는 몸, 이 없으면 잇몸으로 사는 법. 엉덩이를 이쪽저쪽으로 어기적거리면서도 미라 하나 수발하는 건 못할 게 없었다. 아비는 노가다 판을 따라 흘러 다니면서도 일이 주에 한 번씩은 꼭 들렀다. 눈에 보이지 않는 슬픔 덩어리를 혹처럼 달고 태어났으면서도 천성이 밝고 명랑해서 늘 다행하게 여겼는데, 아비가 오면 그것이 그늘로 보일 만큼 얼굴에서 빛이 났다. 부녀가 어찌나 애틋해하고 다정하게 챙기는지 전생에 사랑을 이루지 못한 영혼들처럼 보였다. 머리 검은 짐승은 거두는 게 아니라는 건 이미 겪을 만큼 겪었으면서도 그동안 겪은 걸 다 합쳐서 백 곱을 더해도 미라에게 느끼는 배신감만은 못할 것 같았다. 그런데 그게 또 진영댁 발목을 잡는 것이기도 했다. 저토록 애틋해하는 부녀를 차마 더 아프게 할 수가 없었다.

"하이고, 서울 가신다꼬예."

훌쩍 큰 키에 꼬챙이처럼 마른 황 노인이 성큼 마당으로 들어선다.

"부산 딸네 집에 갔다가 막 왔는데, 진영댁 서울 가게 생겼단 말 듣고 옷도 못 갈아입고 달려왔소."

젊었을 때는 노다지를 캐겠다고 전국을 안 돌아다닌 데가 없었고, 다니는 데마다 여자들 눈물깨나 흘리게 만들었던 호남에 미남이었다. 한동네 살면서 남편과 죽이 맞아 밤마다 술집 순례를 다니고, 사업을 벌인다며 남편과 쑥덕공론을 해서 진영댁 애도 꽤나 태웠던 인물이었다. 한동네에서 북적거리며 술추렴도 하고 눈도 흘기던 이들은 이제 다 가고 황 노인과 진영댁 단둘이 남아 있었다. 황 노인은 서울 부산을 다녀올 정도로 기력도 좋고 정신도 맑으니 가장 마지막까지 남을 위인이었다.

진영댁이 대문 밖 출입을 아예 못 하게 되자 가끔씩 들러서 쓰레기도 치워주고 세탁기 고장 나면 고쳐주고, 장마에 하수구 막히면 뚫어주는 아들 며느리보다 고마운 존재였다. 그중에서도 가끔 소주 한 병들고 찾아와 술벗이 되어줄 때가 제일 반가웠다. 이가 없어 밥을 제대로 먹지 못하고 입맛도 없는데 술이라도 한잔 들어가야 버틸 기운이 나던 거였다. 황 노인에게도 진영댁은 옛날을 추억할 수 있는 유일한 술벗이기도 했다. 갑자기 나타난 황 노인이 진영댁은 구세주 같다.

황 노인은 부산스런 마당을 둘러보다가 툇마루에 털썩 주저앉아, 딱히 누구에게랄 것도 없이 중얼거린다.

"인제 서울 가면 살아서 다시 볼 수 있겠나? 우리 같은 늙은이들, 살아도 산 게 아인데……. 서울에 금방망이가 있는 거도 아니고, 거기 간다고 죽었던 사람이 살아나는 거도 아닐 긴데…… 평생을 여기서 산 사람이 서울 가서 우예 살겠노. 내도 아들 며느리가 서울 오라고 난리다만은……."

"아재요. 한잔 하이소."

끝도 없이 풀려나올 것 같은 넋두리 입막음용으로 계숙이 맥주 한 잔을 들이민다. 황 노인은 단숨에 잔을 비운다. 병을 들고 옆에 서 있던 계숙이 다시 잔을 채운다. 거푸 두 잔을 마시고 나서야 황 노인은 할 일을 찾았다는 듯 벌떡 일어선다.

"버들이를 데려가라꼬?"

"엄마 서울 가고 나면 밥 챙겨주는 것도 그렇고, 지도 심심하지 않겠어예."

"그라제."

황 노인은 버들이 줄을 풀고 수돗가로 데려간다.

"내가 한 며칠 못 왔더니 땟국이 졸졸 흐르는구나. 이리 오너라. 좀 씻어야겠다."

더위에 혀를 댓 발 늘이고 있었으면서도 버들이는 갑작스레 닿는 찬물이 싫은지 꽁무니를 뒤로 뺀다. 황 노인은 목줄을 발로 밟고 바가지로 물을 퍼서 연신 퍼부어댔다.

"안 그래도 내가 씻겨주고 믹여주고 하던 놈이라, 우리 집에 가도 잘 따를 기다. 걱정 말거라."

저런 저런, 저 숭악한 늙은이. 그러니까 나 서울 간다고 서운해서 온 게 아니라, 버들이 데리러 온 것이로구나. 얼른얼른 먹고 커라, 올해는 니라도 묵어야 기운을 쓸 거 같데이. 개 밥그릇 챙겨줄 때마다 실없는 소리를 해서 웃어넘겼는데, 그게 영 속없는 소리만도 아니었을 것이다. 지금 버들이를 씻기면서 속으로는 입맛을 다시고 있을 것이다. 에라이, 문디이 같은 영감탱이.

잠과 잠 사이, 죽음과 죽음 사이, 잠과 죽음 사이에서 갈피를 잡지 못하고 있는데, 누가 진영댁 품을 파고든다.

"할머니. 흑!"

술 냄새가 확 풍기더니, 담배 냄새에 땀 냄새, 머리 냄새까지 뒤범벅이 되어 있는 이 녀석은 누군가.

"어흑! 할머니."

두툼하고 단단한 손이 진영댁 손을 꼭 잡는다. 계숙이 아들 한수로구나. 흐릿한 시야에 녀석 머리통만 보이지만 손만 만져봐도 한수라는 걸 알겠다. 지 에미가 저 떼어놓고 식당일 하던 사춘기 시절, 며칠씩 가출도 하고 술 마시고 친구들과 싸워 파출소까지 뛰어다니게 만든 녀석이었다. 나중에는 소년원까지 갔었다. 지 에미는 화가 나서 한번도 찾아가지 않을 때 진영댁이 일요일마다 면회를 갔다. 할미가 해줄 게 그거밖에 더 있던가. 목구멍으로 넘어가는 것도 손주들 위해서라면 뱉어내 주는 거, 그게 할미 아니던가. 그래도 뭐가 불만인지 녀석은 온 세상천지가 다 지 원수인 양 잔뜩 독 오른 복어마냥 입 꾹 다물고 눈도 잘 맞추지 않았지. 한겨울, 눈이 어찌나 많이 왔던지 그만 미끄러져 옷이 다 젖고 눈탱이 밤탱이 돼서 갔더니, 그제야 눈물을 흘렸었지.

그래도 세월 흘러, 이제는 두 딸아이 아범 되고 회사도 착실하게 다니고 있으니 무슨 걱정이겠냐.

한수는 아예 진영댁 옆에 몸을 눕히더니 진영댁을 껴안고 흐느낀다.

"저, 자식 저거, 할매한테 가서 와 저라노? 할매 죽었나? 와 울고 지랄이고?"

방 안에서 갑자기 흐느끼는 소리가 흘러나오자, 장혁이 볼멘소리를 한다.

모르긴 몰라도 지금 제일 울고 싶은 건 장혁일 것이다. 당장 미라를 돌봐줄 사람을 구하는 것도 문제지만, 미라 때문에 서로 맘고생하면서 쌓인 정은 다른 손주들과 비할 수 없는 것이었다.

"저 새끼는 좀 울어야 된다. 지가 할매를 얼마나 애를 믹있노."

계숙이는, 지 아들이 말썽 부린 걸 생각하면 화가 나면서도 우는 모습이 안쓰러워 오히려 어긋나는 소리를 한다.

그러나 진영댁은 자기 품에 와서 눈물 흘리는 한수가 싫지 않다. 이러나저러나 곧 죽을 목숨, 불경할 것이 뭐가 있겠는가.

그래, 울어라. 죽고 나서 울마 뭐하노. 할매 살았을 때, 울어라. 울고 싶을 때 울고 울 수 있을 때 울어라.

지금은 미지근하나마 체온과 숨결을 나눌 수 있지만, 다음에 울 때는 싸늘한 시신을 부둥켜안고 있을지 누가 알겠는가. 눈물 콧물 빼고 있는 한수 곁에 딸들까지 들러붙어 영문도 모른 채 울먹거리기 시작하자, 한수 각시가 다들 일으켜 세워 서둘러 집으로 돌아갔다. 잠시나마 후끈하던 가슴팍이 허전했다. 그러자 이번에는 장혁이 다가온다.

"할매, 미라는 걱정 말고 서울 다녀오이소. 이쪽에 일자리 말해놓은 것도 있고, 미라 봐줄 사람도 찾고 있습니다. 일자리만 구해지면 미라 유치원 갔다 와서 저 올 때까지만 봐주면 되거든요."

요새 세상에 그런 사람이 어디 있단 말이냐.

"돈 좀 주면 돼요. 그러니까 걱정 말고 다녀오세요. 가서 건강해져서 꼭 다시 돌아오세요."

가슴이 짜개지는 것 같다. 돈 좋은 거야 나도 안다. 그렇지만 그게 어떤 돈이냐, 착실히 모아서 살 궁리를 해도 모자랄 것을, 몸뚱아리 팔아서 남 좋은 일 시킨단 말이냐.

계영이는 미라만 아니면 당장이라도 엄마를 서울로 데리고 가고 싶다고 몇 번이나 말했지만, 미라가 없었다면 진영댁은 벌써 두 다리 뻗고 관 속에 들어가 지금쯤 진토가 되었을 것이다. 그럼에도 못 가고 있는 것은, 서울도 못 가고 흙으로도 돌아가지 못하는 것은 다 장혁이 너 때문이고, 니 딸 때문이다. 내가 너를 두고 어디를 간단 말이냐. 나는 못 간다, 못 가. 아니, 안 간다.

"할매, 내일 나 캠핑 간다."

미라가 지 아비 무르팍에 올라앉으며 말한다.

"가지고 갈 거는 다 챙깄제?"

장혁은 이미 알고 있는 걸 할매 들으라고 일부러 물어본다.

"다 챙깄다. 수건하고 칫솔하고, 빤쓰도 챙기고……."

"아까 고모할매가 준 용돈, 주머니에 단디 넣어놨나?"

"그래, 여기 봐라. 과자도 넣어놨다."

"물하고 음료수는?"

"그거는 냉장고에 있다. 그래야 시원타."

"아침에 잊어버리지 말고 단디 챙기라."

"알았다. 할매, 내 잊아뿔지 말라고 내일 아침에 말해도고?"

미라는 내일 가지고 갈 캠핑 가방을 벌써부터 메고 있다.

"봐라, 할매. 저래 잘하잖나."

너희들 눈에는 그렇게 뵈냐? 나는 그게 더 피눈물이 난다. 어떻게든 살아보려고 발버둥치는 게 너희들 눈에는 안 보인단 말이냐. 모진 것들, 모지락스런 것들.

마음은 장맛비에 가릴 것 없이 내던져진 짚더미마냥 푹 젖고 젖어 눈물 한 사발 쏟아낼 것 같은데, 목구멍에서는 마른 가지 꺾는 소리만 나는구나. 마른장마에 마른번개 치듯 습기 하나 없이 바싹 말라버렸구나. 울고 싶어도 눈물 한 방울 나오지 않는구나.

잠이 들었던가. 눈을 뜨긴 했는데, 이곳이 이승인지 저승인지 가늠하느라 진영댁은 한참을 가만히 누워 있었다. 사방 천지 어둡고 조용한 것이 관 속은 아닌지 모르겠다. 잠들고 깰 때마다 이렇게 가늠하던 것이 벌써 몇 해째인가. 미라 어릴 때는 어린것을 두고 가지 않게 해달라고 잘 때마다 기도했었다. 천지신명께, 조상님 전에, 삼신할매에게, 먼저 간 시어머니, 친정어메, 그리고 남편까지 귀신이란 귀신 죄다 불러 모아 빌었다. 그리고 눈떠서 쌔근거리는 미라 숨소리 들으면, 아이고, 고맙습니데이, 천지신명님, 고맙습니데이, 말이 절로 나왔다.

한줄기 바람이 살랑 불었다. 바람 끝에 비 냄새가 비릿하더니 쏴아, 비가 온다. 오는 게 아니라 퍼붓는다. 시커먼 먹구름이 순식간에 진영댁 마당 위에 거대한 절벽 하나를 만들고 거기에서 폭포수가 내리꽂힌다. 빗줄기 한번 거세다, 귀 기울이는데 생뚱맞게 한창때 남편이 수돗가에 서서 누던 오줌발 소리가 떠오른다.

흐, 빗소리 듣고 남편 오줌발을 떠올리다니. 이제는 얼굴조차 가물가물한데……. 새댁 때는 바로 옆에 변소간 놔두고 수돗가에서 일 보는 게 진저리가 쳐지도록 싫더니, 나중에는 그 소리에 솜털이 부숭부

숭 서는 것 같고 온몸이 근질거렸으니.

그러나 앉은뱅이 산송장이 되어 남편 만날 날만 손꼽고 있으려니 남편 오줌발을 떠올려봐도 까칠해진 몸뚱아리는 아무 기척이 없다. 그런데 아직 이승에 걸쳐 있는 반쪽은, 오줌발이고 뭐고 습기에 푹 절어버린 장마철이 괴롭다고 아우성이다. 그때마다 뼈마디가 욱신거리는 게 꼭 냉동과 해동을 반복하는 물고기가 되어버린 것 같다. 흐, 물고기. 백태가 끼어 맑은 날이나 어두운 날이나 온통 세상이 흐릿한 게, 아마 물고기가 바라보는 세상도 이럴 것이다.

그러니 아직도 죽지 않은 것이다.

장대비에 물안개 부옇게 피어오르자 마당이 희붐하게 밝아온다. 수돗가 옆에는 씻어서 엎어놓은 빈 그릇들이 산더미고 대문간 옆에는 암소처럼 배부른 쓰레기봉지들이 늘어서 있다. 차양 아래는 불판 위에 먹다 남은 고깃점들이 말라붙어 있고 고추에 상추, 김치보시기랑 고추장 그릇들이 뒹굴고 나무젓가락이며 컵에 담배꽁초까지 어지럽다.

이게 도대체 무신 일이고? 진영댁은 엉덩이를 밀어 툇마루로 나가본다.

집 안에만 갇혀 지내면서 뒷간 문 돌쩌귀 떨어진 것, 수돗가 한쪽 모서리 깨진 것, 신발장 아래 장화 뒹굴고 있는 각도에서부터 칫솔 통에 붙은 거울에 살짝 금 간 것까지 손바닥 손금보다 더 자주 들여다보던 마당인데, 이 난장판은 도대체 무슨 연유란 말인가.

하이고, 얄궂어라. 내가 엉뚱한 집에 앉아 있는 것도 아닐 테고. 저기 미라가 저렇게 자고 있지 않은가. 물고기처럼 하얀 배가 봉긋 솟았다가 꺼지고, 저렇게 숨을 쉬고 있지 않은가. 그리고 저 창문 위에서 내려다보는 남편 사진이며, 부모 형제들 사진.

그렇다면 이렇게 앉아 있는 내가 귀신일까?

넋 놓고 앉아 있는데 갑자기 문밖이 소란하다. 이건 또 무슨 소린가 내다보는데, 시커먼 것들이 장대비를 뚫고 뛰어 들어온다. 큰아들과 둘째 딸, 막내딸과 사위다. 비에 흠뻑 젖어 처마 아래로 들어선 아이들이 깜짝 놀란다.

"엄마!"

"와 나와 있소?"

"나갈 때 보니까 잠든 거 같길래 그냥 갔는데…… 우리 노래방 갔다 오는 길이오."

"아직 날 밝으려면 멀었는데, 얼른 다시 들어가서 누워요."

그러고는 하나둘 이 방 저 방으로 들어가 허수아비처럼 픽픽 쓰러지더니 곧바로 코를 곯기 시작한다.

그제야 설거지를 해대고 묵은 쓰레기 내다버리던 일이 어렴풋이 떠오른다. 큰딸 내려왔던 일도 떠오르고 한수랑 장혁이 술 냄새 풍기며 어흑어흑 울던 일이며, 차양 아래 펼쳐놓은 저 자리에서 술 마시고 웃고 떠들던 일도 아슴아슴 떠오른다.

그런데 그것마저도 자신이 없다.

아이들이 북적대던 일이 까마득히 오래전 일만 같고, 지붕을 들썩대며 코를 곯고 있는 저 모습도 꿈인지 생신지 가늠이 되지 않는다.

죽기 전에 아이들이라도 한 번 보라고 염라대왕이 보내줬으려나. 지붕이며 창문을 세차게 두드리며 내리는 빗소리가 모든 것을 지워버리는 것 같다. 이승과 저승의 경계에 비가 내리는 것 같다. 이 비 뚫고 나가면 바로 저승일 것 같고, 저 비 내리는 곳이 이승인 것 같고. 진영댁 마음속에서는 이승과 저승의 경계가 없어진 지 이미 오래였다.

다만 미라의 숨소리만이 진영댁이 저승으로 가지 못한 유일한 표지처럼 느껴졌다. 미라는 배낭을 껴안고 잠들어 있었다.

저것은 찬밥을 싫어하는데…….

어려서부터 그렇게 길들인 것도 아닌데도 그랬다. 더운밥만 있으면 김칫국만 있어도 투정부리지 않고 잘도 먹었다.

딸년들은 걱정도 팔자라고, 더운밥 찬밥 가릴 때가 아니라고 말하지만, 진영댁에게는 그렇지가 않았다. 진영댁이 해줄 수 있는 유일한 것이기도 했지만, 그렇게라도 하면 박복한 미라의 팔자가 조금이라도 고쳐질까 싶어, 마치 부처님 공양 받치듯 정성으로 새 밥을 지어 먹였다.

아예 툇마루 한 옆에 쌀부대와 부루스타를 갖다 놓았다. 쌀 한 줌을 꺼내주면 미라가 수돗가에 가서 씻어 왔다.

그래, 더운밥 좋아하면 어디 가서 박대는 받지 않는다고 하더라. 많이 먹어라. 할매가 다른 건 못 해줘도 끼니때마다 더운밥은 해줄 수 있다.

밥 먹고 나면 미라는 설거지도 하고 버들이 먹이도 갖다주고 방 청소도 했다. 학교 갈 나이가 되니, 옆에서 요렇게 조렇게 가르치면 못하는 게 없었다. 세탁기도 돌리고, 빨래 탁탁 털어서 널 줄도 알았다. 할매 요강도 부셔 오고, 담배며 술심부름까지 했다.

한잔 마시고 미라 머리를 쓰다듬으며, 아이구야, 내가 이리 쭈구렁 바가지 앉은뱅이가 돼가지고 증손녀까지 보게 될 줄 누가 알았겠노, 하면, 아이구야, 이래 증손녀까지 키워주는 할매가 있을 줄 누가 알았겠노, 하며 능청을 떨어 웃을 일을 만들어주기도 했다.

할매, 진달래꽃이 피었다. 봐라. 할매 줄라고 하나 꺾어 왔다.

할매, 고둥 주워 왔다. 내가 삶아줄게. 쪼매만 기다려봐라.

할매, 누가 강에 빠져 죽었단다.

목욕탕에 불났다. 푸줏간에 강도 들었다 카드라. 영식이 어메가 또 얼라를 낳았단다. 경미네 집에 자가용 샀단다. 가시나가 얼마나 뻐기는지 눈꼴 시러바서 몬 봐주겠더라. 골목에 고양이가 죽어 있더라. 단풍 들었다. 낙엽 진다. 강이 얼었다. 강이 풀렸다. 개나리꽃 폈다. 개나리꽃 졌다.

제비 새끼처럼 세상 소식을 물어 나르기도 했다.

하여 이제는 진영댁에게 미라가 없으면 안 되는 존재가 되기에 이른 것이다.

다음 날 아침, 진영댁은 부엌에 서 있었다.

장대비를 뚫고 새벽 이내처럼 이부자리로 스며든 아이들은 날이 훤히 밝도록 깨어나지 못했다. 아이들이 뿜어내는 가쁜 숨이 쓰러져가는 고가에 숨결을 불어넣는 듯 지붕이 들썩거렸다.

진영댁은 앉은걸음으로 부엌으로 다가갔다. 한걸음에 오르내리던 부엌이 천 길 낭떠러지처럼 아찔했다. 시어머니, 친정어머니 수발에, 여섯이나 되는 아이들, 그리고 그 아이들, 또 그 아이들의 아이들까지, 젖을 먹이듯 이 부엌에서 지지고 볶고 끓여 키워냈다. 자신의 몸 어디가 어떻게 닳아 무너지는지, 왜 눈앞이 뿌옇게 흐려지는지 몰라도 몇 년 동안 쓰지 않고 넣어둔 간장 종지 하나, 젓가락 하나도 어디 있는지 환했다.

제멋대로 덜렁거리는 긴 혹 덩어리 같은 다리를 아래로 떨어뜨리고 벽을 짚고 간신히 부엌으로 내려앉자 이마와 등에 식은땀이 흘렀다.

변소를 가려고 방에서 나오던 계영이 부엌에서 무언가 어른거리는 걸 발견하고 흠칫 놀랐다. 그리고 그게 진영댁이란 걸 알고는 고함을 지르며 마루에 털썩 주저앉아 버렸다. 진영댁이 귀신이 되어 나타나도 그렇게까지 놀라지는 않을 것이었다.

"아이고메야."

계영이 허공에 대고 손을 휘저으며 버버거리는 소리에 자고 있던 계숙이 벌떡 일어나 방문을 차고 나왔다.

"와? 와 그라노? 무신 일이고?"

"저기, 저기 좀 봐라."

계영이 가리키는 대로 부엌 쪽을 바라보던 계숙의 반응도 계영과 비슷했다.

"우예된 영문이고? 엄마가 어떻게 저기를 내려갔노?"

"내가 아나? 오줌 눌라고 나오는데, 엄마가 저래 서 있는 기라. 귀신인줄 알고 식겁했다. 아이고, 놀래라. 가슴이 벌렁거린다."

"내려간 건 그렇다고 하고, 우예 저래 서 있노?"

"그래 말이다."

"엄마! 다리 괜않나? 우예 그래 서 있노?"

"참말로 천지가 개벽할 일이네. 아이고, 얄궂어라."

진영댁은 싱크대를 짚고 서 있었다. 온몸의 체중을 싣고 있는 왼쪽 팔목이 시큰거리고 이마에 진땀이 맺혔다. 그렇다고 해도 의지와 상관없이 남의 몸처럼 맥없이 꺾이던 무릎이 어떻게 버티고 있는지 영문을 모르기는 진영댁도 마찬가지였다.

진영댁은 미역을 불리고 있었다. 바짝 말라 있던 미역이 물을 만나자 흐물흐물 풀어졌다. 마루 구석에 놓여 있던 밥솥에서는 밥물 끓는 소리와 함께 김이 오르기 시작했다.

딸들은 엄마를 싸고도는 알 수 없는 기운에 부르르 몸만 떨 뿐, 더 이상 아무 말도 하지 못했다.

네가 죽고서 내가 산다면

"어이, 총각. 거기 불 좀 꺼봐."

"불요? 불은 왜요?"

"따박따박 묻지 말고, 하라는 대로 좀 해봐. 설마 손주뻘이나 될 만한 총각한테 할미가 무슨 해코지야 하겠나? 할미 하라는 대로 좀 해봐. 응, 그려, 거기."

노파는 툇마루에 앉아 있었다. 불이 꺼지자 노파는 숨을 죽이고 대문 쪽으로 몸을 돌렸다. 누구를 기다리는 것 같았다.

그새 잠이 들었나 보다. 툭 떨어지는 고개 때문에 퍼뜩 잠이 깬 나는 책을 덮으며 물었다.

"누가 왔나요?"

노파는 쉬, 소리 내며 검지를 입술에 갖다 댔다. 그러고는 합죽한 입을 벙싯거렸다. 노파의 표정에는 장난기가 어려 있었는데 이가 다 빠진 탓에 조금은 기괴하고 한편으론 이상하게 천진하고 순수한 느낌을 주기도 했다.

대문간이고 담장 밖이고 그림자 하나 얼씬거리지 않았다. 하지만 노파의 표정이 절실한 데가 있어 나도 누군지 모를 무언가를 기다리며 말없이 앉아 있었다. 잠시 후, 노파가 오메, 오메 감탄사를 내뱉었다.

붉은 흙담장 위로 둥근달이 떠오르고 있었다. 노파는 전생부터 기

다려온 정인을 맞은 듯이 온 얼굴의 세포 하나하나까지 활짝 열어젖
힌 표정이었다. 달은 또 어찌나 크고 환한지, 텅 빈 노파의 마당과 집
이 조명등을 밝힌 것 같았다.

"그날도 꼭 오늘맹이로 이랬구만."

"뭐가요?"

"달이 말여."

노파의 그날은 오늘로부터 얼마나 멀리 가 있는 걸까. 노파는 그러
고 나서도 한참 동안을 말없이 달만 올려다보고 있었다. 그러더니 갑
자기 나를 쳐다보며 물었다.

"총각한테 하나 물어보끄나?"

"뭘요?"

"총각도 사랑이란 걸 해봤겄제?"

"사랑이요?"

"어째, 망구가 사랑 이야기를 하니께 우습나?"

"아니요."

나는 얼른 손을 내저었다. 내심 뜨끔한 게 없지 않았다. 지금은 백
발에 이빨도 없는 노파지만, 그에겐들 왜 빛나는 시절이 없었겠는가.
가슴 아픈 사랑 이야기는 왜 없겠는가. 하지만 그야말로 북망산천이
코앞에 있는 노파가 보름달을 보며 사랑 이야기를 꺼내는 게 아무래
도 좀 낯설기는 했던 것이다.

"아니라고 한께, 이야기를 더 해보끄나?"

"예, 해보세요. 듣고 싶네요."

"근데 결혼은 했을까? 결혼해서 아그들도 있을까?"

"결혼은 안 했습니다만, 글쎄요, 또 모르지요. 어디선가 제 씨가 자라고 있을지도."

나는 노파가 말하는 게 재미있어서 장단 맞추듯 농을 섞어 말했다. 그런데 노파는 나의 속 깊은 배려를 몰라주고 합죽한 입을 더욱 합 다물며, "에끼, 순 날강도 같은 놈" 하는 것이었다.

나는 얼른 노파의 손을 잡으며 머리를 조아렸다.

"에구, 농담이었습니다."

"사내들이란 건 어째 늙으나 젊으나, 아니 옛날이나 요즘 것들이나 똑같구먼."

노파는 정색을 하며 혀를 끌끌 찼다.

그러더니 다시 나를 보며 씩, 웃는데 어째 좀 억울한 기분이었다.

"흐흐, 그렇다고 이녁 말이 싹 다 틀린 말도 아녀."

이번에는 좀 멍청해진 기분이었다. 아흔이 다 된 노파에게 놀림을 당하는 기분이 썩 달가운 건 아니었다. 나는 입을 다물기로 했다.

"어디선가 이녁 씨가 자라고 있는 중도 모른다고."

그러면서 노파는 내 무릎을 탁, 치더니 큰 소리로 웃기 시작했다. 폭삭 늙고 말라 껍질만 남은 것 같은 저 몸 어디서 저런 웃음이 만들어질까 싶게 노파는 좀 심하게 웃어댔다. 나중에는 얼굴까지 벌겋게 달아오르는 것 같았다. 이유는 알 수 없지만, 그것이 노파를 아주 통쾌하게 만드는 것 같았다. 노파는 그렇게 웃어대는데, 나는 달이나 멀뚱하니 바라보면서 노파가 웃음을 그치기만 기다리고 있었다.

그래서 노파는 좀 시원해졌던가. 웃음이 잦아드는가 싶더니 이번에는 자기 무릎을 탁, 쳤다. 이건 또 뭘까, 나는 이제 좀 으스스해지는 기분이 들었다.

"가만있어 보게나."

나야 아까부터 지금까지 죽 가만히 있었다. 다만 노파가 좀 가만히 있어줬으면 싶었다. 간절히.

"이럴 게 아니라, 할미가 이녁한테 줄 게 있네. 지둘려보게나."

노파는 고무신을 꿰어 신고 뒤란으로 돌아갔다. 백발성성한 노파가 허리를 반으로 접고 꼬부랑꼬부랑 걸어가는 뒷모습을 바라보며, 나는 지금이라도 얼른 도망가야 되는 게 아닌지 망설이고 있었다.

내가 노파를 발견한 건 뻘밭에서였다. 카메라 하나 달랑 메고 집을 나선 지 열흘쯤이나 지나 있었고, 그러다 보니 땅끝 바닷가에 이르러 있었다. 높이를 다투는 산들이 차츰 잦아지고 그 사이로 물이 흐르고 야트막한 언덕이 자리한 곳에 간간이 붉고 푸른 슬레이트 지붕을 얹은 집들이 나타났다가는 사라지고 또 나타났다가 사라졌다. 완만한 곡선을 그리는 야산 언덕은 붉은 물이 배어날 것 같았고, 높은 산에서 내달려온 바람에 푸른 물결은 잔파도를 일으켰다. 바다에 고개를 처박고 죽으려던 사람도 다시 한번 살아보자 싶어지는, 그런 봄날이었다.

기울어가는 해가 갯벌을 붉게 물들이고 있었다. 갯것을 캐는 아낙들이 엉덩이를 하늘로 치켜들고 있는 모양새가 무슨 설치 작품처럼 보였다. 다만 손만은 쉬지 않고 뻘 속을 헤집고 있었다. 아낙들이 하나둘 뱃머리를 돌리듯 뭍으로 뭍으로 돌아 나오기 시작했다. 물이 들 시간이었다.

뻘 쪽으로 향하고 있는 렌즈 속에서 노파를 발견한 것은 그러고도 한참 뒤였다. 움직임이라고는 없었기 때문에 버려진 어구이거나 돌이려니 했다. 사진 몇 장 찍고 돌아서려는데 석연치 않은 무언가가 뒤통수에 끈적하게 달라붙는 느낌이었다. 뻘밭을 둘러보았으나 맨눈으로는 시선을 끌만한 게 없었다. 카메라 파인더를 확대시켰다. 사람이었다. 나는 가방을 내려놓고 뻘밭으로 들어갔다.

노파는 아무 생각이 없어 보였다. 놀이 삼매에 빠진 어린아이 같았다. 뻘에서 주둥이를 내밀고 숨쉬는 짱뚱어나 갯바위에 붙어사는 말미잘이나 따개비처럼 노파 역시 뻘에 기생해서 살아가는 생물처럼 보이기도 했다.

"할머니, 물 들어와요. 나가야 돼요."

고개 들어 나를 바라보는 노파의 표정은 뭔가를 툭 놓아버린 사람의 그것이었다. 혼이 어디 저 멀리 여행이라도 떠나지 않고서야 그럴 수 없는 눈빛이었다. 바닷물은 발 아래서 찰랑거리고 있었다. 우물거릴 시간이 없었다. 나는 겨드랑이에 팔을 집어넣어 노파를 일으켰다. 노파는 얼마나 가벼운지 힘준 내 허리가 뒤로 휘청 휘어질 뻔했다.

노파는 서두르는 기색도 없이 접힌 허리를 천천히 펴면서 나에게
물었다.

"가자고? 이제는 정말로 가는 거지?"

허리는 구부정한 노파가 발걸음은 나비처럼 가뿐했다. 소풍이라도
가는 사람처럼 콧노래까지 흥얼거렸다.

노파가 죽으려고 했던 건 아니었을까? 그런 생각을 하고 있는데 노
랫소리가 들렸다.

"연분홍 치마가 봄바람에 휘날리더라. 오늘도 옷고름, 오메, 무건
것. 누가 좀 들어주면 좀 좋을까."

나 들으라는 소리였다. 나는 피식, 웃으며 얼른 마당으로 내려섰다.

조그만 항아리였다.

"이게 뭔데요?"

"뭐겠소?"

"제가 알겠습니까."

"아따, 우리 총각이 영 재미가 없네."

"아이참, 할머니가 아까 나를 야단을 쳐서 그러잖아요."

"흐흐, 그랬나? 야단은 무슨 야단. 이뻐서 한 소리제."

그러면서 내 엉덩이를 툭툭 쳤다. 열흘 넘게 돌아다니다 보니 이렇
게 요상한 날도 다 있구나 싶었다.

항아리 뚜껑을 여는 순간, 그 기분은 더욱 확실해졌다. 지금껏 한

번도 맡아보지 못한 향기가 화아 하니 공기 중으로 퍼져나가는 것이었다. 술이라는 건 알겠는데, 이걸 마시고 내가 이 집을 걸어 나갈 수 있을지 가늠이 안 되었다.

노파는 개다리소반에 바지락무침과 바지락탕을 내왔다.

"이게 무슨 술입니까?"

"살구술."

"살구술이요? 향기가 좋네요."

"아니다, 매실준가? 똘배주도 있었는디, 고것일랑가?"

"아이고, 됐습니다. 어쨌든 술은 술이지요."

"그라제. 그라믄 무신 독약이라도 든 줄 알았소?"

노파는 국자를 항아리에 넣어 하얀 사기잔에 술을 따랐다.

두 손으로 잔을 받쳐 들고 음미하듯 한 잔을 마시자, 노파는 합죽한 입을 주욱 내밀며 물었다.

"어떤가? 좋지?"

"예, 기가 막힙니다."

"저기 봐. 보름달까지 휘영청하니 떠갖고 하마 더 기가 막히지 않는가 말이야."

"물론이구 말구요."

두말할 것도 없이 술맛은 기가 막혔다. 게다가 어디선가 꽃향기까지 코끝을 간질이고 보름달은 무릎에서 출렁거리니 이보다 더 좋을 순 없었다. 다만 무슨 마술처럼 노파도 퐁, 하고 허리 잘록한 처녀로

변하기만 하면 금상첨화일 것 같았다.

그런 나의 음심을 눈치라도 챘는지 노파가 또 꽥 소리를 질렀다.

"이런 제길! 저만 처마시네."

나는 얼른 허리를 세워 앉으며 노파의 잔에 술을 따랐다. 노파는 그걸 쭉 마시더니 잔을 탁, 내려놓았다. 다시 술을 채웠다. 노파는 또 단숨에 잔을 비웠다. 또 채웠다. 또 마셨다. 비우면 채우고, 채우면 마셨다. 작디작은 몸피로 노파는 많이도 마셨다. 보면 볼수록 알 수 없는 노파였다.

나는 국자를 탁 내려놓았다.

"이런 제길! 나도 좀 주시오."

그러자 노파가 나를 보며 흐흐 웃는데, 볼이 발그레했다.

허리 잘록한 여인네는 아니었지만 그 봄밤의 노파는, 그런대로 괜찮은 술벗임에는 틀림없었다. 게다가 향기로운 과실주를 비장하고 있지 않은가.

내가 다시 술을 몇 잔 마시는 동안 노파는 다시 그 옛날 어딘가로 돌아가고 있는 듯싶었다.

"하여간 그날 밤이 똑 요랬소. 보름달이 덩실 떠올라서 나를 바라보고 있더란 말이시. 사내 품에 안겨서 자고 있는 그 방 안까지 달빛이 은은하게 퍼져 들어왔더라고. 달빛이 사내 품에 취해 있는 내 어깨를 살살 흔들더랑게."

"좋았겠네요."

장단도 서로 조금씩 맞아 들어가고 있었다.

　"좋았제. 사내하고 산다는 게 그런 것인 중도 모르고 지낸 세월이 얼마나 후회가 되든가. 꼭 끌어안고 잠이 들었는데도 아침까지 그러고 있더랑게. 곤하게 자다가도 나를 더 꼭 부여안고, 잠결에도 내 이마에 입을 맞추고, 내 벗은 궁둥이를 톡톡 치더랑게. 아이고, 근디 결혼도 안 했다고? 그라믄 요런 야기를 해도 될랑가 모르겠네."

　"꾹 참고 듣지요, 뭐."

　그러면서 나는 웃었다. 노파도 따라 웃었다.

　"근디, 시방 이녁은 그 사내가 누군 줄을 모르잖어?"

　"모르지요."

　"그라믄 그 이야기부터 해야 쓰겠네. 흐흐, 그 사내를 생각하니 내 마음이 이리 푸근허이. 참 좋은 사람이구나, 그런 생각을 왜 이제서 허까. 그랗게 사람은 같이 붙어 있을 때보담도 헤어져서 어떻게 남아 있는가 고것이 더 중한 것인 중도 몰라. 그것이 사람 사는 이치 속일까? 그렇다면 그것도 참 쓸쓸한 거이지만도.

　그 사내가 나를 고로코롬 좋아했다는 것도, 고것이 내 맴을 그리 쓰리게 한 것도 그 사내를 피해 도망 다닐 때 알았응게. 사내는 나를 찾아다녔다고 하더먼. 오메, 인연이 될라면 그렇게도 되는 것이라. 우리가 다시 만난 이야기부텀 해보까?"

　나는 고개를 끄덕였다. 노파는 침을 꿀꺽 삼키며 다시 한 번 벙싯 웃었다.

"그때도 딱 지금맹이로 살구꽃이 필 무렵이었네. 꽃샘추위도 지나고 변덕스럽던 바람도 자고, 봄 햇살이 얼마나 좋던지. 관광철이라고 장터가 북적거리는디, 나는 잠만 오등만. 어찌나 졸음이 오는지, 악을 쓰면서 손님 부르는 소리도 쌈을 하는 소리도 다 자장가처럼 달콤하기만 하더랑게. 장터 구석에 쪼그려 앉아서 졸면서도 그렇게 행복하드만. 등이 따땃하고 사람들이 떠들어대는 소리도 푸근하고. 졸면서도 내가 웃고 있었던 거 같어. 아, 그라고 있는디, 다 훔쳐가도 모르겄구먼요, 누가 그라는 거라. 나가 그랬제. 냅두쇼. 흐흐, 그래놓고는 깜짝 놀래서 눈을 퍼뜩 떴제.

눈을 뜨고 본게, 웬 사내가, 벙거지 모자를 깊숙이 눌러쓴 사내가 함지박을 내려다보고 있다가 슬그머니 주저앉더랑게.

그런데 요거이, 어치케 거기로 갔다냐?

사내가 손가락질하는 함지박을 내려다본게 문어 함지박에 꽃게 한 마리가 들어가 있더만.

오메, 요것이 어째서…….

꽃게는 나 옆에 할매 꺼인디, 할매는 막걸리라도 한잔 걸치러 갔는가 보이덜 않고. 나가 얼릉 꽃게를 집어낼라는데, 사내가 나 팔목을 잡더먼.

허허, 재밌지 않우? 누가 누구를 잡아먹는가, 궁금하지 않소?

그때사 사내 얼굴을 쳐다보았소. 사내 얼굴을 보는 순간 내 얼굴이 확 달아오르는데, 아마 살구꽃처럼 흐드러졌을 거이다.

오메, 오메, 나는 그라고만 있었다니께."

노파는 숨까지 몰아쉬며 나를 노려보더니 빈 잔을 탁탁, 쳤다. 수업 시간에 졸고 있는 아이들을 향해 칠판을 탁탁, 치는 선생 같았다. 나는 얼른 몸을 일으켜 잔을 채웠다. 그리고 졸지 않았다는 걸 증명하듯이 대꾸했다.

"그렇게 말해도 나는 그 사내가 누군지 잘 모르겠는디요?"

내 말투는 어느새 노파를 닮아가고 있었다.

"모른다고?"

노파는 눈을 동그랗게 뜨고 나를 바라보았다.

나는 또 말을 잘못했나 싶어 뜨끔했다.

"흐흐, 모를 수밖에. 나도 그 사내가 누군지 몰라."

"아따, 그건 또 무슨 소리요. 할매도 모르는 사람 이야기를 왜 하는 것이요?"

"아따, 총각아. 너는 그라믄 사람을 다 아냐? 너하고 나하고는 오늘 밤, 이 달도 좋은 봄날에 왜 이러고 있냐. 너하고 나하고, 아냐? 모르냐?"

노파한테 나는 아무래도 안 될 것 같았다. 망구라고 내심 무시하고 있거나 하지는 않았지만, 총기 있게 말을 따박따박 물고 늘어지는 데는 당해낼 재간이 없었다. 따지고 보면 당해내야 할 이유도 없었다. 노파 말대로, 달도 좋은 이 봄밤에.

"알겠소. 그렇다고 칩시다. 내 말은 신경 쓰지 말고 할매 말이나 하시오.”

“히힛, 그 사내는 말이다, 나하고 정혼을 했던 사내란 말이다. 알겠
냐?”

“안다고 치고.”

나도 술김에 소리 한번 질러봤다.

“나가 부모도 모르고 태나서 넘의 집 부엌때기로 존재도 없이 살아
왔지만, 나 같은 것도 청혼이란 걸 받아봤다면, 니가 믿을래 안 믿을
래?”

“믿습니다.”

“총각이 어째 자꾸 좋아질라 그러네.”

노파는 눈을 힐긋거리며 이번에는 내 가슴팍을 퍽퍽 때렸다.

“아이고, 할매. 아까는 손주뻘이라드니요.”

“그 사내가 누군고 하면, 내가 부엌일 해주면서 살던 그 마을로 해
마다 가을이면 밤이며 고추며 감 같은 것들을 사들여 가던 장돌뱅이
였단다. 복색 허름하고 얼굴도 시커맸지만 코가 반듯하고 이마가 훤
한 게 마을 처녀들 가슴이 싱숭생숭 설렐 정도였당게. 말수도 별로 없
응게 처녀들 애간장이 더 닳았제. 늙은네들이 중신을 넣어도 정중히
사양만 하고.

말들 많았제. 그 속에 누가 들어 있어서 좋은 혼처 다 마다하는가
하고. 그란데 고것이 나일 줄은 누가 알았을꼬.

주인집 물건 해 가던 날이었다. 평소처럼 밥상을 봐주고 갈라는데,

나를 부르드만. 그러더니 다짜고짜로, 다음해 봄에 자기랑 가자는 것이네. 가다니, 어디를 말이요? 내가 그때만 해도 그렇게 바보 맹추였당게. 이 사내가 나를 어디로 데불고 간다는 거일까, 고렇게만 생각을 했제, 고것이 청혼인 중도 모르고.

오메, 그런데 어째 그렇게 몸이 떨리던가. 갑자기 몸이 사시나무 떨듯기 떨리고 창피스러워서 오데로 숨고만 싶은디, 발이 딱 얼어붙었는가 안 떨어지고. 너무 좋아서, 살다가 나 같은 천덕꾸러기한테도 이런 날이 다 있는가 싶어서, 하도 좋은 게 그랬겄제. 사내가 부들부들 떨고 있는 나를 꼭 보듬어주데. 나는 그때 녹아부는 줄 알았다."

노파의 실감 나는 이야기에 나까지 온몸이 혼곤해지려고 했다.

"그런데 그거이 다였단 말이다."

노파는 몹시 화가 난 것 같았다. 몇십 년 세월을 거슬러 올라가 스무 살 시절의 노파를 떠올리고 있던 나는 갑자기 내려온 무대의 막 앞에서 좀 어리둥절해졌다.

노파는 두 눈을 부릅뜨고는 마당 어귀를 노려보고 있었다. 그 응시는 좀 오래갔다. 그러는 동안 달도 조금씩 중천으로 올라가고 있었다. 사내가 노파에게 청혼을 하고 난 뒤에 무슨 일이 있었던 걸까.

"그놈, 그놈은 지금 어치케 하고 있을까."

노파는 갑자기 입을 다물었듯 갑자기 말문을 열었다. 그 사이에 사내가 그놈으로 바뀌어 있었다. 나는 목이 타서 술잔을 집어 들었다.

"그런데 말이다, 나가 솔직히 이야기해볼꺼나?"

"그라믄 지금까지 다 거짓부렁이었던 말이요?"

"에끼, 거짓부렁은 뭔 거짓부렁."

"그럼 지금처럼 솔직히 이야기해보시오."

"흐흐, 총각이 시방 할미를 갖고 놀라고 하는구먼. 그래서 내가 이렇게 이야기가 술술 나오는 거 같기도 하지만도. 하여간, 그 도련님 말이지. 아참, 그놈이 주인집 아들이라고 내가 말했던가?"

"안 했소."

"안 했구나. 인자 했다이. 그 도련님이 어느 날 나를 덮쳤단 말이다. 고거이 무슨 심사겄냐? 니가 한번 해설을 해봐라."

"뭘 말이오?"

"곧 시집갈 처자를 덮치는 고 심사 말이다."

"글쎄요. 나는 한 번도 그런 적이 없어놔서."

"짐작이라도 해보란 말이다."

"짐작도 안 가는데요."

"에헤라디여. 그것이 사실이라믄 니는 사랑이란 걸 한 번도 못해본 것이 틀림없고나. 우째 그런 사람의 심리란 것도 모른단 말이냐. 이 할미도 심리란 걸 안다. 어쩔래."

"뭘 어쩌겠소. 그냥 가만있을라요."

"흐흐, 그라고 본게 꼭 니가 그 도련님 같고나야."

"그런 말씀 하지도 마시오. 나가 뭐 대단한 도덕군자는 아니지만 아무렴 그런 개망나니 도련님이랑 비교를 한단 말이요."

"글씨, 니가 도덕군자인지 아닌지는 모르겠다만, 생긴 거이 비슷하다, 고 말이다. 그 도련님이 키도 늘씬하고 얼굴이 허여멀건허니 귀티가 흘렀다, 요 말이다."

"그래서 지금 좋았다고 말하는 거요? 귀티 나는 도련님이 덮쳐서?"

"아따, 고렇게 말하면 나가 할 말이 없잖나."

"오메, 진짠갑네요. 정혼을 한 처녀가 고것이 좋았다니, 말이 돼요?"

"고것참, 갈수록 먹통이네 그랴. 누가 시방 좋았다고 그랬냐."

"그럼 뭐요?"

"도련님을 좋아허기는 했제. 하지만도 그것은 고기반찬을 좋아하기는 하지만 못 묵는, 쌀밥을 먹고 싶기는 하지만 꿈도 못 꾸는 그런 거랑 똑같은 거 아니겄냐. 그냥 담장 너머로 목소리라도 들으면, 뒤꼍으로 휙 지나가는 그림자라도 보믄 기냥 그것으로 기분이 좋아지는, 뭐 봄날 산들바람 같은 그런 거다 이 말이다.

어쨌든 그 일이 있고 나서 그 집서 쫓겨났다. 그런 억울하고 서러운 일이 세상천지에 또 어디 있겄냐. 그 뒤로 차마 사내 얼굴도 못 보고 도망 다니는 처량한 신세가 되아부렀제. 그런디도 그날 일을 곰곰이 돌아보믄, 그랗게 도련님이 나가 곧 시집을 간다는 말을 듣고는 시집가기 전에 봐부러야겄다, 요래 맘을 묵었다는 거인디. 그러면 나 같은 것을 그동안에라도 눈여겨봤다, 이 말 아니겄냐?"

"글쎄, 나는 도련님이 아니잖소."

"니가 그렇게 말한께 나가 좀 남세스럽다."

"할매가 남세스러운 게 다 있소?"

"늙었다고 남세스러운 것도 모르는 줄 아냐!"

노파는 또 호통을 쳤다. 나는 다소곳이 대답했다.

"예. 알겠습니다."

그러자 노파도 다소곳해졌다.

"남세스럽다. 부끄럽단 말이다."

노파는 눈물을 흘리고 있었다. 이건 또 뭐란 말인가. 노파는 취기가 조금 오를 만하면 정신이 번쩍 들게 만들고 있었다.

"나가 왜 이런 이야기를 하고 있느냐, 나는 그것을 잘 모르겠다. 그런데도 이야기를 해야 될 것만 같고, 기분이 요상하네. 조놈의 달 때문이겠냐, 아니면 총각 때문이겠냐. 그것도 아니고 인자 마침내 죽을 때가 되었다는 것이냐. 죽을 때가 된 것이라면 좋겠다만은…… 죽지 못해 산다는 말을 너 같은 것이 알겠냐만은……."

이제 노파가 취해서 나에게 주정을 늘어놓는 게 아닐까 싶었다. 그도 아니면 또 시치미를 뚝 떼면서 내 가슴팍을 때릴지도 모를 일이었다. 그러나 노파는 아주 진지한 표정으로 합죽한 입을 내 귀에다 대고 속삭였다.

"우리 애기 말이다."

나는 저녁 먹을 때 보았던 또 하나의 노인네를 떠올렸다. 노파는 집에 오자마자 수돗가에 앉아 바지락을 씻고 까더니 죽을 쑤었다. 쟁반에 죽 세 그릇이 올라온 것을 보고서야 나는 집에 다른 식구가 있다는 걸 알았다.

노파는 나에게 죽 한 그릇을 내주고는 방으로 들어갔다. 나는 뻘흙이 잔뜩 묻은 바지를 빨아 넌 다음 죽 그릇을 들고 방 안을 슬쩍 들여다보았다. 영감님인 것 같은데 얼핏 보기에 중증 환자 같았다. 일어나지도 못하는지 누운 채로 죽을 받아먹고 있었다. 노파는 연신 뭐라고 중얼거렸다.

"요것이요, 마당에 살구꽃이 피었드니 살이 포동허니 올랐구나. 니가 요것을 얼마나 좋아했드냐……. 흐흐, 언제냐, 그것이. 니가 죽으려고 병이 걸렸을 직에도, 요것을 넣고 죽을 쑤어주었드니, 다른 건 다 내 몰라라 손을 내저으면서도 요것을 가지고 죽을 쑤어주니께, 참기름 한 빵울에 깨소금 흩여서 준께, 어찌나 잘 먹든지……."

밥을 다 먹고 나서는 대야에 김이 설설 올라오는 뜨거운 물을 갖고 들어갔다. 몸을 씻기려는지 기웃거리는 나에게 휘이, 손짓을 하면서 방문을 탁 닫았다. 방 안에서는 노파가 구시렁거리는 소리가 쉬지 않고 흘러나왔다. 남자인지 여자인지 분간할 수 없는 저음의 쉰 목소리가 섞여들기도 했지만 너무 작아서 무슨 소린지 알 수가 없었다.

그런데 노파는 방 안에 누워 있는 또 다른 노인네를 애기라고 부르고 있었다.

"우리 애기가 저렇게 된 거이 다 나 때문이란 말이다. 그 장돌뱅이 하고 살아보겠다고, 오만가지 약초야 뭐야 먹어대고 배 속을 휘저어 놓았더니, 손도 발도 오그라든 반병신이 나온 거라. 천벌을 받은 거 지. 천벌이야. 그런데 시방 나가 벌을 받는 것이 잘된 거냐, 잘못된 거 냐. 요것이 나만 벌을 받아야 쓰는 거이냐, 아니냐. 나도 인자는 모르 겠다."

나는 노파의 손이라도 꼭 잡아주고 싶었지만, 묵묵히 술이나 따랐 다. 달은 어느덧 중천에 올라 무너진 흙담 사이로 은빛 바다가 보였 다. 좀 전에 노파가 앉았을 법한 갯벌에도 물이 찰랑거리고 있었다. 달빛은 하늘에서보다 바다에서 더욱 빛나는 듯싶었다.

"할머니, 노래나 하나 불러드릴까요?"

"그래라."

노파도 무너진 흙담 사이로 바다를 바라보고 있었다. 거기 비친 달 을 바라보고 있었다. 그러고 있으니 처녀 적 태가 살짝 보일 듯도 했 다. 나는 그 처녀를 생각하며 노래 하나를 불렀다.

"울도 담도 없는 집에 시집살이 3년 만에 시어머니 하시는 말씀 얘 야 아가 며늘아가 진주낭군 오실 터이니 진주 남강 빨래가라 흰 빨래 는 희게 빨고 검은 빨래 검게 빨아."

"뭔 노래가 빨래하는 노래가 다 있냐."

노파는 별로 노래를 듣고 싶은 기색이 아니었다. 안 그래도 입 안에 서 흥얼거려지는 대로 부른 노래가 하필 〈진주난봉가〉여서 나도 별로 흥이 나지 않았다.

"사실은 나가 죽을 맴도 몇 번이나 묵었다."

노파의 목소리가 무겁게 가라앉아 있었다. 선곡 실패의 여파인 것 같아 공연히 미안했다. 게다가 아까 뻘밭에서 사실은 죽으려고 했다는 말이라도 나오면 어쩌나 싶어 좀 초조하기도 했다. 나는 비어 있는 두 개의 잔에 술을 채웠다.

"그런데 나가 죽으면 우리 애기는 어떡할 거냐고. 그러니 죽을 양이면 애기부터 죽여줘야지 안 쓰겠는가. 그런데 도저히 못 하겠더라. 그래갖고 반 실성을 해서는 돌아댕기는디, 어느 집이서 초상이 났던갑서. 에미가 죽은 모양이라. 가이내가 아직 에리디에린 거이 머리를 풀어헤치고 울어쌌는디, 오메 오메, 그런 소리는 첨 들어봤네. 그거이 우는 소리도 아니고 거 뭐이냐, 애간장을 끊는다더니, 바로 그런 소리라. 목청이 찢어져라 비명을 질러대는디, 그 소리가 내 애간장을 끊어놓드만. 그때 나가 교훈을 하나 얻었잖애."

물어봐 달라는 듯 나를 빤히 쳐다보았다.

"뭔데요?"

"에미는 오래 살아야 쓴다."

나는 고개를 끄덕였다. 그리고 그때서야 깨달았다. 노파는 그러니까 이 한마디를 하려고 평생을 살아낸 것인지 모르겠다는. 나는 다시 한 번 고개를 크게 끄덕이며 맞장구를 쳤다.

"예, 맞아요. 맞는 말입니다."

"맞지야?"

"하믄요."

"사는 게 모욕이라도……."

"모욕이라도."

"치욕이라도……."

"하믄요."

"그러다 본게, 지금까지 왔어야."

노파는 나를 바라보며 흐흐, 웃었다.

"근디 암만 생각해봐도 너무 오래 살아부렀어. 저것이 저렇게 백발 할미가 될 때까지 살 줄을 난들 알았겄냐. 저 죽으면 내가 죽을깨비, 내 죽으면 저것 죽을깨비, 그러다가 이렇게 호호백발까지 되아부렀다. 우습지 않냐?"

"어째서 그것이 우습겠습니까."

다만 아쉬운 게 있다면 마셔도 마셔도 술이 취하지를 않는다는 것이었다.

"그런데 아까 보름달 비치는 밤에 같이 잔 사내는 그 후로 어떻게 됐습니까?"

"뭔 사내 말이냐?"

"아까 보름달 비치는 방에서 사내랑 잤다고, 꼭 껴안고 잤다고……."

"나가?"

나는 입을 꾹 다물어버렸다. 노파는 그 합죽한 입을 내 얼굴에다 들이대며 소리를 질렀다.

"나가 정말로 그런 말을 했다고?"

나는 동굴 속 같은 노파의 입을 외면해버렸다. 슬슬 지겨워지기 시작했다.

"나도 몰라요. 아마 내가 귀신하고 얘기했나 봐요."

"이제야 니가 제대로 말귀가 트였구나. 흐흐, 할미 귀신 술잔 빈 거 안 보이느냐."

나는 또 술잔이나 채웠다. 부아가 나니 술이 다시 오르기 시작하는 것 같았다.

다음 날 아침이었다. 낯선 곳에서 눈뜨는 날이 길어지다 보니, 별 생각 없이 누워 있었다. 그러다가 노파의 합죽한 입이 떠올라 벌떡 몸을 일으켜 방문을 밀쳤다. 바지락 안주만 있던 개다리소반이며 술독은 없었지만, 그 집이 분명했다. 지겹기도 하고 취하기도 해서 등 기대고 있던 기둥이며 노파가 신고 돌아다니던 하얀 고무신도 그대로 있었다. 그러니까 나는 100년쯤 묵은 여우에 홀린 건 아니었다. 밤이 지나고 나니 제대로 홀려서 허리 잘록한 여인네 하나 나오지 않은 게 서운할 뿐이었다.

그런데 노파는 어디에 있는 걸까.

닫혀 있는 방문에 귀를 대보았다. 한참을 귀를 대고 있으니 무슨 소리가 나는 것 같았다. 문풍지가 떨리는 소리 같기도 하고 바람 소리 같기도 한 것이 가늘게 새 나오고 있었다. 방문을 열면 휑하니 뚫린 채, 뒤란 대숲이나 그도 아니면 허허벌판이 있을 것만 같은 기분이었다.

슬그머니 문고리로 손을 내밀다가 거두어들였다. 대숲이니 허허벌판이니, 모두 숙취에서 깨지 못한 허무맹랑한 망상일 뿐이었다. 그것보다는 이 대명천지에 노파와 마주치는 게 두려웠다. 합죽한 입에서 또 얼마나 많은 이야기가 쏟아질지, 감당할 자신이 없었다.

나는 이부자리 위에 만 원짜리 두 장을 놓아두고 살그머니 집을 빠져나왔다. 내려가는 길에 마을이나 한 바퀴 둘러보자 싶어 천천히 걷는데, 담장 너머 꼭 노파 같이 생긴 노인네들이 하나씩 둘씩 앉아 있는 거였다. 어젯밤, 그 숱한 이야기들이 모두 저 노파들이 입을 모아 내게 속삭인 것 같은 기분이 들었다. 노파들은 갯벌에도 있었다. 꼭 어제처럼 모자를 뒤집어쓴 노파들이 엉덩이를 하늘로 치켜들고 바다로 바다로 나가고 있었다. 갯바위에 앉아 그 모습을 한참 동안 바라보고 있자니, 어제 노파가 마련해준 술자리가 퍽이나 정겹게 느껴지는 것이었다. 그리고 보니 술값이 빠졌다. 2만 원은 너무 야박했다. 게다가 인사도 없이.

나는 다시 골목을 거슬러 올라갔다.

노파의 집 어귀에서 나는 걸음을 멈추었다. 마루에 또 하나의 노파가, 그러니까 노파의 애기가 누워 있었던 것이다. 담장 너머 서 있는 내게는 정수리 쪽만 보일 뿐 얼굴은 보이지 않았다. 허리 아래는 어제처

럼 이불을 덮고 있었다. 노파는 대접에 뭔가를 휘휘 저으며 수돗가에서
걸어오는 참이었다. 뭔가 중요한 일이 벌어질 것 같은 분위기였다.

노파는 대접을 마루 아래 댓돌에 내려놓고 애기의 머리를 마루 끝
으로 조금 옮겼다. 그러자 허옇게 센 머리가 마루 아래로 늘어뜨려졌
다. 노파는 댓돌에 엉덩이를 걸치고 앉았다.

노파가 옆에 놓여 있던 대접을 들었다. 애기가 뭐라고 웅얼거렸다.
알아들을 수는 없었다.

"이, 이, 알겄다."

노파는 마루 기둥에 붙어 있던 모서리가 깨진 조그만 거울을 떼어
내 애기에게 주었다. 건네받는 손이, 조막손이었다. 노파는 다시 대접
을 들었다.

애기가 다시 웅얼거렸다.

"뭐? 겁나게 늙었다고? 오메, 요 작것 좀 보소. 에미 꼴을 좀 보고
그딴 소리를 해라."

노파는 대접을 다시 한 번 휘휘 젓더니 애기 머리로 가져갔다. 노파
가 손에 들고 있는 것은 염색약을 묻힌 칫솔이었다.

"지둘려봐라. 금방 또 젊어질 거인게. 마술이 별거다냐, 요것이 마
술이제."

칫솔이 한 번씩 왔다갈 때마다 백발이 검게 물들고 있었다.

나도 모르게 카메라를 들었다. 파인더 안에 서로가 서로 때문에 죽지
못해 함께 백발 노파가 되어버린 모녀가 들어 있었다. 아름답다고 하

기에는 너무나 추한, 그렇다고 아름답지 않다고 할 수도 없는 장면이
었다. 목숨 붙여 산다는 것이 도대체 무엇이냐고 묻고 있는 것 같았다.

"뭐라꼬? 이, 그랴, 에미가 취해갖고 쓸데없는 소리 많이 했다. 그
래도 인자는 벨라 부끄럽도 안 해야."

나는 집으로 돌아가고 있었다. 해안가를 굽이치듯 돌아가는 신작로
를 걷다가 어젯밤 취해서 잊어버렸던 노파의 이야기 한 대목이 떠올
랐다.

"나는 그렇게 병신 딸내미를 냅두고 사내를 따라갔던 거란 말이다.
몇 날 며칠을 그렇게 사내 품에 안겨 있었던 거라. 그런데 보름달이
둥실 떠올라서는 그 방 안을 훤히 비추대야. 벌거벗은 두 몸뚱이가 훤
히 드러나더란 말이다. 그런데 그때 내 눈에 보이는 건 에미를 부르면
서 죽어가고 있는 병신 딸내미였단 말이시. 움막 같은 방을 비추고 있
을 달빛이었단 말이시. 흐흐, 그래서 나가 보름달이 뜰 때마다 이렇게
날궂이를 하는갑다."

나는 내 텅 빈 방 안을 비추고 있을 달빛을 떠올리며 걸음을 재촉
했다.

가족 로망스를 벗어나기 위하여

장성규 (문학평론가)

1

근대소설을 구성하는 심층적 구조 가운데 하나는 가족 로망스이다. 프로이트의 정신분석학 이론에 기반을 둔 문학 이론가들은, 소설이란 아버지로 상징되는 기존의 권위를 거부하는, 그러나 결코 이로부터 벗어나지 못하는 아들 이야기의 다양한 변주임을 지적한다. 소설의 아들들은 아버지의 이름으로 상징되는 근대적 질서를 거부하기도 하지만, 결국 스스로가 또 다른 아버지로 성장한다. 기실 이러한 소설적 과정은 근대적 문화 전반을 관통하는 심층 구조이기도 하다. 외디푸스 삼각형의 구조는 매우 단단하게 문화 전반에 걸쳐 구조화되어 있다. 이 구조 속에서 아비-되기의 다양한 경로를 탐색하는 것이 근대 소설의 기본적인 성격 중 하나이다. 비록 그 아들이 아무리 아버지의 이름을 거부한다 하더라도, 결국에는 그 아들 역시 또 다른 아버지로 형성되는 것은 필연적이기 때문이다.

그렇다면 다음과 같은 질문이 가능하다. 근대소설이 아들의 아비-되기의 이야기라면, 어머니-딸의 이야기는 어디에서 찾을 수 있는가? 외디푸스 삼각형 안에서 여성의 욕망은 발현될 수 있는가? 소설이 단단한 질서를 전복하는 상상력의 힘을 지녔다면, 외디푸스 구조에서 배제된 어머니-딸의 목소리는 소설에 어떻게 투영될 수 있는가?

기실 우리 근대소설사에서 어머니-딸의 이야기는 외디푸스 삼각형의 구조 안에서 배제되어온 것이 사실이다. 물론 어머니-딸의 목소리를 기입하려는 문학적 고투의 과정이 존재했으나, 이러한 과정 자체가 종국에는 또 다른 외디푸스 삼각형의 구조로 종종 포획되었기 때문이다. 예컨대 고난의 근현대사 과정에서 빈번히 형상화된 억척 어미는 많은 경우 또 다른 이름의 아버지와 유사한 역할을 수행했으며, 모성성을 담지한 여성 형상화는 종국에는 가부장제 이데올로기를 강화하는 것으로 귀결되곤 했다. 이러한 과정에서 어머니-딸이 지닌 고유한 욕망은, 민족이나 계급 혹은 또 다른 이름의 거대 주체의 구도 속에서 배제되었으며, 이로 인해 여전히 우리 소설은 단단한 외디푸스 구조에 입각한 가족 로망스를 벗어나지 못하고 있다.

이는 최근 범람하는 이른바 칙릿(Chick-Lit)에서도 예외적인 현상은 아니다. 칙릿의 발랄한 여성 인물들이 종국에는 경제력을 독점한 외디푸스 구조 내에 있는 남성과의 관계로부터 벗어나지 못한다는 점이 이를 방증한다. 몇몇 칙릿들은 남성보다 우월한 경제적 지위를 여성 인물에게 부여함으로써 이를 벗어나려 하지만, 결국 이들 여성은 여성 고유의 욕망이 아닌, 남성의 질서를 대리 보충하는 것에 그치고 만다.

보다 문제인 것은 여성 인물을 모성성의 담지자로 한정 짓는 경향이다. 이러한 모티프를 기반으로 한 작품들은 후기산업사회의 무한 경쟁 시스템에서 소외된 대중들로부터 폭발적인 인기를 끌고 있다. 그러나 정작 이는 남성 위주의 외디푸스 구조를 전복하는 계기를 제공하는 것이 아니라, 현실에서 실현 불가능한 모성성의 복원을 통해 일회적인 '위안'만을 제공하는 것에 그치고 있다. 그 결과 스테레오 타입화된 여성상이 반복 재생산되며, 이는 외디푸스 구조를 더욱 강고하게 만드는 부정적인 역할을 수행한다는 점에서 비판되어야 한다.

따라서 중요한 것은 외디푸스 구조 내에서 지배적인 상징으로 작동하는 아버지의 자리를 여성이 '대리하여' 획득하는 것이 아니다. 오히려 문학이 지금-여기와는 다른 세상을 꿈꾸는 전복적 상상력을 발현할 수 있다면, 그것은 외디푸스 구조 자체를 붕괴시키는 실험으로 나아가야 한다. 그때 비로소 가족 로망스의 환영을 깨고, 여성 고유의 목소리를 복원하는 소설이 가능할 것이기 때문이다.

이성아의 이번 소설집이 흥미로운 것은 이 때문이다. 그녀는 외디푸스 구조 내부로 여성의 욕망을 한정시키지 않는다. 오히려 외디푸스 구조 자체를 붕괴시키는 실험을 통해 우리에게 근대소설의 가족 로망스적 성격 자체를 의심하게 만든다. 그녀의 소설들이 범람하는 칙릿이나 고정화된 여성성의 반복 재생산에 그치는 작품과 구별되는 것이 바로 이 지점이다.

2

　이성아의 소설에는 유독 외디푸스 구조 '외부'에 놓인 여성들이 자
주 등장한다. 그녀들은 이혼 후 홀로 딸을 키우는 존재(「밤눈」)이거나,
연인이 죽은 후 낳은 아이를 키우는 존재(「저 바람 속 붉은 꽃잎」), 혹
은 헤어진 남편의 부도를 맞아 딸의 방을 정리하는 존재(「버릴 수 없
는 것들의 목록」)로 설정된다. 그녀들은 공통적으로 아버지-아들로
이어지는 강고한 가족 로망스의 구도 외부에 존재한다. 그녀들에게
중요한 것은 외디푸스 구조 안에서 안주하는 삶이 아니라, 자신의 위
태로운 욕망에 충실하며 극한적인 조건으로까지 스스로를 위치시키
는 삶으로의 몰입이다. 그러니까 예컨대 이런 문장이 그녀들을 규정
한다.

　　눈을 떴을 때, 방 안은 어둑어둑했다. 저녁 무렵인지 새벽녘인지 분
간을 할 수 없었다. 현욱의 침대는 텅 비어 있었다. 현욱이 보이지 않자
방 안의 냉기가 서릿발처럼 은서의 가슴을 파고들었다. 갑자기 오한이
나고 불안감이 엄습했다. 몸을 일으켜보려 했지만 생각뿐 나사 풀린
인형처럼 사지를 꼼짝할 수 없었다. 은서는 자꾸만 흐려지는 정신을
놓치지 않으려고 안간힘을 썼다. 어쩌면 잠깐 낮잠을 잔 게 아니라 며
칠 동안 자고 있었는지도 모른다는 생각이 들었다. 고도 4000미터의
히말라야 계곡. 더 이상 나아갈 곳이 없는 세상의 막다른 곳. 어쩌면 현

욱은 막다른 이곳을 훨씬 지나 더 깊은 곳, 세상의 끝으로 들어가 버린
건 아닐까.

—「풍장」 194~195쪽

　주인공 은서는 아내가 있는 현욱과 히말라야의 계곡으로 여행을 떠
난다. 은서의 욕망은 현실의 외디푸스 구조 안에서는 용납되지 않는
것이기에, 이들의 사랑은 오직 "고도 4000미터의 히말라야 계곡", 즉
"더 이상 나아갈 곳이 없는 세상의 막다른 곳"에서만 가능하다. 여기
는 강고한 현실 법칙 대신 "삶 어디에도 들어맞을 리 없는 설계도"가
작동하는 장소이기 때문이다. 「저 바람 속 붉은 꽃잎」의 주인공 여성
에게도 마찬가지이다. 출가한 옛 애인과의 사랑 역시 "부처님이 내려
다보는 법당"에서 이루어질 뿐, 현실의 공간에서는 이루어질 수 없다.
왜냐하면 그녀들의 사랑은 외디푸스 구조 외부에 존재하며, 현실 법
칙의 '외부'에서만 이루어질 수 있기 때문이다. 그곳을 지배하는 것은
아버지의 이름이 아니라, 개체와 개체 사이 관계 맺음의 욕망이다.

　문제는 외디푸스 구조 외부의 삶은 오래 지속될 수 없다는 것이다.
히말라야 계곡에서의 사랑은 한국으로의 귀환과 함께 다시 현실 법칙
의 세계로 환원될 것이며, 법당 앞에서의 사랑 역시 세속으로의 귀환
과 동시에 한낱 일탈로 기억될 것이다. 따라서 가족 로망스를 근본적
으로 전복하기 위해서는 '지속 가능한' 대안적 삶의 원리를 모색하는
것이 필수적이다.

앞서 살펴본 「풍장」과 「저 바람 속 붉은 꽃잎」의 세계에서 두드러지는 것이 외디푸스 구조 '외부'에 존재하는 여성의 욕망을 승인하는 과정이라면, 「밤눈」과 「버릴 수 없는 것들의 목록」 등의 작품에서 두드러지는 것은 이 욕망을 지속시키기 위한 삶의 방식에 대한 모색이다. 이들 작품에서는 공통적으로 이혼한 여성과 딸 간의 관계 맺음이 나타난다. 흥미로운 것은 딸들이 모두 여성으로서의 자기 정체성을 형성하는 과정으로 설정된다는 점이다. 예컨대 「밤눈」의 도입부에서 이를 단적으로 보여준다.

> 딸은 요즘 사춘기를 겪어내고 있습니다. 눈에 띄게 짜증이 늘고 사소한 일에도 신경을 예민하게 곤두세우고, 충동적이고 돌출적인 행동을 하는 딸을, 저는 이해합니다. 그것이 타일러서 될 문제가 아니란 것도, 야단쳐서 잠재워지는 게 아니란 것도. 몸 저 깊은 곳에서 용광로처럼 피가 끓어오르고 세포들이 분열하고, 쓰디쓴 약을 코를 막고 들이붓듯 정체불명의 호르몬이 검은 그림자처럼 몸 구석구석을 헤집고 다니고 있을 터이니 말입니다. 정체성에 혼란이 오고 그래서 정작으로 고통스러운 건 아마 아이 자신일 것입니다.
>
> ―「밤눈」101쪽

「밤눈」의 서사는 두 축으로 전개된다. 한 축은 과거 주인공 여성이 사랑했던 남자와의 재회에 관련된 이야기이며, 다른 한 축은 과거 그녀의 사랑부터 현재까지를 함께 지낸 딸에 관련된 이야기이다. 전체적인 비중은 전자에 기울어 있지만, 이 작품에서 어머니-딸의 계보에 대한 형상화 역시 큰 비중을 차지한다. 주인공 여성은 과거 남자와의 사랑으로 인해 딸의 열병을 간과한 바 있으며, 이 때문에 "지금도 아이 미간 한가운데에는 저의 바람기에 대한 주홍글씨처럼 수두 자국 두어 개가 남아" 있다.

그런데 주인공 여성은 이를 둘러싼 주위의 "새끼마저 팽개친 화냥년"이라는 욕설에 오히려 "말할 수 없는 자유로움과 쾌감"을 느낀다. 왜냐하면 아이에게 모성을 제공하는 어머니라는 스테레오 타입은, 기실 '스위트 홈'을 유지하는 도구로서의 여성의 성역할을 고정화하는 기능을 하기 때문이며, 이로부터 벗어난 "화냥년"이라는 호명은 외디푸스 삼각형으로부터의 일탈을 표상하기 때문이다.

그러나 만약 이 작품이 주인공 여성의 딸에 대한 방치와 포기로 귀결되었다면 이는 여성의 고유한 욕망에 대한 충실함이라기보다는 일회적 일탈로 독해될 여지가 크다. 이성아가 이 작품의 도입부를 주인공 여성의 딸이 여성으로서의 정체성을 형성하는 과정으로 시작한 것은 이와 관련하여 주목되는 지점이다. 그녀의 딸 역시 외디푸스 삼각형 구조로 환원되지 않는 여성으로서의 욕망을 인식할 때가 되었으며, 이를 통해 비로소 아버지-아들로 이어지는 단단한 규범과는 다른 어머니-딸로 이어지는 욕망의 연대가 시작될 수 있기 때문이다.

그리하여 마치 주인공 여성이 과거의 사랑을 만나기 위해 떠나는 것처럼, 그녀의 딸 역시 폐경을 맞은 어머니를 대신해 "사귀자는 남자 아이들이 줄을 서"는 상황을 맞이하는 장면은 소중하다. 이들 어머니와 딸의 관계 맺음은 단순한 외디푸스 삼각형 내부에서의 모성성과 효 이데올로기를 통해 이어지는 것이 아니라, 공통적인 여성으로서의 욕망을 추구하는 개체 간의 연대로서 이어지는 것이기 때문이다.

이는 「버릴 수 없는 것들의 목록」에서도 유사하게 나타난다. 전 남편은 주인공에게 도박 자금을 가져가는 것처럼, "마트 샴푸 코너에서 아르바이르를" 해서 "시급 4천원"을 받는 딸에게도 손을 벌린다. 이로 인해 어머니와 딸의 관계는 외디푸스 구조에서의 일반적인 관계 맺음이 아닌, 서로 동일하게 가부장에 의해 억압된 존재 간의 연대로 나아간다. 이는 아버지를 모방하며 또 다른 아버지로 성장하는 아들의 내러티브와는 상이한 것이다.

이 작품에 등장하는 주인공 여성과 딸의 관계는 가부장제의 희생자인 여성들 간 연대의 단초를 보여준다는 점에서 주목된다. 이들 여성 개체들간의 관계 맺음을 통해, 비로소 외디푸스 구조를 벗어나는 여성 욕망의 발현은 지속될 수 있을 것이기 때문이다.

3

그런데 가족 로망스를 벗어나려는 소설은 기존 가족 로망스의 문법과는 다른 구성을 지녀야 한다. 당연하게도 여성의 고유한 욕망을 발화하는 형식은 외디푸스 구조의 형식과는 다른 특성을 지니기 때문이다. 이런 측면에서 이성아의 소설에서 주목되는 것은 여성 고유의 욕망을 발화하기 위한 독특한 형식적 장치들이다. 이를 여성적 욕망의 서술법이라고 명명할 수 있을 것이다.

이성아가 사용하는 욕망의 서술법은 주로 서간체 형식의 고백을 통해 나타난다. 서간체 형식은 편지의 발신자가 자신과 밀접한 관계를 지닌 수신자에게 내면을 고백하는 데 적합한 양식이다. 이러한 형식은 「밤눈」과 「저 바람 속 붉은 꽃잎」에서 두드러진다.

오전만 해도 별다른 기미는 없었습니다. 유난히 화창했다는 것 외에는. 봄날의 화사함을 느낄 새도 없이 흐리거나 바람이 불어대는 변덕스러운 요즘, 드물게 보는 맑고 화창한 날이었습니다.

—「밤눈」 100쪽

바람이 부네요. 비가 올 것 같아요. 어떻게 아느냐고요? 아이참, 내가 그걸 모르겠어요? 예전에 산에 살 땐 산등성이 숲 우듬지가 흔들리는 것만 보고도 비가 올 걸 알았죠. 비가 오려고 하면 어느새 물기를 머금어 한결 부드러워지거든요. 살랑거리는 게 바닷속 해초가 물살에 흔들리는 것처럼 보이지요.

—「저 바람 속 붉은 꽃잎」 10쪽

위의 인용문에서 보이듯, 이성아의 작품들 중에는 서간체 형식의 사용이 두드러진다. 서간체는 공적 발화의 영역에서 억압된 사적인 은밀한 욕망을 표출할 때 유용하다. 공적 발화의 영역은 외디푸스 구조에 의한 가부장제가 지배하는 담론의 규율이 작동하는 곳이기에, 여성 고유의 욕망의 서술은 비도덕적인 것, 혹은 반사회적인 것으로 치부되기 쉽다. 반면 서간체 형식은 서술된 메시지의 수신자가 발신자와 친밀한 사이로 설정되기 때문에 공적 영역에서 배제된 은밀한 내면의 고백이 가능하다는 특징을 지닌다. 이성아가 유독 서간체 형식을 즐겨 사용하는 것은 이러한 사실에 기인한다. 공적 발화의 장(場)에서 표출될 수없는 여성 고유의 욕망은, 이러한 형식적 고려에 의해 비로소 소설 언어로 표출된다.

그런데 엄밀히 말해서 이성아가 사용하는 서간체 형식은 편지 안에 명확한 수신자를 설정한 것이라기보다는, 주인공의 내면을 고백하기 위한 소설적 장치에 가깝다. 「밤눈」과 「저 바람 속 붉은 꽃잎」 모두 특정한 소설 내 인물을 향한 편지라기보다는, 오히려 편지를 쓰는 '나' 자신의 고백을 위한 수신자 없는 편지에 가깝다. 바꾸어 말하자면, 이성아의 서간체 형식은 특정 인물을 향한 메시지의 전달을 목적으로 하는 것이 아니라, 작중 주인공 스스로가 자기 내부의 욕망에 대해 더 들여다보는 성찰의 의미를 지닌다는 것이다. 이는 「밤눈」의 결말이 "이제는 꼭꼭 닫아걸고 있던 마음의 문을 열고 누군가를 받아들이고, 서로를 파괴하지 않는 깊은 사랑을 할 수도 있을 것 같습니다"는 자신의 욕망에 대한 승인으로 끝나는 것에서 단적으로 나타난다. 여성 고유의 욕망은 외디푸스 구조에 의해 억압되어 종종 뒤틀린 형식으로 표출되곤 한다. 억압된 욕망은 히스테리나 분열증적 양상으로 표출되며, 이는 곧 여성 자신의 욕망을 직시하지 못하도록 만드는 외디푸스 구조 내 억압의 산물이다. 이를 넘어서서 여성으로서 고유한 자신의 욕망을 직시하기 위한 성찰 과정이 이와 같은 서간체 형식의 고백으로 나타나는 것이다.

이와 같이 이성아는 단지 여성 고유의 욕망을 텍스트에 기입하는 것에 멈추지 않는다. 그녀는 나아가 이를 소설의 문법으로 구성하기 위한 형식적 장치를 통해 비로소 가족 로망스의 소설 문법을 넘어서는 성과를 낳는다. 당연하게도, 가족 로망스와는 다른 여성 욕망의 서술은 그 형식에서도 다른 문법을 모색해야 하기에, 이성아 특유의 서간체 형식의 고백은 그 무게감을 획득한다. 다른 세상이란, 다른 언어를 통해서만 사유 가능하기 때문이다.

4

어쩌면 지금처럼 활발하게 여성 작가들이 활동하던 시기는 흔치 않았는지도 모른다. 수많은 여성 작가들이 대중적으로 큰 인기를 끌고 있으며, 왕성한 작품 활동을 보여주고 있다. 그러나 정작, 여성 고유의 욕망을 직시하며 이를 복원하려는 실험이 얼마나 활발히 진행되었는지에 대해서는 확신하기 어려운 것이 사실이다.

이성아의 소설은 종종 동일한 주제의식이 다소 반복된다는 느낌을 주기도 한다. 더불어 작품의 결말들이 추상적인 선적 사유로 귀결되거나, 혹은 다소 손쉬운 도피로 끝난다는 점에서 그 한계를 지적할 수도 있을 것이다.

하지만 이러한 이유로 이성아가 거둔 소설적 성과를 폄하할 수는 없다. 무엇보다 최근 범람하는 칙릿과 모성성을 자극하는 소설들이 결과적으로 외디푸스 삼각형 구조를 강화하는 효과를 낳는 반면, 그녀의 소설은 여성 고유의 욕망을 직시하며, 이를 특유의 발화 형식으로 표출하는 데 성공하고 있기 때문이다. 여전히 가부장제에 기반을 둔 가족 로망스는 우리 문학에서 강력한 영향력을 지니고 있으며, 이로부터 벗어나려는 소설의 모색은 절대적으로 부족한 것이 사실이다. 그러하기에 이성아의 소설이 보이는 성과는 결코 만만한 무게에 그치는 것이 아니다. 여전히 우리 문학은 가족 로망스의 덫을 온전히 벗어나지 못하고 있기 때문이다. 그리고 이를 넘어서려는 소설의 모색이 소중한 시기이기 때문이며, 적어도 이성아는 이에 대한 뚜렷한 자의식을 지니고 있기 때문이다.